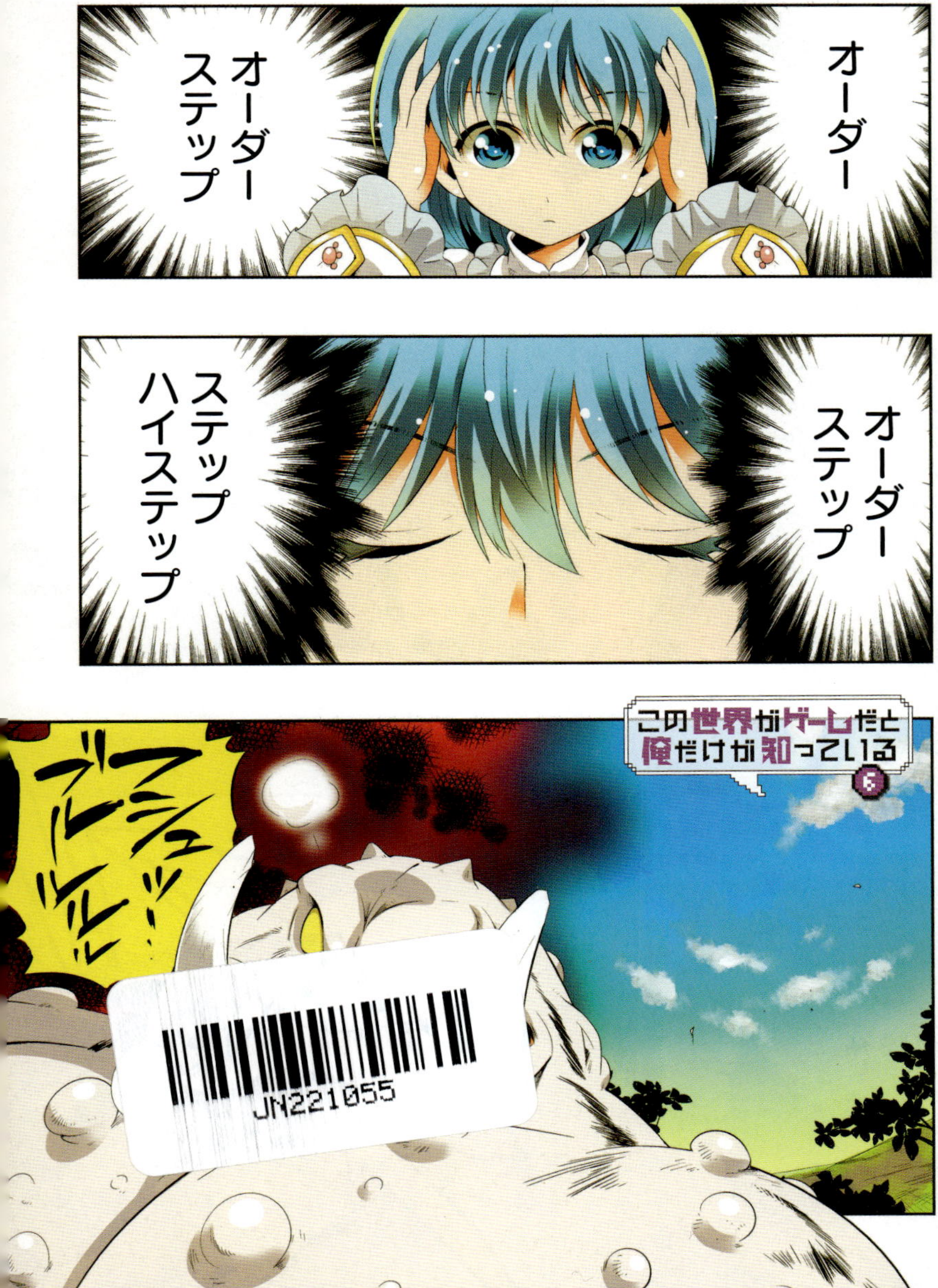
オーダー
オーダー ステップ
オーダー ステップ
ステップ ハイステップ
この世界がゲームだと俺だけが知っている 6
フシュッ!
ブルルルル

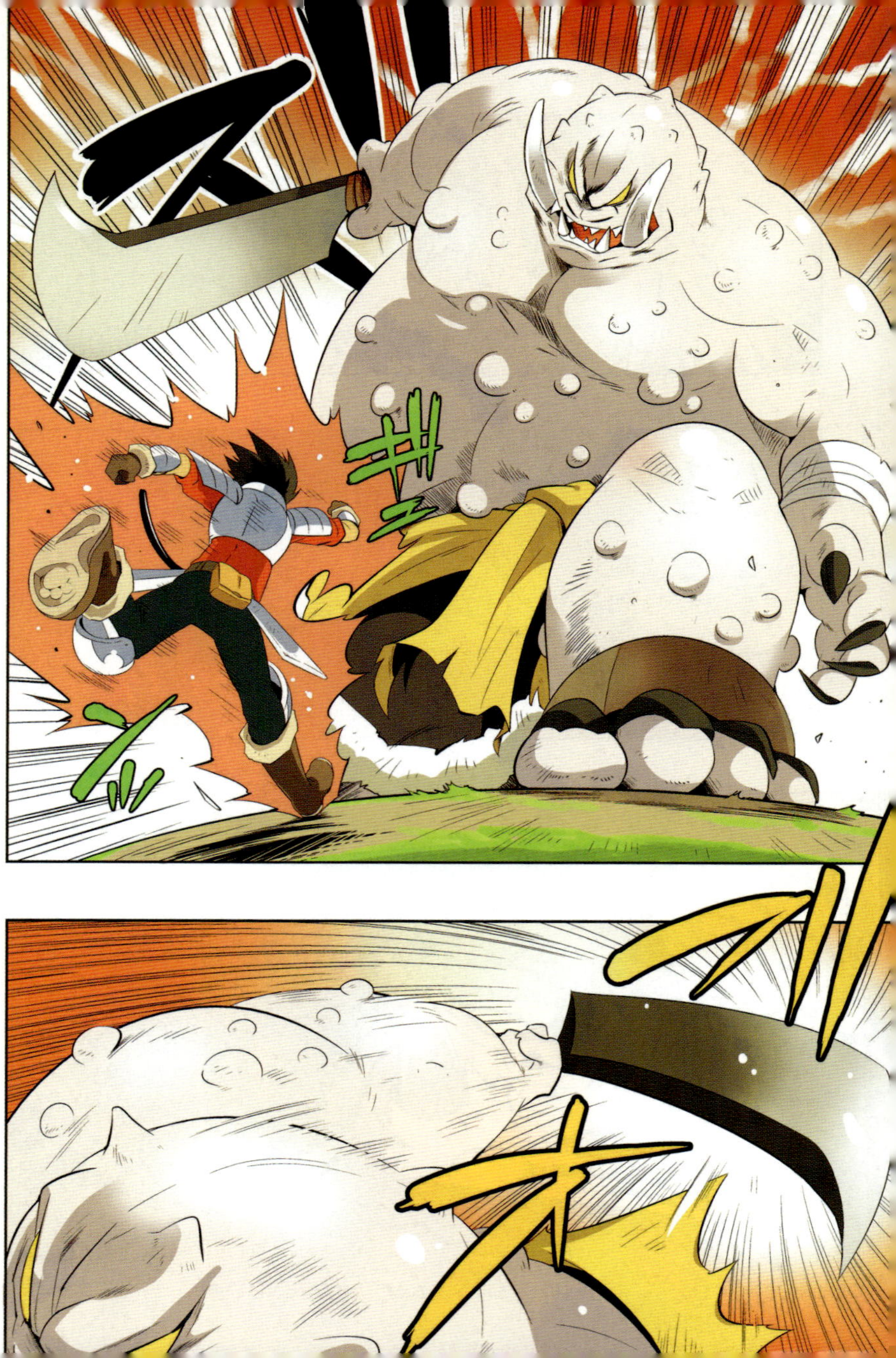

横薙《よこな》ぎぃ!!!

ギョェァ
アア゛アアッ

ドドドドドド
シュワワワ
おっ
ドロップアイテム
パワーシード
ソーマ

…見てて
リンゴ？
…
ス‥

オーダーステップ
ギュン
!
おっ
フッ

このまま本編へGO!

この世界がゲームだと俺だけが知っている

I am the only one who knows
this world is a game .

Presented by Usber Illustrated by Ichizen
Published by KADOKAWA CORPORATION

6

著●ウスバー
イラスト●イチゼン

この世界がゲームだと俺だけが知っている

I am the only one who knows
this world is a game .

Presented by Usber Illustrated by Ichizen
Published by KADOKAWA CORPORATION

6

CONTENTS

これまでのあらすじ

I am the only one who knows this world is a game .

1 いとこの真希の一言から、
バグ満載ゲーム<猫耳猫>の
世界に入り込む。

2 強制ゲームオーバーの
可能性のある〈生贄の迷宮〉
クエストが発動。

3 ステキな出会いも台無しになる、
〈生贄の迷宮〉はトラウマクエスト。

4 邪神が現れてピンチ!!!

5 になるも、
非正攻法(粘菌)でクリア!!

9
それを知ったソーマは
トレインちゃんを救うため、
「結婚」イベントを発動!!
俺と〈結婚して〉ほしい
8
が、しかし!!!
事故に遭い、トレインちゃんに
命の危険が!!
NOW!
時間停止状態の
トレインちゃんは
どうなる!?←イマココ
7
ソーマに会うために
町を出発。
6
一方その頃、ラムリックの町に
残していたトレインちゃんは…

序章

I am the only one who knows this world is a game .

—1—

——〈終末呼ぶ魔王〉。

それが猫耳猫こと〈New Communicate Online〉のいわゆるラストボスであり、戦況によっては世界の終末、すなわち強制ゲームオーバーを引き起こすこともある、ゲームにおける最大の敵だ。

その力は魔王の名にふさわしく、強大にして無比。

レベルは二百五十と設定されているが、その戦闘力は単純にレベルで測ることは出来ない。

魔王は国の至るところにその尖兵《せんぺい》を送り込み、各地を支配する魔物たちから魔力を受け取って、自らの力を増大させているからだ。

強化された魔王の力は圧倒的で、通常プレイで上げられる実質的な上限レベル、二百十レベルに到達したプレイヤーであっても、十数秒とかからずに蒸発させてしまうほどの力を誇る。

魔の王たるその性は、悪辣にして非道。

かつて勇者が封印した、世界を滅ぼすと言われる邪神〈ディズ・アスター〉の復活を主目的として人類を攻めているが、邪神の復活に関係のない場面にも気まぐれに顔を覗《のぞ》かせ、人々に災いを撒《ま》き散らす。

そして……。

その最たる例が、猫耳猫最大のトラウマイベントの一つに数えられる結婚イベント。

数多《あまた》の猫耳猫プレイヤーを絶望の淵へと叩《たた》き落としたその災厄が、今、この世界へと顕現する。

《——花嫁に、不老不死の祝福を授けよう》

その声、魔王の祝福の言葉が響いた瞬間、だった。

直上に現れた闇色の雲はたちまちのうちに世界へ広がり、黒く染まった空から無数の稲妻が飛び出していく。

その一本一本が魔王からの〈呪い〉、受けただけでその者の自由意思を、時間を奪い、生命を凍りつかせる悪意の光だ。

その光が世界各地を打ち、そしてその下にいる誰かの時を止めるのを、俺は身じろぎも出来ずに眺めていた。

「――トレインちゃん！　トレインちゃん!?」

我に返ったのは、哄笑《こうしょう》の気配と共に魔王の存在感が消え去り、空が元の色を取り戻してから。

必死で叫ぶ声に、しかし応えはない。

ほんの数秒前までは指輪の効果でつながっていたはずのトレインちゃんの気配も感じられない。

「……成功、したのか？」

いまだに夢を、悪夢を見ているような心地で、そうつぶやく。

――悪名高い猫耳猫において、もっとも性格の悪いイベントの一つにも数えられる結婚イベント。

それは、プロポーズが成立した時点で〈魔王の祝福〉が発動し、結婚対象キャラ全てが時間を止められてしまうという最悪なものだ。

けれど、魔封船の事故で高レベルエリアに取り残され、死を待つしかなかったトレインちゃんを救うために思いついたのは、これだけだった。

いくらゲームの世界とはいえ、この世界に死者を蘇生《そせい》する手段はない。けれど、呪いで時を止められただけなら、魔王を倒すことでその呪いを解くことは不可能じゃない。

たとえそのために、何も知らない数多くの人間を巻き添えにしたとしても、俺は……。

プロローグ
―1―


「っ！　そうだ！　みんなは……！」

瞬間頭をよぎった最悪の想像に、俺は弾かれるように後ろを振り返った。

「……ソーマ」

俺の目に飛び込んできたのは、どこか気遣わしそうにこちらをうかがう青髪の少女の姿。

「リンゴ！　無事だったか！」

「…ん。なんとも、ない」

言葉少なく返答の言葉をつぶやくリンゴに、俺はひとまず安堵《あんど》の吐息をついた。

「あとは、ミツキと、真希《まき》か」

言ってから、グッと唇を噛《か》みしめる。

真希とリンゴの基になったキャラは結婚イベントのないシェルミア王女だ。リンゴも無事だったし、十中八九真希も問題ないだろう。

むしろ、危険があるとすれば……。

「…だいじょう、ぶ？」

「え？」

予想外の言葉に、俺は顔をあげてリンゴを見た。

「あ、ああ。大丈夫、ミツキだって真希だって、くまだって、きっと無事だよ」

リンゴの不安を紛らわせようとことさらに明るくそう口にしたが、リンゴは首を振った。

「…ちが、う。ソーマ、が」

「俺？　俺は大丈夫だ」

いきなりの言葉に、一瞬リンゴが何を言っているのか分からなかった。

〈魔王の祝福〉が時を止めるのはあくまで結婚可能なＮＰＣキャラ。プレイヤーである俺に影響があるはずがない。実際、あの雷が俺には落ちてこなかったのも、傍にいたリンゴには見えていたはずだ。

だというのに、なぜかリンゴの表情は優れなかった。いつもの無表情に、どこか憂いの色を浮かばせているように見える。

「…でも」

気遣わしげにリンゴがつぶやいて、そっとその手を俺に向かって伸ばそうとする。

けれど、

「……リンゴ？」

なぜか途中で手を止めて、動こうとしない。

その反応に俺が首を傾げた時、俺たちのところに凄まじい速度で何かが近付いてきた。

「ミツキ!!」

「良かった。二人とも、無事でしたか」

先ほどの俺と同じような台詞を口にしたのは、トレインちゃんを保護しに行ったはずのミツキだった。

　俺たちを見て安堵の息をつくミツキだが、それはむしろこちらの台詞だ。

「ミツキの方こそ、大丈夫だったのか？　そっちに、あの雷は……」

「危ない所でしたが、氷雨流の奥義の一つに、雷切《らいきり》という技があります。実際に使う機会があるとは思いませんでしたが……」

　その言葉を聞いた時、俺はどんな顔していたのだろうか。

　結婚可能キャラにもかかわらず、ゲームでも時間停止を受けた報告のなかったミツキ。大丈夫だろうとは思っていたが、万が一を思うと胸がざわつくのを抑えられなかった。

　しかし、呪いを受けなかったカラクリが「雷を切る」なんてとんでもない神業だったとは。

　安堵と呆《あき》れがないまぜになって、うまく言葉が出てこなかった。

「……いや、でも本当に、無事でよかったよ」

　やっと絞り出したのはそんな芸のない、けれど本心からの言葉だった。

　俺が作ってしまったこの最悪な状況の中で、二人が無事だったことはせめてもの幸運だ。

「あの、本当に、大丈夫ですか？　何だか、少し様子が……」

　リンゴに続いてミツキまでが気遣わしげに声をかけてくるが、ここで立ち止まる訳にはいかない。

　まだ、リンゴとミツキの無事が分かっただけだ。

くまは……まあ論外として。リンゴと同じシェルミア王女のポジションにいて、プレイヤーキャラの属性まで持っている真希も、流石《さすが》に心配は要らないだろう。

だが、ほかの人たちは……。

「……確かめないと、な」

自分の決断が何を引き起こしてしまったのか、この目で確かめること。

それは、この事態を引き起こした俺の、最低限とも言えない、絶対の義務だと思うから。


— 2 —


「それで、何があったか教えてもらえませんか？　その様子では、事態は把握しているようですが」

「……話は、移動しながらしよう。後でちゃんと説明するから、先にそっちの話を教えてくれないか？」

「ええ、それは構いませんが……」

緊迫した口調で話し出すミツキを制し、動揺する商人たちをかき分けて、俺は街の入り口に向かう。

「とは言っても、そう話すべき事はありません。私を襲ったあの雷、自然の物とは思えない、

プロローグ
―2―


邪悪な気配を感じました。視界の端に同じような光がいくつも地上に落ちたのが視えましたし、その時点で引き返す事を決めました」

「なるほど、だからあのタイミングで戻ってきたのか」

「はい。そのまま、イーナさんの救助を続けようかとも思ったのですが、貴方の安否が気になってしまって……」

「いや、いいよ。それが当然の反応だ」

門を抜け、街の中心に向かって歩いている間に、ミツキから少し事情を聞くことが出来た。

「それに、探索者の指輪で探ったイーナさんの反応が、奇妙なのです。確かに本人を捉えているはずなのに、反応が微弱で……」

「……そうか」

反応がおかしいのは、トレインちゃんの時間が止められているからだろう。

だからそれは、俺の試みの成功を告げる言葉だった。だが俺は、それに対してどんな表情を見せていいか、分からなかった。

けれど幸いなことに、そんなことを迷っている時間はすぐに終わりを告げた。

「あれは、何でしょうか？」

前方に人だかりを見つけたのだ。

おそらくあれが、俺の探していたモノだろう。

「少し、様子を見てきます」

そう言って、ミツキが器用に人ごみを縫って前に進んでいく。

「ミツキ、俺も……くっ！」

慌ててその後を追いかけようとするが、人波に阻まれてうまく進めない。

まさか力任せに押しのける訳にもいかず、手間取って立ち往生している間に、ミツキの背中はあっという間に人だかりの中に吸い込まれて見えなくなってしまった。

焦燥に駆られ、思わず唇を噛みしめた時、横から白く細い手が伸びた。

「リンゴ？」

俺の横にぴったりと並んだリンゴが、その華奢《きゃしゃ》な身体を人の間にねじ込むようにして道を作ろうとする。

「…わたし、も」

こちらと目を合わさないまま、少しうつむいたままのリンゴの言葉が、かすかに耳を打つ。

「…わたしも、がんばる、から」

その小さな身体で必死に前へ進みながら、

「……のひとが、もどるまで、ずっと、そばにいる、から」

俺を力づけるようにつぶやくその声に、俺の身体に力が戻ってくるのが分かる。

少しだけ、頭の中にかかっていたもやが晴れたような気分がした。

「ありがとう、リンゴ」

隣にいるリンゴの肩に左手を回し、抱え込むようにしながら、反対の手をポーチに伸ばす。

「……ぁ」

……俺には、出来ないことがたくさんある。

ミツキのようになんだって出来る訳じゃないし、失敗することも多い。

だけど、俺にしか出来ないことが、俺にしか救えないものが、この世界にはきっとあるはずなんだ。

「行くぞ！」

俺は左手にリンゴを抱え、右手にはポーチから出したお洒落《しやれ》な髑髏《しやれこうべ》を掲げながら、急速に圧力をなくした人壁を突き進んでいった。


—3—


「もうすぐ……っと！」

激しく前につんのめり、俺は数歩たたらを踏んだ。

髑髏を先頭に勢いよく野次馬をかき分けて進んでいたところ、急に周りから人がいなくなったのだ。

リンゴと二人、勢い余って前に飛び出す。

「なっ！」

しかしそんな驚きも、俺が目の当たりにしたモノを前にして、かすんで消えた。

そこにあったのは、見様によっては一つの完成された芸術品だ。

ギリシャ・ローマの石像もかくやというように、両腕を上に曲げて自分の肉体を誇示するかのような姿を取った、筋骨隆々なその姿。

だがそれは、決して単なる彫刻などではない。

精巧な蠟《ろう》人形のように生の躍動をその姿に残しながら、しかしぴくりとも動かないこの半裸の男性の顔は、見覚えのあるもので……。

「まさか、これは……」

俺が「それ」を前に固まっていると、やはり前に来ていたミツキが寄ってきて、うなずいた。

「ええ。間違いありませんね。これは――」

そして、俺の確信を裏付けるように、力強く断言する。

「これは、フロントダブルバイセップスです」

「はい?!」

バカラじゃないのか⁉

俺の疑問の視線を受けて、ミツキが猫耳をきょとんとさせた。

「父が風呂上がりによくやっていた、忌まわしきこのポーズ。確か、フロントダブルバイセップスと言ったはずですが、違いましたか？」

「誰がポージングの話をしろって言ったよ‼」

なんか知り合いが呪いをかけられた姿を見た衝撃とか悲壮感だかが、全部それで吹き飛んだ。

「まったく……」

俺がこぼしていると、ミツキは安心したように猫耳をふにゃりとさせた。

「やっと、いつもの貴方に戻りましたね」

「ミツ、キ？」

その言葉にこもった優しげな響きに、俺は思わずいぶかしげな声をあげる。

「何があったかは知りませんが、あれ程に思いつめた表情をされれば、この異常事態に貴方が関わっている事は私にだって想像はつきます」

どうやら俺が葛藤しているのを見透かした上で、ミツキなりに俺を元気づけてくれたらしい。

その方法がボディービルネタってのはどうなのかと思ったが、というか、この世界にボディービルとかあるんだろうかとも思ったが、とりあえず鬱々とした気分は吹き飛んだ。

「やれる事があるのならば、前を向くべきです。人が時を止められたように固まってしまうなんて、私も、いえ、他の誰であっても聞いた事もない事態でしょう。解決策はおろか、事態の把握すらままなりません。ですが、貴方なら、世界中でただ一人、貴方だけは、彼等を元に戻す事が出来るのではないですか？」

ミツキの言葉は疑問の形を取ってはいたが、その響きに疑問の色はなかった。俺がこの状況を解決出来ると、その確信だけが瞳に満ちている。

その信頼がこそばゆくなって、俺は思わず視線を逸らした。

――まったく。こういう時、修羅場慣れしたミツキは強いというか、頼もしい。

「……前を向く、か」

頭は冷えた。今度こそ冷静に、魔王の呪いを受けたバカラと向き合う。

バカラの身体は完全に固まっていて、どこに触っても冷たい石に触れたような感触しかしない。

ただ、姿勢を変えることは出来ないものの、場所を移動させることは出来るらしい。

強く押すと、その身体の位置がわずかに後ろにずれた。

ＳＦなどで時間停止だとか時間凍結だとかが出てくるとややこしいことになるのが通例だが、ここはファンタジーの世界。

もっと観念的でアバウトな時間の停止、いわば魔法的に生命活動を止められた状態なのだろう。

プロローグ
―3―


俺に釣られたように、リンゴは恐々と、ミツキも嫌そうにバカラの身体に触れて、

「…パントマイム？」

「完全に固まっていますね。盾代わりにはなりそうですが」

なんて失礼なことをのたまっている。

辺りを見回すと、奥にはアレックスズの姿もあった。

こちらは剣を上に掲げた状態で、本当に勇者の像みたいな姿勢で固まっている。

子供たちに落書きとかされそうで、ちょっと心配だ。

その少し向こうには、呆れたような目で振り返り、苦笑しながらも優しくアレックスズたちを見守っているライデンの姿が見える。

だが、そのライデンも固まったまま、動くことはない。おそらく、俺たちが魔王を倒さなければ、このまま永遠に。

「今すぐ、動き出しそうなのにな」

覚悟していたこととはいえ、少し胸が痛くなった。

そして、そこからさらに横に視線を移すと、そこには一際小柄な影がある。

「サザーン……」

その魔術師の少年は、ほかの仲間たちとは違い、特に変わったポーズを取ってはいなかった。

まるで彫像となってしまった仲間たちを呆然《ぼうぜん》と眺めているかのように、ただまっすぐに立ち

尽くしている。

なぜだろうか。

サザーンのことを嫌っていたはずなのに、俺はほかの誰を見た時よりも、胸が締め付けられるような想いを感じた。

ゆっくりと、サザーンの彫像へと近付いていく。

微動だにしない仮面を見ながら、俺は語りかけた。

「なぁ。サザーン。ゲームでは俺、お前のこと、最低の奴だって思って、嫌ってたけどさ。もしかしたら、この世界でなら、お前とだって……」

言いながら、俺はサザーンの肩にその手を置いて、

「え？」

温かくてやわらかい、熱を持った人間の感触に目を開いた次の瞬間、

「い、いきなり何をするんだ、貴様は！」

ぴくりとも動かなかったサザーンの手が急に動いて、俺の手を振り払った。

「仲間……じゃなかった、下僕たちが呪いにやられて気落ちしているのをいいことに、貴様は僕にな、何をするつもりだ！　ぼ、僕が本気になれば、最強極炎魔法で貴様など一瞬で消し炭だぞ！　ほ、ほんとだぞ!!」

何か叫んでいるが、俺の耳にはほとんど入ってこなかった。

プロローグ
—3—


ただそれよりも、サザーンが動いていることが信じられなかった。

「サ、サザーン？　お前、魔王の呪いは……」

俺が言うと、サザーンはふんと肩をそびやかした。

「確かに魔王とかいう輩の邪なる呪法に我が下僕は倒れた。しかしその身に大いなる闇を宿し、暗黒の申し子と呼ばれる僕にはその程度の……」

「そうか！　お前みたいなのが結婚出来るはずないもんな！　いや、お前が結婚出来ない奴でよかったよ!!」

考えてみれば、サザーンも結婚イベントがないキャラクターだった。

いや、男キャラの結婚イベの有無なんてほとんど気にしていなかったから忘れていた。

俺はテンションが上がり、思わずサザーンの手を握りしめてぶんぶんと振った。

「まさか、お前なんかが無事だったことがこんなに嬉しいなんて思いもしなかったよ！　いやー、ほんとありがとう！　結婚出来ない奴でいてくれて、本当にありがとう!!」

「……貴様は、僕に何か恨みでもあるのか？」

当のサザーンはなぜか恨みがましい声でそんな訳の分からないことを言っているが、上がりまくった俺のテンションを下げることは出来なかった。

そして恨みがあるかと訊《き》かれれば、それはもちろんあるに決まっている。

「い、いつまでやっている！」

残念なことに、握っていた手はすぐにサザーンによって振りほどかれた。

「それより、何が起こっているのか貴様は知っているのか？　魔王の声は僕も聞いたが、僕の優秀な頭脳をもってしても状況がさっぱりだ。こいつらは……こいつらを治すために、僕は何をすればいい？」

「サザーン……」

いつも偉そうで、アホなことばかりしていると思っていたサザーンの見せた意外な感情に、俺はしばし言葉を失った。

だが、それで心も決まる。

「……そう、だな」

ミツキの言う通りだ。自分のやってしまったことを嘆いて、悲しんだり悔やんだりするのはもうやめよう。

それは全部が終わってからでも遅くはない。俺のせいで魔王の呪いを受けてしまった人たちのためにも、今は動く時だ。

その手始めとして、俺はライデンのところに駆け出した。

「あっ、おい!?」

サザーンの声を無視して、ライデンの近くまで走る。

そして、

「よかった。あった」

その足元に転がっていた鍵を拾った。

これはクエストアイテム、〈黄金の鍵〉だ。

猫耳猫ではメインキャラクターが死んだり魔王の呪いで固まってしまうと、その人物の関連クエストは進行しなくなる。

それではゲームクリアが不可能になるため、一部の必須クエストのアイテムは死亡、あるいは呪いを受けた時点で落とすようになっているのだ。

「き、貴様、それはライデンのものだろう!? 白昼堂々盗みとは、見下げ果てた……」

騒ぎ立てるサザーンの声を無視して、俺は頭の中で、魔王の呪いを受けるキャラクターと、そのキャラクターの持つクエストアイテムの一覧を思い浮かべる。

これからのために必要なクエストを考えて、そこから逆算して最低限何が必要かを考えていく。

時間が経てば、地面に落ちたクエストアイテムを誰かに拾われてしまうかもしれない。可能な限り早く行動しなくてはならない。

「みんな、聞いてくれ。これから手分けして止まってしまった人のアイテムの回収をしてもらいたい」

魔王の呪いと一緒に凍りついてしまった時間を溶かすかのように、俺は迷いを振り捨てて前へと進む。

—— 4 ——

リンゴ、ミツキ、サザーン、あと地味にくまも街を駆けまわってくれて、最低限のクエストアイテムは集めることが出来た。

いくつかは手に入らなかったアイテムもあったが、ゲームと比べて自由度の増したこの世界なら、何個かアイテムが足りなくても創意工夫で補える……はずだ。

俺は一通りのところを回った時点で、捜索の終了を告げた。もう辺りは暗くなっている。みんなもそろそろ帰って休みたいところかもしれないが、申し訳ないがそういう訳にもいかない。

「悪いけどみんな、もう一働きしてほしい。リンゴはサザーンと一緒にライデンたちの身体を屋敷まで持ってきてくれ。流石にあのまま晒《さら》しておくのもかわいそうだ」

「…ん、わかった」

リンゴが終わると、今度はミツキに向き直る。

「ミツキはくまと城に行って、真希と連絡をつけてくれ。今起こってることの説明をするのはもちろん、会う約束を取りつけてくれたらありがたい」

「分かりました」

プロローグ
―4―


ミツキもうなずき、解散、となるはずだったのだが、なぜかみんなの視線はまだ俺に集まっていた。

俺が怪訝《けげん》な顔をしていると、サザーンがみんなを代表するように前に出て、訊いてきた。

「それで、貴様はその間どうするつもりなんだ？」

「俺か？　俺は……」

答えながら、視線が自然と南の方へと向かうのを感じた。

今から俺がするのは、本当なら真っ先にやりたくて、けれどずっと、我慢していたこと。

つまり……。

「あいつを、迎えに行く」


俺は平地ではミツキを越える速度で移動が出来るものの、起伏のある地形や長距離の移動となると、やはりミツキには一歩も二歩も劣る。

ミツキが二時間と言った道をたっぷり三時間はかけて、俺はリザミス荒野までやってきた。

薄闇の中、たまに獣型のモンスターが襲ってくるが、

(ステップ、横薙《な》ぎ！)

このレベルの敵なら、小細工も必要ない。

俺は不知火《しらぬい》の一撃でまさに敵を薙ぎ倒しながら、彼女の姿を探した。

「……いた」

フィールド上に数本だけ存在する、背の高い木。

その内に一つに、彼女の姿はあった。

「よっ、と」

掛け声を一つかけて、木に登る。

ゲームになって向上された身体能力で、するすると木を伝い、トレインちゃんのところまで近付いていった。


「トレインちゃん……」


ラムリックで別れてから、何日が経っただろうか。

久しぶりに見ても、彼女は変わっていない。

記憶の中そのままの姿の彼女は、木の上で左手にはめた〈通信リング〉を、まるで世界で一番大切なものでもあるかように右手で包み込み、祈るような姿勢で固まっている。

顔をのぞきこんでよくよく見てみると、それも体の一部と見なされたのだろうか。頬《ほお》に大きな涙の滴をつけたまま、トレインちゃんはその時間を止められていた。

その涙が一体どんな感情によってもたらされたのか、今の俺には知る術はない。

「トレインちゃん、ごめん」

無駄とは知りながら、その涙をぬぐおうとする。

当然俺の手は硬質な感触に阻まれるだけで、分かってはいてもやりきれなくなった。

だけど、そんな感傷を今は胸の内に押し込めて……。

「悪いけど、十日間だけ、待っててくれ。十日以内に、俺は絶対に――」

煌々《こうこう》と輝く月の下。

何も答えない、何も答えられないトレインちゃんを前に、強い決意を込めて、俺は宣言をした。


「――魔王を、倒す」

［第一章］

ポケットの中の海底

I am the only one who knows this world is a game .

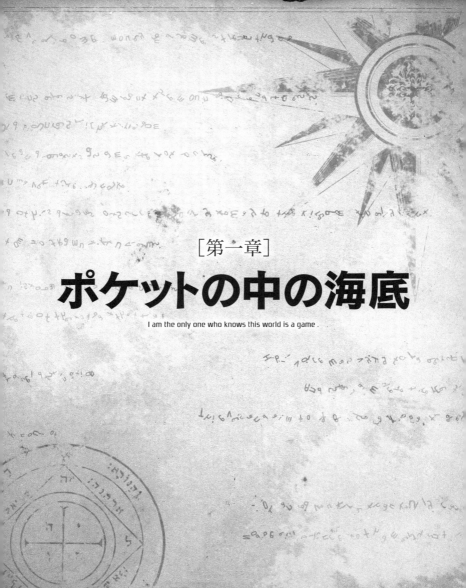

— 1 —


魔王を倒す、と決めたが、それはもちろん簡単なことではない。

このゲームのラスボスである〈終末呼ぶ魔王〉は、ゲームが開始した瞬間から魔王城の最奥にいて、そこから動くことはない。

だから、理論上はゲームが始まった瞬間に魔王城に行って倒すことも可能……ということには、流石にならない。

この魔王は世界各地にある仕掛けによってその力を増大させているため、まともに戦ったらどれだけレベルを上げてもほとんど勝ち目はない。それどころか、魔王城を守る数々のギミックによって、城に入ることすら不可能なのだ。

世界各地を巡り、その魔王を守る様々な仕掛けや強化を解除、つまりは魔王を弱体化させていくのが猫耳猫のメインクエストであり、ゲームの本道でもある。

だが、残念ながら今の俺に悠長に一つずつクエストをこなす時間はないし、主要キャラが魔王の呪いを受けてしまった今、こなせるイベントも限られている。

だから魔王を倒すためには、魔王の呪いを受けて固まってしまったキャラクターたちからイベントアイテムを借りて、時間の許す限りの弱体化を図るしかない。

だとすると、もう一分一秒たりとも無駄には出来ないのだ。

「ちょっと、我慢してくれよ」

俺は一言断りを入れて、時間を止められ、固まったトレインちゃんの身体を抱えて木の上から地面に降ろす。

幸いにも呪いを受けた状態でも、他人が動かすことは出来るようだ。

そのまま抱えて屋敷まで持ち帰ろうと思ったが、俺はふと思いついて鞄《かばん》に手を突っ込んだ。

「あとで『あ、この前に担がれてた子だ！』なんて街の人に指さされたら、かわいそうだからな」

そこから黒頭巾（防御力十五）を取り出すと、トレインちゃんの顔が全て隠れるようにすっぽりとかぶせる。

これで顔バレすることは万に一つもないだろう。

俺は安心してトレインちゃんの身体を肩に担ぐようにして持ち上げ、街に向かって猛然とステップで走り出した。


やはり魔王の呪いによる混乱から立ち直っていないのだろう。

俺やトレインちゃんの姿を見て騒然とする街を駆け抜けて、一直線に屋敷に駆け込む。

固まっている人間というのはやはり慣れるようなものではないようで、屋敷に戻っていた仲間たちまでトレインちゃんのことを二度見してきたが、とりあえず無事に連れ帰ることが出来た。

二階の一番広い部屋に彼女を降ろし、人形たちに警護をお願いして、ようやく息をつく。

……しかし残念ながら、それで一安心、という訳にはいかなかった。

仲間たちはほぼ全員が役目を終えて戻ってきていたのだが、一人だけ、サザーンの姿だけがなかったのだ。

「まったく、世話の焼ける」

リンゴいわく、サザーンとリンゴは協力してアレックズたちの身体を屋敷へと運んでいたのだが、最後、大きくて重いバカラの身体を運ぶ段になって、サザーンが戦力外になったため、リンゴが一人で抱えて戻ってきたという。

バカラを持とうとして「ぐへっ」とか言いながら潰れるサザーンの姿も、それを横からひょいっとかっさらって片手で持ちあげていくリンゴの姿も、簡単に思い浮かぶ。

やっぱりサザーンにこの仕事を頼んだのは間違いだったか、と反省するが、あとの祭りだ。

とにかくリンゴは一人でバカラを屋敷まで運んだのだが、途中からサザーンがついてきていないことに気付いたそうだ。

入れ替わりになっても面倒だ。

俺は一緒に行くと言うリンゴを制して、ふたたび街にとんぼ返りすることになった。

第一章
—1—

アレックズたちが固まっていた場所は、屋敷からそう遠くはない。

早足で進んでいると、ほどなく前方に目当ての黒い影、アホ魔術師のサザーンの真っ黒いマントを見つけることが出来た。

「あいつ、何をやってるんだ？」

遠目からでも分かる挙動不審な様子に、思わず眉をひそめる。

近寄ってみると、サザーンは何やら本を片手にくねくねと悶《もだ》えながら葛藤しているようだった。

「こ、この本は、何度頼んでも父様がどうしても買ってくれなかった『公爵家の気怠い昼下がり』！　まさかバカラがこんな本を隠し持っていたとは！　と、父様は『お前にはまだ早い』と言っていたが、い、今の僕になら……。い、いや、ダメだ！　アレックズたちが大変な時に僕だけがこんな……。あ、でも、ちょっとだけ、ほんのちょっとだけなら……」

「おい！」

後ろから声をかけると、サザーンは「ぴゃっ！」とかいうどこから出しているのか分からないような声を出して、その場で跳びあがった。

「何でお前がここにいるんだ？　それに、その本は……」

俺の視線がサザーンが持った本に向かうと、サザーンはあからさまに慌て始めた。

「ち、ちち、違うぞ！　こ、この本はバカラが雷に打たれた時に落としたものだと言って、さっき親切な人が届けてくれたのだ。単に預かっておこうとしただけで、決して勝手に読もうなどとは……」

　何か言い訳を始めたサザーンにため息をついて、促す。

「じゃあ、さっさとそれ開いてみろよ」

「え、い、いや、でも、まだ心の準備が……」

「いいから！」

　俺が強く言うと、サザーンは「ぼ、僕は別に貴様に脅されたからやる訳じゃないんだからなっ！」とめんどくさい言い訳をしてから、手に持った本を開いた。

　その中には……。

「あ、あれ？」

　無数の白紙のページが広がっているだけだった。

「それ、イベントアイテム……あー、要するに、普通の本じゃないからな。題名なんかも書いてあるけど、表紙は単なる偽装なんだよ」

「くっ！　バカラめ！　こんな時でさえ、僕の純情を踏みにじるとは……!!」

　地面に膝をつき、本気で悔しそうにするサザーン。

　こいつみたいに生きていられたら楽しそうというか、見ていて愉快ではあるのだが、今は構ってはいられない。

とりあえず首根っこつかんで持ち帰ろうとした、その時、

「だ、旦那さまぁー!!」

背後から、やけに聞き覚えのある声が聞こえてきた。

というより、俺をこんな風に呼ぶ人間なんて、この世界には、いや、現代日本を含めても一人しかいない。

「店員さん！」

振り返るとそこには予想通り、こちらに駆け寄ってくるアイテムショップの店員さんの姿があった。

両手いっぱいに荷物を抱えた彼女は、それでも一生懸命に俺たちに向かって駆け出し、その勢いのまま俺の胸に飛び込む——

「旦那様！　よかった、心配しまし……」

「あ、そこ段差」

「へ……ぎゃん！」

——直前で段差につまずいて頭から地面に飛び込んでいった。

「え、えっと……」

慰めの言葉も思いつかないほどの見事な顔面スライディングに、動き出した俺の時間はふたたび凍りついたのだった。

―2―

「いやー。商品が無事で本当によかったです！　これもわたしの日頃の行いのおかげですね！」

「ああ、うん。よかった、な？」

額に漫画みたいなでかいたんこぶを作った店員さんがほがらかに笑う。

「でも、ほんとに大丈夫なのか？　結構派手に頭から行ってたように見えたけど」

「はっはっはっは！　こんなのぜんっぜん痛くありませんよ！　商品が壊れることに比べたら！」

「へー」

試しにピトッと触ってみると、店員さんは「うぎゃぁあああ！」と叫んで悶絶《もんぜつ》した。

数秒ほど転げまわった後、涙目で抗議してくる。

「な、なんてことするんですか旦那様！　痛いじゃないですかぁ！」

「い、いや、悪かったよ。痛くないって言ってたから」

「そんなワケないじゃないですか！　やせ我慢に決まってるでしょうがっ！」

烈火のごとく怒る店員さん。そんなの知るか、と言いたいが、まあまあとなだめておく。

「うぐぐ……。ま、まあ、この怪我はともかく、ソーマさ……旦那様が無事だったみたいなのでよかったです」

「ああ。俺も、店員さんが無事で安心したよ」

などと言いつつ、俺はこの王都の知り合いの中で店員さんのことは一番心配していなかった。だって、この人は……。


「完っ全に、モブだもんなぁ……」


ぼそっとつぶやく。

本人には言えないが、ゲームでは店での会話パターンはぶっちゃけ少ない完全な店員ＡＩ。

王都のアイテムショップの店員さん、よく見ると結構かわいいよな、という声は聞いたことあるような、やっぱり別になかったような気もするが、特に店員さんに特別なイベントが発生したという話も聞かなかった。

「よく聞き取れなかったんですけど、今、何かとても失礼なことを言いませんでしたか!?」

「え、う、うん？　そ、そんなことない、ぞ？」

モブなんて聞こえたとしても意味は分からないはずなのに、店員さんはじとっとした目で俺を見てくる。

まったく、こんなところばかり鋭くて嫌になる。

ただ、いくらモブキャラ丸出しだとはいえ、この世界では何が起こるか分からない。安心したのは本当だ。

「いや、でも本当に、店員さんが元気そうでよかったよ」

俺がもう一度言うと、その気持ちが伝わったのか、店員さんの目から角も取れた。

「はい。それは本当に、そうですよね！　どうしてこんなことが起こってしまったのか。わたしの顧きゃ……知り合いも、何人かやられてしまって」

そうして、沈痛そうな顔をしてみせる店員さん。でもお前、今一瞬、顧客って言いかけてたよな？

「あー、悪い。俺たちはこれからクエスト……じゃなくて、アイテム集めをしなくちゃならないから」

クエストと言っても分からないと思って、慌ててアイテム集めと言い換える。

街以外で呪いを受けてしまったキャラクターからもアイテムを収集しなくてはいけないので、別に嘘《うそ》は言っていないだろう。

「なるほど！　つまりアイテムショップの店員であるわたしの出番、という訳ですね！」

無理矢理に会話を切り上げようとしたのだが、これは逆効果だった。

アイテム、と聞いて店員さんの目がキラリと光る。

「い、いや、俺たちが集めようとしてるのは、お金で買えるようなものじゃないんだ。ほら、なんというか……人が身につけているものというか、今だけしか手に入らないアイテムというか、分かるだろ？」

流石に停止している有名キャラのアイテムを勝手に拝借していく、なんて馬鹿正直に言うのは外聞が悪い。

俺がぼかして伝えると、俺が何をするのか理解したのだろう。ひゃわぁ、と驚いた声をあげて、店員さんは慌てて口元とスカートを押さえた。

「え、えと、でも、でもですよ。い、今は特に人も多いですし、そんなの、だ、誰かに見られたら……」

「分かってる。けど、どうしても必要なんだ」

覚悟を持って、そう伝える。

俺の剣幕に驚いた様子で、店員さんはごくりとつばを呑《の》んで、

「……流石は、わたしの旦那様です。こんな時でも、全くぶれませんね」

彼女は何だか達観したようにふっと息を吐くと、妙に遠い目でうなずく。

「分かりました。わたしも、覚悟を決めます！」

「え？　いや、別に……」

店員さんは別に何もしなくても、と最後まで伝えることは出来なかった。

「だ、大丈夫です！　わたしももう、何も知らなかったあの頃とは違います！　おとなになってかなしいことなのです！」

「お、おう……？」

「で、ですから、え、ええと、ちゃっちゃとやってきますから、待っていてください！」

そのまま、うおおおお、と雄たけびをあげながら角を曲がって消えていってしまう。

「……な、なんだ、あれ？」

もしかして、あそこの路地裏に固まっている人がいるのだろうか。

何が何だか分からないが、何かどうしようもない誤解があるように思えてならない。

「き、貴様は一体何の話をしていたのだ？　何か、こう、や、やましい取引をしたのではないだろうな」

「やましい取引ってなんだよ。知ってると思うけど、あの人はちゃんとしたアイテムショップの店員さんだぞ」

サザーンの言葉にそう返しはするが、俺もなんとなく違和感が拭い去れない。

それからサザーンの疑惑の眼差しに耐えていると、やっと店員さんが手に何か布きれを握って駆け戻ってきた。

「旦那様！　お約束の『ハンカチ』、取ってきましたぁ！」

「え……？」

何かおかしいと思っていたら、どうやら途中で話が捻じ曲がって、店員さんの中ではハンカチを取ってくるという話にすり替わっていたようだ。

外がどうとか言っていたのはハンカチが置いてある店まで遠いとか、そういう話をしたかった、のだろうか。

何だか釈然としなかったが、店員さんの妙につやつやした顔を見ているとそこに突っ込むのも無粋なような気がしてきた。

「旦那様？」

「あ、ああ。早かったな」

不思議そうな顔をされた俺は、慌てて言い繕う。

「ふふふ、一度覚悟を決めればこのくらい朝飯前ですよ！　何だか新しい扉を開いたというか、一皮むけたような気分です！」

「そ、そうか。それは、よかった……のか？」

上気した顔でそう言い放つ店員さんに、俺はただ適当な相槌《あいづち》を打つことしか出来なかった。

とりあえずハンカチを受け取って、鞄の中にしまおうとしたところ、

「き、きさ、貴様ぁ！　それ、それぇ、パ、パン……」

存在をすっかり忘れていたサザーンが震えながら俺を指さしていた。

そういえば、俺はこいつを回収に来たんだった。

「忘れてた。とにかくサザーン、お前も一度屋敷まで……」

「ひゃあっ！　く、来るなヘンタイ！　それ以上近付くなら、い、命の保証はしないぞ！」

サザーンを回収しようと俺が近付くと、何だか過剰反応して、弾かれるように後ろに下がった。

威嚇する猫のように杖《つえ》をこちらに向けて警戒してくる。

「いきなり何言ってるんだよ。とにかくお前には……」

説得をしようとさらに俺が一歩を踏み出すと、

「う、うるさいヘンタイ！　ぼ、僕に指一本でも触れてみろ！　地獄の業火が、き、きしゃ、きしゃまを……ひゃぁあああ！」

サザーンは悲鳴をあげながら脱兎《だつと》のごとく走り出し、何度も転びながら道の先に消えていってしまった。

残された俺は、痛む頭を押さえるように、もらったばかりのカラフルなハンカチをこめかみに当てながら、

「……まったく、中二病にも困ったもんだ」

とニヒルにつぶやくしかなかったのだった。

― 3 ―

店員さんと別れてから屋敷に戻ってくると、そこにはもう全員が集まっていた。

俺はみんなを順に見回すと、覚悟を決めて口を開いた。

「みんなに、言っておかなくちゃならないことがあるんだ」

そう切り出した俺を、いつにも増して気遣わしそうに見上げるリンゴ。

あくまで泰然自若として、耳もピンと立てたままでこちらを見るミツキ。

なぜかまた例の赤マントを羽織り、その重みで後ろに傾きながらも一応俺を見ているくま。

この世界の銘菓、ダストダスのハニーメープルプリンを食べながら目線だけをこちらに寄越した真希。

俺から一番遠い場所に立ち、なぜか身体をかばうようにしながら警戒の視線を向けてくるサザーン。

頭を抱えたくなるほどにバラバラなメンバーだが、それぞれ一芸に秀でた奴らだということは間違いない。

特に最後の一人については色々と言いたいことはあるが、こいつだって相応の覚悟を持って、自分からここまでやってきたのだ。

文句は、腹の中に飲み込んだ。代わりに、もっと大事なことを口にする。

「今この街を、いや、この国を混乱させている時間停止の呪い。これを引き起こしたのは、俺だ。こうなると知っていて、魔王を挑発した」

俺のその告白に、

「なっ、なんだとっ！」

大きな反応を示したのはサザーンだけだった。

リンゴとミツキはとっくに承知していたのだろう。リンゴは俺をさらに心配そうに見つめ、ミツキは一度だけ耳をピクリとさせただけで平然としているし、真希もなんとなく予想していたらしく、やっぱりねーとうなずいて、結局プリンを食べている。

ついでに俺の言葉が終わった瞬間、くまがとうとう後ろにひっくり返ったが、これは俺の話とはたぶん全く関係がない。

ここまで責められないと逆に居心地が悪いが、今の俺に出来る最大の罪滅ぼしは、ここで謝ることじゃない。

だから俺は、続く言葉を口にした。

「その上で、決めた。……俺は、魔王を倒す。だから、みんなにも協力してほしい」

そんな俺の言葉に、

「……ん。まか、せて」

「言われずとも、そのつもりです」

まず、リンゴとミツキが立ち上がってその意志を示す。

直後、ようやく体勢を立て直したくまがニタァと邪悪に笑い、

「まー、もともと倒さなくちゃいけない相手だったしねー。わたしはそーまがやるっていうなら何でも手伝うよ」

真希もプリンを食べきると、そう宣言した。

そして、

「……僕、は」

残った最後の一人、サザーンは、態度を決めかねているようだった。

俺は、何か言いかける仲間たちを制し、サザーンの前に立つと、

「今回だけでいい！　俺たちの仲間になって、一緒に魔王を倒してくれ！」

「なっ！」

サザーンに向かって、大きく頭を下げた。

……ゲーム時代、サザーンには散々な目に遭わされた。好きか嫌いかで言えば、好きだとは口が裂けても言えない相手だ。

それでも、

「頼む、サザーン！　お前が、必要なんだ！」

相手は、あの魔王だ。

一人では、到底勝てない。

俺以外の人間の協力が、仲間の力が、絶対に必要なのだ。

「かっ、顔を上げろ」

俺が頭を下げ続けていると、上から焦ったような声が降ってくる。

「こ、今回だけだ。仕方ないから今回だけ、僕も手伝ってやる」

顔を上げた俺に、サザーンは照れたように仮面に覆われた顔を斜めに背けながら、少しくぐもった声でそう言った。

「サザーン！」

「か、勘違いするなよ！　お前のためじゃない！　この事態を引き起こした張本人に協力するというのも癪《しゃく》だが、そもそも、僕がアレックズと組んだのもあいつが魔王を倒すと言っていたからだ。なんと言っても、魔王は僕の封印されし右腕とも関連がある……ようなないような感じのする、謂《い》わば宿敵と言ってもいい相手だからな。それに、僕のなか……下僕たちを治してやりたいというのも、まあ、なくはないし……。だ、だから、その……」

ごにょごにょと言葉を濁し、サザーンはしばらくためらった後、

「……よ、よろしくお願いします」

その魔法使いらしい華奢な手を、俺に向かって伸ばしてきた。

「ああ、こちらこそ！」

おずおずと伸ばされた手を強く握り返し、俺はにやりと笑った。

「ありがとう！　これで魔王を倒せる希望が出てきた！」

「う、うん。……じゃ、なくて、あ、当たり前だ！　この僕が力を貸すんだぞ！　たかが魔王程度、た、倒せないはずがないだろ！」

手を握り合ったまま、あいかわらずの大言壮語を吐くサザーンを見ながら、俺は胸が熱くなるのを感じた。

――そうだ。いかに魔王が強大とはいえ、所詮は独りぼっち。

俺たちには「仲間」という最大の武器がある。負けるはずなんて、ない！

だって、奴には……。

――相手のパーティの仲間が多いほど弱くなるという、ぼっち特性《じやくてん》があるのだから!!

―4―

〈孤高の魔王〉、あるいは〈S《スーパー》B《ぼっち》K《キラー》〉、もしくは〈S《せつない》B《ぼっち》K《キング》〉などとも呼ばれる〈終末呼ぶ魔王〉は、ソロ撃破に向かない敵だ。

普通は大人数でボスに挑むとむしろボスのHPや能力が上がるというのが一般的だが、魔王は逆。一対一で戦うと露骨にパワーアップするのだ。

「一人で世界は救えない！　旅を支える絆《きずな》の力！」

というキャッチコピーが示す通り……なのかどうかは知らないが、魔王は六人以上で挑んだ時が一番弱く、それから人数が一人減るごとに四割ずつパワーアップしていく。完全にソロで挑んだ場合、その戦闘力は六人パーティの時の三倍にもおよぶ。

率直に言って、勝てる訳がない。

実は魔王は元は人間で、ひどい裏切りにあったせいで禁断の実験に手を出して魔物に……なんて設定が存在するのだが、とにかく人が仲良くしているのを見るのが心底嫌いらしい。

「だから結婚の邪魔すんのか」とか、「器、ちっちぇな……」とか、「もしかして邪神復活させんの、話し相手欲しいからじゃね？」とか散々に言われていたが、その特性は侮れない。

実質的に、魔王と戦う時は必ず「仲間を五人連れていかなければいけない」のだ。

そして、その「仲間」とは当然、戦力的にはいてもいなくてもいいような人間、いや、むしろいたらマイナスになる可能性すらあるアホ魔術師であっても問題はない。

「ふ、ふん。そんなににやにやして、僕が仲間になったのが嬉しいのか。ま、まあ？　僕もちょっとくらいなら、本気を出してやってもいいし。あ、べ、別に、パーティに誘ってくれたのが嬉しいから張り切ってるとかじゃないからな！」

まだサザーンが何か言っているが、今ならその憎まれ口も全く気にならない。とにかくこれで魔王討伐の第一段階はクリアだ。

ただ、もちろん人数がそろっただけで倒せるほど、ＳＢＫは、いや、魔王は容易《たやす》い相手ではない。

これからの方針を決めようと仲間たちを見ると、まず、騎士団の動向がつかめる真希が発言した。

「そーだった！　そーまが気にするかと思って、お城にいる間に魔王の呪いの被害状況を聞いてきたよ！　固まっちゃった人たちは、とりあえず城に保護するようにしてるのと、外で動かなくなっちゃった人もいるみたいだけど、そういう人も騎士団が街に運ぶようにしてるって」

「仲間が停止させられて、それで死んだ人は……」

俺の問いに、真希は首を横に振った。

「んー、仲間が固まって慌てて戻ってきたって人もいるけど、固まってないこの街の冒険者はとりあえず全員無事っぽいよ。ほかの町のことまでは、さすがに調べられてないみたいだけど」

「そうか。とりあえず、よかった。これで、魔王を倒すことに気兼ねなく集中出来る」

俺が一番恐れていたのは、冒険に出ている途中に仲間が時間停止を喰らってパーティが崩壊、死亡者続出、なんて最悪の事態が起こっていないかということだった。

まだ安心は出来ないが、真希の話を聞く限り、今のところはその被害はなさそうだ。

「しかし、策はあるのですか？　魔王討伐はこの世界に生きる者達の悲願です。実際、今まで幾つもの討伐隊が編成されてきました。ですが、魔王を倒す事はおろか、魔王城に辿《たど》り着く事にすら成功した者はいません」

ミツキが猫耳を寝かせながら発言した。

その心配は、確かにもっともだ。

「それは……何とかなるはずだ。少なくともそれが出来るだけの情報を、俺は握っている」

ミツキたちにとっては未知の試みでも、俺にとってはゲームで何度か経験したことだ。

仕様変更がないのであれば、やり方によってはクリア出来るということまでは間違いがない。

しかし、問題なのは時間制限だ。

「俺は、何とかして十日以内に魔王を倒すつもりだ」

俺がそう口にすると、流石に仲間たちも一様に驚いた顔を見せた。

リンゴはよく分かっていないようだが、ミツキは耳をぴくぴくさせたし、真希も素直にびっくりした顔をしている。

サザーンに至っては、「なんだこいつ、誇大妄想狂か？」みたいな目でこっちを見ている。

こいつにだけはそんな顔をされたくはないが、気持ちは分からなくもない。

しかし、俺にはどうしても、十日以内に事態を収拾させなければいけない理由がある。

猫耳猫プレイヤーたちが編纂《へんさん》した〈7743レポート〉によれば、〈魔王の祝福〉後にプレイヤーに残された時間は、たったの十日間しかないのだ。

――7743レポート。

別名を〈ナナシサンレポート〉とも言うそれは、〈魔王の祝福〉の被害の甚大さを表す最大の資料であり、猫耳猫wikiからもリンクが張られている。

そのレポートの大半を占めるのは、〈魔王の祝福〉によってデータを強制的にセーブされてしまったプレイヤーたちが、どうにかしてそのままでゲームクリアを目指した様子を記録した文章。

まあ、一言で言ってしまえばプレイ日記である。

そこに数々の考察や検証データが付け加えられ、いつしか〈7743レポート〉などという大仰な名前で呼ばれるようになったというのがその実態だ。

そのレポートの内容は多岐にわたるが、その中でも一番重要なのは〈魔王の祝福〉イベントが発生した後、それからまともなプレイが可能な期間は約十日間だという情報だろう。

このゲームは死人が出ても平然とプレイは続行されるが、マイナス要素についてだけは勤勉な猫耳猫のこと、実はキャラクターが死ぬと、ちょっとしたデメリットが発生するようになっている。

例えば冒険者が死ぬと周辺の魔物侵攻度の増加率が上がり、商人が死ぬと物価が上がってアイテムの値段が高騰し、騎士団が死ぬと治安が悪くなって盗賊系のイベントが多発し、街の有名人が死ぬと街の活気が失われてイベントが起こりにくくなる。

これらは一つ一つなら大した影響力は持ち合わせていないが、それが数十人分も積もり積もれば話はまた別だ。

〈魔王の祝福〉を受けた人物は、それが解除されるまで死亡しているのと同じデメリットを発生させる。

このゲームでは同性との結婚も可能なので、プレイヤーの性別に関係なく、結婚可能なキャラクターほぼ全てが時間停止されてしまっているはずだ。

そして、結婚可能なキャラクターというのはそのほとんどが大きな力を持ったキャラクターであり、当然死亡時のデメリットもほかのキャラクターと比べて大きい。

主要キャラクターの脱落により国は目に見えて衰退していき、それが臨界に達して様々な問題が噴き出してくる時期、それが〈魔王の祝福〉から十日なのだ。

ゲームだった頃とは違い、この世界ではイベントが俺とは無関係に発生する可能性がある。もし致命的なイベントが俺のいない場所で起こったら、いや、そういう大きなイベントが起こらなくても、十日を過ぎてしまえばいずれどこかで犠牲者が出てしまうのは避けられないだろう。

だから絶対に、十日以内に決着をつけたい。いや、つけなければならない。

あれだけのことをしでかして、何を今さらと思うかもしれない。

だが俺は、この一件で絶対に犠牲者を出したくないと思っている。

それも、犠牲になる人たちのためではなく、もっと利己的で身勝手な、独りよがりな理由でそんなことを考えているのだ。

「んー。そーまがそういうのくわしいの、わたしは知ってるけど……。でも、ほんとーに十日で魔王を倒せるの？」

そこで俺の自虐的な思考を断ち切るように、真希がずばりと核心を突いてきた。

こいつはどちらかと言うとすごくバカでおまけにゲーム音痴だが、こういう時の頭の回転は悪くはない。

前に真希とゲームクリアについて話した時、俺は魔王を倒すことを先送りして帰還方法について探ることを優先した。あの時、もし俺が魔王を十日で倒せると確信していたなら、帰還方法を探すより先に魔王を倒しに向かっていただろう。

そして実際、あの時点では十日で魔王を倒すことなんて到底不可能だと思っていた。

しかし今は、あの時とは少し状況が異なる。

「それが出来るかは、今から考える」

俺はそう言って、テーブルの上に視線を落とした。

弱体化させずに魔王を倒すのは困難だし、そもそも魔王に挑むためにはまず、魔王城に張り巡らされた仕掛けを乗り越えなければならない。

それを解決する一助となるのが、

「これが、今回手に入れたアイテムか……」

テーブルの上に所狭しと並べられた、数々のクエストアイテムたちだ。

俺がライデンの足元から拾い上げた〈黄金の鍵〉のほかに、大小様々な鍵、色とりどりの宝石や宝玉、くすんだ灰色のレリーフ、水の入ったガラスケースに入れられたミニチュアの街の模型、透き通るような色をした銀色の杯、果てはオモチャのアヒルやゴムボールまで、本当に多種多様なアイテムがそこにはあった。

ただ、それでも、

「やっぱり難しいな……」

十日で魔王のもとに辿り着くには、流石に心許ない。

いや、はっきりと無理だろう。アイテムが不足しているという訳ではなく、ここからこなす必要のあるイベントが多過ぎるのだ。

キャラクターが持っているクエストアイテムは、魔王城に行くのにそのまま使えるものはむしろ数が少ない。

ライデンの鍵やここにある銀色の杯など、次のイベントに必要になるキーアイテムであることが多いのだ。

これだけのアイテムがあれば魔王関連のイベントを全てこなすことも可能だが、そのためには十日ではとても時間が足りない。

万全の状態で魔王に挑むには、優に百を超えるイベントをこなす必要がある。

いくつかのクエストアイテムを先取りで入手して、ほとんどのイベントの攻略法を理解している以上、かなりのショートカットが出来るはずだが、それでも十日ではまるで足りない。

まずは最小限、魔王と戦うにはどのイベントをこなせばいいのか、それを一番に考えるべきだろう。

ゲーム時代、パラメーターやスキル、バグ利用などと関係なく、魔王城に挑むまでに絶対に対策しなくてはいけない障害、つまり、どんなに強くても乗り越えられない壁が三つあった。

今の俺たちがまず解決しなければいけないのも、たぶんこの三つになる。

一つ目が、魔王城の上空の暗雲。

対策なしで魔王城に近付けば、雷によってどんなに防御力が高くても即死してしまうので、特定のアイテムを入手して身を守らなくてはならない。

ただ、これについては今回入手したクエストアイテムの中に対策アイテムがある。これを使えば雷のダメージを大幅に緩和出来るので、何とかなるだろう。

二つ目が、魔王城の一番奥「魔王の間」に至る大扉の封印。

魔王城の城門など、ほかにもいくつか仕掛けによって閉じられている扉はあるのだが、ソロで行くことを覚悟するなら大抵は〈蜃《しん》気《き》楼《ろう》の壁抜けバグ〉ですり抜けられる。

ただ、魔王のいる最後の扉の前だけは安全地帯になっていて、そこではスキルが使えない。

そこの扉だけは、バグに頼らずにどうにかして開ける必要があるのだ。

この扉の封印を解くイベントをクリアするのは困難で、少なくとも今から十日ではとても間に合いそうもない。

が、実はそのイベントを起こさなくても最後の扉を開ける裏技は存在する。

魔王城の城門を開くためのクエストに、最後にひらがな四文字のキーワードを入力するというイベントがある。

ここで、〈かいもん〉という正しい四文字を入れれば無事に魔王城の城門が開くのだが、ここで〈かじだぞ〉と入力すると、なぜか城にある全ての扉が開くというお遊び設定がある。

これを使えば城門は当然として、複雑な開錠条件のある宝物庫の扉も、なぜか魔王城の西の端に一個だけあるトイレの個室の扉も、厳重に封印されているはずの「魔王の間」の大扉さえもあっさりと開く。

ただ、この裏技は諸刃の剣。

何しろ部屋ごとに区切られていた魔物たちが一斉に襲ってくるようになるので、魔王城攻略の難易度は一気に数倍以上に跳ね上がる。

これを使って魔王城に足を踏み入れたら、いきなり数十匹の魔物たちに囲まれたなんて報告もざらで、そうなれば圧倒的な能力差がない限り勝負になるものじゃない。

だが、元より無茶は承知の上。弱体化なしの魔王に挑むなら、それをさばけるくらいの力が必要だというのもまた事実だろう。

戦いが厳しくなるにしても、この方法しかあの扉を開ける手段はない。俺は今回、この裏技を使って魔王城に挑もうと考えている。

そして最後、一番厄介な三つ目の障害が、魔王城の周りにある血の池である。

魔王城のある火山の火口の底、すり鉢状の地形の一番下に溜まったその血の池は、今まで魔王に挑んだ者のなれの果てだと言われている。

火山の熱によってぐらぐらと煮立ったその池は、システム的にプレイヤーの侵入を拒む不可侵地帯でもあった。魔王城はその血の池に囲まれているため、城に乗り込むには当然この池を乗り越えなくてはいけない。

ただ、そのためには〈月の架け橋〉というアイテムが必要で、それを入手するには月が満月、三日月、半月、新月の時に儀式を行い、〈朔月《さくげつ》の杯〉というアイテムに月の力を集めなければならない。

おそらくこれが猫耳猫攻略で最大のネックになるクエストで、儀式の順番と月齢の関係上、これにはどうしても一ヶ月以上かかる。

もちろん、今の俺にそんなことをしている時間はない。

ここばかりはゲーム時代の知識を無視して、どうにかして〈月の架け橋〉なしであの池を攻略しなくてはならない。

幸いゲーム時代とは違い、プレイヤーに対する侵入制限は機能していない。

エアハンマーと瞬突を使えば、俺一人なら池を乗り越えることも出来る。

ただ、仲間を連れていくことを考えると、やはり何とか池を排除するか、あるいは橋でもかけて乗り越えられるようにしたい。

（やっぱり、適当なアイテムを使って足場を作るのが最善か？　いや、しかし、あんまり時間を取られると雷がな……）

雷はクエストアイテムで緩和されるが、いくらかのダメージは通る。

走り抜けるなら問題ないダメージだとは思うが、足を止めて作業をすることを考えると少し厳しい。

（なら、どこかに穴を作って池の血を流すとか？　……それもダメだな。あの血の池は火口の最下層に溜まっているから、水抜きは出来な……ん？）

なぜか、自分の台詞が頭に引っかかった。

（いや、そうか。ちょっと変わった見た目だけど、あれだって水、液体には違いない。だったら……）

そう考えた途端、俺の頭に攻略のアイデアが閃《ひらめ》いた。

ちょっとした発想の転換だ。何もあれを排除したり迂回《うかい》したりすることだけが解決策ではない。

「——よし、決めた！」

そう言って、俺は手を打つと、集まるみんなを見回した。

「今から水中都市に行って、水中適性アイテムを取ってこよう！」

「……は!?」

突然の言葉にサザーンが固まったが、申し訳ないが構っている時間はない。

現在の時刻は午後十一時五十二分。これなら今からでも何とか間に合うだろう。

次はいつフルメンバーが集まれるかは分からない。

動くなら、今動くべきだ。

みんなは早速イベントアイテムを入れた鞄を探る俺を当惑の表情で見ていたが、やがて代表してミツキが前に出た。

「確かに水中都市の噂《うわさ》話は私も聞いた事があります。水の底にある都市、その最深部には合成生物ポセイダルが守る宝物庫があり、そこには水の中でも自由に過ごせるようになる宝がある、と。しかし、所詮は噂話です。実際にその場所を見つけた人はいませんし、仮に場所が分かっていたとしてももう真夜中です。今から出発するのは……」

苦労してアイテムを外に出しながら、俺はその言葉に不敵な返事を返した。

「大丈夫だよ。今から二時間くらいで戻ってこれる予定だし、水中都市への移動ってことについては、心配はいらない」

「どういう事ですか？」

続くミツキの言葉に、俺はあるアイテムを手にして、持ち上げた。

それは、水満載のガラスケースに入れられた、ミニチュアの都市の模型。

「——だって、水中都市はここにあるからさ」

メニュー▼　編集▼　ツール▼　ヘルプ▼　wiki内検索　検索

猫耳猫wiki　▶▶▶難敵攻略「ボス・中ボス編」より抜粋

【キングブッチャー】

・特徴

その恐るべき強さで初期の猫耳猫プレイヤーを震えあがらせた最強の肉屋で、
絶対攻略不可能《インポッシブルナイン》の筆頭とも言える知名度を持つ。
推奨レベル１６５超のダンジョンボスだが、設定ミスにより推奨レベル５０のデウス平原に
ポップしたことがあり、何も知らない初心者プレイヤーを次々に肉塊に変えるその無双っぷりは
「ミンチ大祭」などと呼ばれ、猫耳猫プレイヤーなら知らぬ者がないほど有名なモンスターとなった。
残念ながらこのバグはパッチにより（めずらしく）修正されており、現在は正規のダンジョン以外では
出会うことはできない。

・攻撃パターン

手にした分厚い刃の凶器「肉切り包丁」がメイン武装。
遠距離攻撃の手段はなく、基本的に包丁による斬撃か、腕や足を利用した
近接攻撃しか行ってこないが、プレイヤーとの距離が離れたり、一定のダメージを負うと
全身に当たり判定を持つ突進攻撃を仕掛けてくる。
突進攻撃の速度は速く、射程も長いため、一度ロックオンされてしまうと逃げるのは至難の業。
覚悟を決めて戦うか、もしくはすっぱりとあきらめよう。

・攻略法

物理攻撃に強い耐性を持ち、ＨＰ再生能力まで備えるため撃破は困難。
もしデウス平原で遭遇した場合、平原の北部にある大きな岩山の上が安全地帯になるので
そこから魔法をひたすら撃っていれば一方的に攻撃できる。
ただ問題は瀕死時のキングブッチャーの再生能力が高いことで、プレイヤーキャラクターが
物理特化であった場合、この戦法では削り切れない可能性が高い。
どちらにせよ、デウス平原の推奨レベルである５０レベル程度では勝つ見込みは
ほぼゼロだと言えるだろう。

切手を

貼ってください。

郵　便　は　が　き

1 0 4 - 8 4 4 1

東京都中央区築地1-13-1
銀座松竹スクエア
株式会社KADOKAWA ホビー書籍編集部

この世界がゲームだと俺だけが知っている❻ 係

ペンネーム	
年齢	歳
性別	
職業	
本書をご購入された書店名	
その書店で購入された理由	
本書をなにでご存知になりましたか	(1)書店・ゲームショップ　[店名　] (2)雑誌記事　[誌名　] (3)広告　[掲載誌名　] (4)TV・ラジオ　[番組名　] (5)インターネット　[サイト名　] (6)知人の紹介　(7)その他[　]

この世界がゲームだと俺だけが知っている⑥

本の評価

	よい ← ふつう → わるい						よい ← ふつう → わるい				
表紙：	5	4	3	2	1	装丁：	5	4	3	2	1
価格：	5	4	3	2	1	内容：	5	4	3	2	1

お買い求めいただいた理由をお聞かせください

好きなキャラクターとその理由を教えてください

ご感想をご自由にお書きください

（ペンネーム：　　　　　　　　）

＊上記のあなたのコメントを弊社関連の媒体で掲載することは可能ですか？
よろしければイエスかノーのどちらかに○をつけて下さい

YES.　NO.

ご協力ありがとうございました。

[第二章]

水中都市

I am the only one who knows this world is a game .

—1—

——ボーン、ボーン……。

屋敷の中に、古時計のぼやけた音が響く。

その数は十二。真夜中を知らせる鐘だ。

そのどこか不吉な響きをやり過ごして、ミツキが口を開いた。

「本当に、これが水中都市なのですか?」

「ああ。誰も水中都市の場所を見つけられなかったのも無理はない。このケースの中の世界が、水中都市と呼ばれる街なんだ」

俺の目の前には、両手で抱え込めるくらいの大きさのガラスのケースがある。

そこには水が満杯に入っていて、その水の中にミニチュアの街が見える。

しかし、そのケースには接ぎ目が全くない。滑らかなその表面を見る限り、外からこの中に干渉するのは不可能なように見える。

ただ、これは魔法のアイテムだ。大きさの問題も考えれば、中に入るのに普通の方法を使うはずがない。

「まあ、論より証拠だ。みんな、こっちに来てこの上に手を置いてくれ」

俺の言葉に従って、くまを含めたその場の全員が水中都市のガラスケースに触れる。

(ん？　何か、忘れているような……)

一瞬だけそんな考えが頭をよぎったが、

(いや、今はとにかく、急がないとな)

あまり時間を無駄にはしたくない。

俺は気を取り直すと、出来るだけはっきりとした発音でこう口にする。


「――水龍《すいりゅう》の御許へ！」

瞬間、視界が暗転した。


「お、っと……」

一瞬だけだが、世界から弾き出されたような、あるいは自分が消えてしまったような、いわくいいがたい奇妙な感覚を覚える。

それは、どことなくこのゲーム世界に入り込んだ時とも似ていた気がした。

(なるほど、転移ってのはこういう感覚な訳か)

そんなことを実感しながら、辺りを見回す。

目に映る景色は、もうすっかり住み慣れてしまったあの洋風の屋敷のものではない。

四方を囲むのは、辺り一面の水。まるで水族館の水槽の中にでも入り込んでしまったような光景が、俺の目の前に広がっていた。

そう、ここはもうガラスケースの中。俺たちは、水中都市へとやってきたのだ。

さて、仲間たちは全員無事に来れただろうか。

「みんなちゃんと……あ」

そう思って振り向いて、ようやく自分が何を忘れていたのかを思い出した。

俺の視線の先にはきょとんとする仲間たち。

その中には当然、猫の耳を生やした「彼女」もいる。

そして、水の中に現れたことで、その「彼女」の薄手の服はいつぞやのように身体にぴったりと張りついていて、

「――や、ゃあぁあああぁあぁああ!!」

久しぶりに聞いたミツキの女の子らしい悲鳴と共に、水中都市の冒険は始まった。

この水中都市のクエストはゲームの中盤に発生するもので、ダンジョンのレベルは百三十程

度。

敵のレベルは決して高くはないが、水中ダンジョンであるがゆえに、その難易度は数段上に跳ね上がっていると言っていい。

確かにゲームの仕様のおかげで水の中なのに息が苦しくなるということもないし、ゴーグルなどがなくても普通にものが見える。

しかし、水の抵抗で動きが若干鈍くなっているし、こうしている今もＨＰがすごい勢いで減っていっているはずだ。メニュー画面でＨＰを確認出来ない今、油断して回復を怠れば死ぬこともありえる。

特にこのダンジョンは転移石などのアイテムでの脱出が出来ない。

外に出るためにはダンジョンの外壁、ガラスの壁にまで戻って、そこに触れながら〈光の大地へ〉とキーワードを口にしなければならない。

ただ、それでは流石に難易度が高くなりすぎると猫耳猫スタッフですら思ったのか、一応の救済措置として、大きな空気の泡で出来た休憩地点がいくつかあって、その中に入れば自動的にＨＰが回復していく。

つまり、空気の泡から次の空気の泡に素早く辿り着いてＨＰを回復させるというのがこのダンジョン攻略の定石になる訳で、そのためには敵の殲滅《せんめつ》速度と移動速度は重要だ。

重要、なのだが、

「これは……参ったな」

そのための主力となるはずのミツキが、何も始まっていない内からいきなり戦闘不能になってしまっていた。

一応ミツキには俺のあまっていた鎧を貸して、とりあえず服の問題はどうにかしたはずなのだが、

「……ミツキ、だいじょうぶ？」

無口なリンゴに心配される程度には、すっかり弱ってしまっていたのだ。

真希は「あー、そっか。猫ってお風呂とか嫌いだもんねー」などとうなずいていたが、それはどうだろうか。

たぶん透ける服や猫尻尾の関係で、水に濡れることがトラウマになっているのだと想像出来る。

しかしどちらにしろ、ミツキが水フィールドが苦手なのは確かなようで、いつもの凜々《りり》しさが欠片《かけら》も見えない青ざめた顔と、頭の上で「おうち……かえうぅ……」と全力で自己主張しているへたった猫耳が、それを如実に表していた。

戦力ダウンの要素はそれだけではない。幸いリンゴは水の中でも元気そうで、むしろ物珍しそうに辺りを見回していただけで異常は見当たらなかったが、彼女のメインウェポンとも言うべき雷撃は封印するようにお願いした。

雷撃、という名前の通り、あれは電系の攻撃だ。仕様上は物理属性の通常攻撃だから問題ないとは思うが、使った瞬間感電、なんて可能性だって否定出来ない。無用な危険は冒さない方が賢明だろう。

そして、水の中に入ったことで動揺しているのはほかにもいて、こんな場所なのにたっぷり水を吸いそうな黒いローブを着たままのバカもその一人だ。

「ぐっ！　やはり真に恐るるべきは、目に見えぬ脅威ということか!!　まるで生者に群がる亡者の群れのごとく、我が体の自由を奪おうと纏《まと》わりついてくる！　しかし、邪悪なる力に祝福され、闇を住処《すみか》とする僕にそのような拘束は……」

さっきからサザーンもしきりに何か騒いでいる。

あいかわらず訳の分からないことをわめいているようではあるが、不本意ながら慣れてくると、その意味不明なはずの言動もある程度は理解出来るようになってしまう。

今の発言も、ゲーム時代に培った脳内のサザーン語翻訳エンジンによると、こうなる。

「ロ、ローブが水を吸って重い！　で、でも、僕は負けないぞ！」

何をするにも大げさな奴である。

いいからその服脱げよ、と思ったが、物理的な意味でもっと水の影響を強く受けているのが、俺の隣にいた。

「くま、お前……大丈夫か？」

身体全てが水を吸う素材で出来ているくまである。

くまは重そうな身体を引きずり、よたよたと俺の身体をよじ登ってきたかと思うと、

「あ、おいっ?!」

俺の制止をものともせず、俺の腰に提げた冒険者鞄の中に潜り込んでいった。

もはや声は届かないと知りつつ、呆れた声が漏れるのを止められない。

「お前、もう何でもありだな……」

確か鞄に生き物は入れないはずだが、ぬいぐるみだから無生物ということなのだろうか。

くまはあっさりと鞄の中に消えてしまった。ＮＰＣなのかアイテムなのか、はっきりしてほしいところだ。

とにかくまあ、このように全員がほとんど問題を抱えていて、今まともに戦えそうなのは俺と真希くらいだろう。

こうなったら二人で頑張っていくしかない。

俺は「頼むぞ」という意味の視線を真希に送ったのだが、

「そ、そーまのエッチ！」

その意図は全く伝わらず、真希は自分の胸の辺りを両腕でかばう。

それを見た俺は、誤解に腹を立てるよりも何だか切ない気持ちになった。

（どうしてこんな変な奴らばっかり俺の仲間になってんだろう……）

俺は頭がくらくらするのを感じたが、何をおいても水中適性アイテムの入手は急務だ。

「とにかく時間が惜しい。駆け抜けるぞ！」

文句をかみ殺し、叫ぶ。

この水中都市クエストは、最初に言った通りストーリー中盤のクエストだ。

その最終的な目的は、ダンジョン中心部の宝物庫にあるアイテムの入手になる。

宝物庫は水中都市の中央の一番大きな建物にあり、スタート地点から直進するのが近道のように見えるのだが、その周りには黒い水が渦巻いている。

これはプレイヤーたちに〈毒ヘドロ〉と呼ばれている厄介な代物で、何も対策なしにそこに入ると、「強い継続ダメージ」「視界不良」「移動速度低下」の三つのペナルティを受けた上、結局は水流によって押し戻されてしまう。

普通にやってもこの毒ヘドロはまず抜けられないので、その前にこのエリア内限定の装備であり、毒ヘドロを無効化出来る〈水龍の指輪〉を手に入れる必要がある。

まずは〈水龍の指輪〉を取りに都市の反対側の端に移動。指輪を装備して毒ヘドロを抜け、宝物庫の番人であるボスモンスター〈ポセイダル〉を倒して宝物庫へ、というのが一般的な流れだ。

この宝物庫には、装備者に水中適性が付加されるユニークアイテム〈水龍の首飾り〉のほかに、クエストアイテムである〈水の宝玉〉などもある。

というか、通常のプレイであれば〈水の宝玉〉の入手が主な目的で、ほかはおまけという扱いになるだろう。

しかし、時間停止させられた人から回収したアイテムがあれば、〈水の宝玉〉が必要なクエストはショートカット出来る。

今回、〈水の宝玉〉の回収にこだわるつもりは全くなかった。

とはいえ、〈水龍の首飾り〉を手に入れるなら〈水の宝玉〉も手に入るだろうし、このダンジョンの道は大体記憶している。

レベル的に考えても、二時間もあれば宝物庫に行くのは余裕だろう。

なんて考えていたのだが、甘かった。

俺は、俺のパーティの抱える大きな問題に気付いていなかったのである。

俺のパーティが抱える致命的な弱点、それは――。


「みんな、あんまり俺から離れないでくれよ。ここには水流が発生しているところがあるから、下手に動くとおかしなところに流されて……」

「あ、な、なんだこれ、身体が流される！　やめろ！　僕は偉大なる魔術師サザ……うわぁああ!!」

「このダンジョンは、進んでいる間にもＨＰがどんどん削られていく。足を止めると後で回復するのに時間がかかるから、出来るだけ急いで……」

「ふ、ふむ。偉大なる魔術師サザーンが進言しよう。そ、その、足が疲れたので、もうちょっとゆっくり歩いてほしいなー、なんて……」

「偉大なる魔術師にして極炎《ごくえん》の繰《く》り手《て》、サザーンが命じる。悪しき闇より出でし業火の……」

「もうとっくに敵倒し終わってるんだよ！　というか、ここで炎魔法使ったたって効果ないからな！」

「偉大なる魔術師にして至水の導き手、サザーンが命じる。呪われし闇より出でし水魔の……」

「だから詠唱長すぎなんだよ！　というか、水魔法も敵に耐性あるから効果ないって！」


——それは、サザーンの存在だった。

罠《わな》があるとその度に引っかかり、敵が出てくると長い詠唱を試みて進軍スピードを遅らせ、何もなくてももう歩けないと駄々をこねる。

ゲーム時代に散々見せられた姿ではあるが、屋敷で見せた立派な態度は一体なんだったのかと言いたくなるようなダメ人間っぷりだった。

（くそ！　魔王を倒すためには、こんなところでつまずいてる訳にはいかないってのに……）

余裕かと思われたこの水中都市のダンジョンだが、サザーンのせいで出発から一時間を過ぎてもまだ都市の向こう側まで辿り着くことも出来ていない。

俺の苛々がピークに達しようとした時、サザーンがまた口を開く。

「ふん！　そんなに僕が気になるというのなら、あ、あれをすればいいじゃないか」

「あれ、って何だよ」

不機嫌さを隠さずにそう返答する。

その口調にサザーンは一瞬だけ怯《ひる》んだが、結局言った。

「その、だから……僕をまた、君がおぶっていけばいいだろ！」

こいつは、こいつは一体、どこまで俺たちの足を引っ張るつもりなのか！

逆ギレ気味に発せられたサザーンの台詞に、俺は目の前が真っ暗になったような気がした。


―2―


「お、落とすなよ！　絶対に落とすなよ！」

「落とさないからおとなしくしてろ!!」

むしろ落とさせるフリのような台詞を言ってぎゅっと俺にしがみついてくるサザーンを心底

うざいと思いながらも、結局俺はサザーンの要求に従ってしまった。

まああれだけごねられたり足を止められたりするよりは、俺が運んだ方がよっぽど速く移動出来ることは確かだ。

だが俺が攻撃参加をしなくなって、目に見えて敵の殲滅スピードが落ちた。

サザーンをおぶっている俺はもちろん、ミツキはまだ精彩を欠いているし、リンゴは雷撃を使えないし、くまは鞄の中。

俺のパーティはほとんど機能していないのだから当然だろう。

そんな中で、唯一輝いていたのが真希だ。真希は敵を捕捉するといちはやく飛び出していき、魔法の杖らしき武器で敵を殴って瞬く間に倒してしまう。

高いレベルと能力値、それに本人の勘の良さも加わって、モンスターたちを危なげなく倒していく。

雷撃が使えない以外は問題はないリンゴも同じように続くのだが、雷撃を使わない戦闘に慣れていないリンゴは、終始真希に押され気味だった。

(いや、それだけじゃない、か)

装備の差なのか、あるいは真希に王女補正でもかかっているのか、二人の間には明らかな能力差があった。

特にその速度の差は圧倒的だ。

以前にも話した通り、敏捷《びんしょう》は数ある基礎能力値の中でもスタミナ同様、レベルアップで上昇しない能力値で、キャラ性能を比較する上でももっとも重要視される項目の一つだ。

その影響はほぼ全ての行動におよび、これが高い人間は全ての動作が速くなり、あらゆる場面において高いパフォーマンスを発揮する。

その基準値は百。高レベルになれば千を超える能力値も出てくるこのゲームでは控えめな数値と言えるが、実際猫耳猫に存在する八割以上のキャラクターの敏捷は百で固定されていて、プレイヤーも当然そこに含まれる。ただ、一部のキャラクターにはそれ以上、あるいはそれ以下の値を与えられていることがある。

猫耳猫wikiには各キャラクターの速度比較がまとめられているページがあって、俺も少しだけ覚えている。

確か、序盤に出てくるキャラクターの中ではやはりトレインちゃんが高く、平常時でも百二十。トレインモードになった時の敏捷は百八十だったと記憶している。

一・八倍だと大したことないように感じるが、例えば百メートルを十秒で走れる人の速度を一・八倍にすると、百メートルのタイムは五秒台、完全に人間の限界を越えた速さになる。こと速度に限っていえば、一・八倍とはとんでもない倍率なのだ。

残念ながらシェルミア王女のデータはなかったと思うが、リンゴの移動速度は普段から速く、体感だがおそらく敏捷百三十程度に達していると想定してきた。

しかし真希はそれに輪をかけて速い。敏捷換算で百六十、いや、百七十程度はあるんじゃないかという速度だった。

検証によれば、神速キャンセル移動を使うと全力疾走の一・七倍くらいの速さで移動出来ると言われているので、真希は普通のダッシュでそれと同程度の速度を叩き出すということになる。

ちなみにだが、全キャラ中最速のキャラは当然ミツキで、その敏捷値は二百五十。

もはやその速度は速いとかいう次元にはなく、これはもう一人だけ改造コードを使っているようなレベルだと言える。チーターというあだ名は伊達ではないのだ。

今にして思えば、ミツキを相手に神速キャンセル移動ごときで逃げられると思った昔の俺は甘かった。

ミツキは「ステップを使って移動速度が落ちるのは彼女だけ」などと言われていたが、実はあれは正確ではない。

確かにプレイヤーのステップよりミツキの移動速度の方がよっぽど速いが、敏捷の補正はスキルにもおよぶ。なのでミツキがステップを使うと、実際にはプレイヤーの二・五倍の速さのステップが発動することになる。

これは攻撃においても同様だ。ミツキと俺が同じスキルで攻撃をした場合、俺が一回攻撃する間にミツキは二・五回の攻撃を繰り出せることになるし、同じ魔法を詠唱した場合、ミツキは俺の半分以下の時間で詠唱を終えられることになる。

しかもほかの能力値も剣の腕前も超一流というのだから、本当に公式チートは始末に悪い。

……まあ、その公式チートも今は雨に濡れた子猫みたいに震えている訳だが。

少し話がずれたが、とにかく敏捷値の差はわずかでも大きな違いとなって現れてくる。リンゴも頑張ってくれていたのだが、その差はいかんともしがたい。

ようやくリンゴが敵の前に辿り着いた時には、モンスターはもう真希に全滅させられていた、なんて状況もざらだった。

そんな自分の活躍を実感しているからだろう、真希はいつもより上機嫌だった。

泡の中での休憩の時、俺の傍に寄ってきて胸を張る。

「えっへへー。わたしのこと見直したでしょー」

少し調子に乗っているが、うまく進めずに焦る中で、真希の活躍は実際にありがたかった。

「ああ。俺たちがここまで来れたのは、真希のおかげだと思う。本当に助かってるよ」

俺はめずらしく素直に感謝の気持ちを伝えたのだが、本当に褒められるとは思っていなかったのか、真希は急にあわてて出した。

「え、えぇ？　あ、う、うん。その……こ、こちらこそ、ありがと」

「いや、何でお前が礼を言うんだよ」

少し間の抜けたやりとりに、サザーンのせいでささくれた気持ちがほんの少し癒された。

俺が口元に小さい笑みを浮かべた時、

「ッ?!」

急に近くでバリッという音がして、反射的にそちらを見た。

「リ、リンゴ？」

音の出どころはリンゴだった。

脇差を外に向けて掲げた姿勢で、こちらを振り返ってくる。

「…いま、ためした。ここでも、ちゃんとつかえる」

その言葉と同時に、バリッという音がして、脇差の先から雷撃がほとばしる。

それは空気の膜を抜けて水の中に飛び込んで、そのまま地上で使ったのと変わりない速度と軌道で水の中を進んでいく。

それを見て、ようやく何が起こったのかを理解した。

リンゴはさっき、雷撃の試し撃ちをしたのだろう。泡の中は空気で覆われているから感電の心配はないし、外の水に向けて放てば雷撃が水の中でも使えるかが分かる。なかなかのアイデアだった。

……いや、まあ、そんなことをするなら、事前に一言欲しかったところではあるが、ふんす、とばかりに気合を入れているリンゴを見ていると、何も言えなかった。

道行きは、そこから順調になった。

リンゴの雷撃は真希の移動速度よりも数段速い。

格下の相手だということもあいまって、リンゴのおかげでほとんど足を止めることなく進むことが出来た。

「リンゴちゃんのそれ、かっこいいねー」

雷撃を使えるようになってからのリンゴの活躍ぶりは目覚ましく、真希がリンゴを羨んだほどだ。

リンゴはそれを聞いてしばらく迷っていたようだが、

「…………こんど、おしえる」

ぽつりと真希に、そんなことを提案した。

そういえば真希はデータ的にはリンゴと同じキャラクター。

一応雷撃を使うことも不可能ではないはずだ。

「え？　いいの？」

それを知っているのかどうなのか、真希の言葉にリンゴはしっかりとうなずいた。

「…そのほうが、ソーマのためになる、から」

「そっか。リンゴちゃんっていい子だねー」

昔は俺とくらいしか会話しなかったリンゴだが、ちゃんと成長しているようだ。

ちゃんとモンスターと戦いながらも、そんな会話を繰り広げていた。

(それに比べて……)

俺は思わず、背中に背負った荷物を見た。

「な、なんだよ！　そんな顔されても、僕は降りないぞ！」

こいつは一体いつになったら成長するんだろうな、とため息をつきつつ、俺は目的地に急いだ。

—3—

「やっと、ここまで来れたか」

水中都市に転移してから一時間四十五分が過ぎた頃。

俺たちはようやく水中都市の反対側の端まで辿り着いた。

そこは、奇妙な場所だった。

地面にはいくつかの穴があって、そこから時折小さな泡が昇ってくる。その奥には龍の姿をした像があって、そこにはこんな文字が刻まれている。

「汝《なんじ》が指に水龍の加護を」

何だかサザーンの台詞くらいに仰々しい言葉だが、その意味は単純だ。

「ミツキ、今つけてる指輪を俺に渡して、代わりにこれをつけてみてくれるか？」

俺がミツキを呼び寄せてそう頼むと、ミツキは猫耳を緩慢にかしげながらも指示に従ってくれた。

ミツキから四属の指輪を受け取って、代わりに店売りの筋力アップの指輪を渡す。

それをミツキがはめてくれたのを確認して、次の指示。

「じゃあ今度は、そのままここから出てくる泡に触ってみてくれ」

ミツキは状況はよく理解出来ていないようだったが、流石は猫耳猫最速。

水の中というおそらく本人にとっては最悪の環境の中でも、あっさりと泡をつかまえてみせた。

「ッ!?　これは!!」

ミツキが泡に触れた途端、ミツキのつけた筋力アップの指輪が光り出す。

同時に、ミツキの身体を小さい膜のようなものが包み込んだ。しおれていた猫耳が、元気を取り戻していく。

「それが『水龍の加護』だよ。この水中都市にいる間、身につけている指輪を〈水龍の指輪〉って水の中でも活動出来る装備に変えてくれるという設定に……じゃなくて、変えてくれるらしいんだ」

ドヤ顔で告げると、何だかうさんくさそうな目でこっちを見てくる真希以外は、みんな感心

したようにうなずいていた。

特に、水の呪縛から解放されたミツキは一際嬉しそうだ。耳をプルプルプルっと震わせて器用に水を飛ばしている。

水龍の指輪は装備者に強い水属性耐性と水中適性を授けるほか、ここの毒ヘドロのような厄介な地形効果も完全に無効化するという超高性能装備だ。

ただし、その性能の高さのせいか、期間限定品。この水中都市でしか使えない装備品という位置づけのため、持ち逃げ対策で鞄やクーラーボックスに入れることは出来ず、ガラスの外壁から水中都市を出る時に必ず消失してしまう。

しかも、そうやって水龍の指輪がなくなっても当然のように元の指輪は戻ってこない。

貴重な指輪を装備していたら大きな痛手となるのはもちろん、クエストに必要な指輪も余裕で変化させてしまうので、最悪の場合ゲームが詰む場合もある。

まあこのくらいの不具合は猫耳猫ではありふれていたので、発見された当時は誰も騒いだりしなかったのだが、ゲームと違ってやり直しの利かない現状、要注意のバグだと言えよう。

「みんなもなくなったらまずい貴重な指輪をつけてる場合は俺に預けてくれ。代わりの指輪を渡す」

幸い店売りの指輪は大量に購入しているため、身代わりにはことかかない。

あまり使い道のなさそうな指輪を五つ選んで取り出した。

これをみんなに配ろうと考えて、そこで俺は一つのおかしな点に気付いた。

「……リンゴ？　お前、もう一つの指輪は？」

前にアクセサリー屋に行った時に一緒に買って、リンゴはその時の指輪を二つ、右手につけていたはずだった。

しかし、リンゴの細い指には一つしか指輪がなかった。

「………ひ、ひだりて。りょうほうみぎだと、バランスがわるいから」

リンゴはそう答えたが、その肝心の左手はなぜか隠すように後ろに回されている。

もしかしてなくしたんだろうか、俺はそんな風に疑ったが、

「…まってて」

リンゴは後ろを向いてごそごそと指輪を外すと、俺に二つの指輪を差し出してきた。

ちゃんと二つあるし、特に壊れたり傷ついたりしている様子もない。

その割にはリンゴの態度が不可解だったが、今は追及より水龍の指輪の入手の方が大切だ。

俺はほかの三人にも指輪を配ると、自分の指輪も外し、店売りのしばらく使いそうにない指輪と入れ替えた。

とにかく、ここまで来たらあと一息だ。そんな風に、思っていたのだが……。

「く、くそ！　逃げるな！　正々堂々と戦え！」

「…………」

「あ、こら、待て！　僕はサザーンだぞ！」

「……おい」

「た、たかが泡の分際で、僕に楯突《たて》くとは、貴様はよっぽど……」

「何でお前は、たかが泡ごときを捕まえられないんだよ‼」

そこでもサザーンが足を引っ張った。

俺も真希もリンゴも、鞄から顔を出したくままでも泡を捕まえられたのに、五分以上経ってもサザーンだけがまだ泡を追いかけていた。

この水龍の指輪は一人一個までしか手に出来ないので、代わりにやってやることも出来ない。

それでも我慢してじっと見守っていたのだが、俺が見ているのに気付くと、サザーンは悪びれもせずに言い放った。

「ふ、ふん！　僕のせいじゃない！　こいつが泡のくせに小賢しく逃げるのが悪いんだ！」

そのサザーンの言い種に、流石の俺もカッとなった。

（こい、つはぁっ‼）

とうとう我慢の限界に達し、俺はサザーンを怒鳴りつけようとして、

「――ソーマ」

背中に感じた温かい感触に、俺は我に返った。

リンゴだ。

リンゴが、俺の身体に後ろから抱き着くようにして、俺を止めていた。

「…あせっても、あのひとはたすけられない」

焦りで頭に血が昇った俺の耳に、そんな言葉が飛び込んでくる。

痛いところを突く言葉に、一瞬また頭が沸騰しかけたが、

(いや、その通りか……)

リンゴの言っていることは正論だ。

いくらトレインちゃんのことがあるからって、俺は少し焦りすぎていたのかもしれない。

冷静に考えれば、分かる。

まだサザーンが泡を捕まえられないのは、さっきまでのようになまけているのではなく、単に運動神経が致命的に足りてないせいだ。

一生懸命やっている人間を一方的に怒鳴ろうなんて、どうかしていた。

そもそも、サザーンが足手まといだなんてことは最初から分かっていたこと。

それを覚悟して俺はサザーンを連れてきたはずだった。

(……よし！)

自分に一度気合を入れると、俺は後ろからサザーンの両肩を摑《つか》んだ。

「ひゃわっ！」

いきなり肩を摑まれ、珍妙な悲鳴を上げるサザーンに、俺は落ち着いた声で語りかける。

「サザーン、お前は欲張りすぎだ。いいからもっと落ち着け」

「むぅ。僕は欲張ってなど……ふぐ!?」

唇をとがらせて抗議してくるが、取り合わない。

その口にポーションを突っ込んでHPを回復させながら、言ってやる。

「いいや、欲張ってる。お前はどうせどんくさいんだから、最初から全部の穴を見るのはやめろ。手前の方の、半分だけでいい。その半分に狙いを絞って、そこから出てきた泡を確実に捕まえるんだ」

「ぼ、僕はどんくさくなんてないっ！」

そう言い返しながらも、サザーンが手前の穴に注意を集中させたのが分かった。

全く素直じゃない奴である。

「あっ！」

その時折悪しく、奥の方の穴から泡が出てきた。

反射的にサザーンの身体が動こうとするのを、肩を引っ張って止める。

「だから行くなって！」

「……う。だが、また逃がしてしまったじゃないか！」

「いいんだよ、それで。ほら、手前に集中しろ」

「こ、今回だけだからな！」

よく分からない捨て台詞を吐いて、サザーンが手前に視線を戻す。

そして、

「来たぞ！」

サザーンが手を伸ばせば届くような絶好の位置から、泡が浮かび上がってくる。

「わ、わわ！　こ、このぉ！」

逆にベストな位置から飛び出してきたのがプレッシャーになったのか、すっかりサザーンはテンパった。

しかし、でたらめに振り回した手が幸運にも泡に当たり、

「あっ！」

その指が、光に包まれる。

一瞬後、サザーンの指には水龍の指輪があった。

「……やったな」

信じられない様子で、呆然と自分の指を見つめるサザーンの肩を、ぽんと叩いてやる。

するとサザーンは嬉しそうに声を弾ませた。

「う、うん！　君のおかげで……い、いや、勘違いするなよ！　今回、たまたま貴様の助言を

容れただけで、僕は別にお前に気を許した訳じゃ……」

「分かりやすいツンデレみたいなこと言うなよ、気持ち悪い」

「き、きもちっ……!?」

まさか今のでショックを受けたのか、ズーンと沈み込むサザーンだったが、まあこいつの心情なんて知ったこっちゃない。

それよりも、ここでの目的を果たしたことの方が重要だ。

これでメンバー全員の水龍の指輪は確保出来た。この場所でしか使えないアイテムだけあって、水龍の指輪の効果は折り紙つきだ。

もうこれで水中でＨＰが減る心配はしなくていいし、これがあれば黒い水の中だろうが赤い水の中だろうが気にせずに進める。

「くっ！　まあ、いい。それよりもすぐに出発するのだろう？　これであの宝物庫の周りの呪われし闇の水も突破出来るはずだ」

さっきまで俺におぶわれていたサザーンが、いきなり調子づいてそんなことを言い出す。

やる気が出たのは実に結構だが……。

「え？　……ああ、いや。そりゃあ時間に余裕があれば行ってこようかとも思ってたが、もう無駄だろ。宝物庫には行かないぞ」

「……は？」

間の抜けた声を漏らすサザーンを横目に、俺は時間を確かめた。

もうすぐ時刻は午前二時。この世界の人間なら、普通はベッドに入って夢を見ている時間だ。

「やっぱりな。残念だけど、もう時間切れみたいだ」

そう言い切った俺の耳に、ちょうどぴったりなタイミングで「あの音」が聞こえてくる。


——ボーン、ボーン……。


それは、ほんの二時間ほど前にも聞いた音。

水中ダンジョンには不釣り合いな、古時計の鐘の音だ。

「これは……一体、どこから？」

音源の見えない時計の音に、復活したミツキが耳を揺らす。

俺はそんなミツキに何かを言おうとして、だがその前に視界が暗転した。

感じるのは、世界から弾き出されるような、俺がいなくなってしまうような感覚。

そして……。

「な、なんだよ、これは！」

サザーンの動揺した声に目を開けると、目の前に見えたのは時計ばかりの空間だった。

不自然に白だけで構成された広めの部屋の中に、大小様々な時計が数十、あるいは数百ほど宙に浮かんでいる。

それだけで、ここが尋常な空間ではないと知れた。

「す、水中都市は!?　どうしてこんな、時計ばっかりの部屋に……」

そんな、パニックを起こしかけるサザーンに応えるかのように、

《――汝らの魂は、夢幻を巡る時の円環に囚われた》

どこからともなく「声」が聞こえた。

「だ、誰だ貴様はっ！」

さらに恐慌したサザーンが叫ぶが、「声」の主に動揺はない。

それはそうだ。その「声」はこの世界を支配する存在。

サザーンの叫びくらいで、揺れるはずがない。

《我はこの世界の主。時を司り、しかしさかしまの時を生きる者》

―4―

「さかしまの、時……？」

サザーンが呆然とつぶやいて、思い出したように俺を見る。

仮面越しのその視線は、すがるような光を宿していた。

俺は面倒になりそうな予感を覚えながらも、一歩前に進み出て、

《冒険者よ、我を探せ!!　汝らがこの時の円環より逃れる術は、それ以外……》

「ま、とにかく帰るか」

とりあえず目の前にある古時計を不知火で斬りつけて、〈声〉を黙らせた。

斜めにずれて、上下真っ二つに分かれる時計。

「なっ、あ、ちょっ……！　え、ええぇぇえええ!!」

そして、サザーンの狼狽《ろうばい》し切った声と、

《見事、なり。冒険者、よ……》

「声」の最期の言葉を聞きながら、俺の視界はふたたび暗転する。

もうおなじみになりつつある、本日三度目の感覚を伴って、

「あー。ようやく帰って来れた……」

次の瞬間にはもう、俺たちは懐かしの猫耳屋敷の居間に立っていたのだった。

周りを見ると、ちゃんと出発時と同じメンバーがそろっている。

なぜかサザーンが口を半開きにしたまま固まっているが、サザーンのことだから大丈夫だろう。

仲間の無事を確かめてからあらためて後ろを振り返ると、そこには俺が水中都市に出発する直前に鞄から出したイベントアイテム〈呪いの古時計〉が真っ二つになって地面に転がっていた。

文字盤を見ると、時刻は二時二分を示して止まっている。

(思ったよりもずいぶん苦戦したけど、結果だけ見れば一応は予定通りか)

しかし、これから十日以内に魔王を倒そうと思ったら、明日からはさらにハードな日々を過ごさなければならないだろう。

「じゃあ、今晩はこれで解散にしようか。みんな今日はお疲れ様。明日に備えてゆっくりと休んでくれ」

そのためにも、しっかりと身体と心を休めることも重要だ。

俺もこれから何をすればいいか一人でじっくり考えたいし、今日の活動はこれで終わりにすることにした。

「あ、そういえば真希は城に戻るとして、サザーンはどうする？　部屋はたくさん余ってるし、ここに泊まってくれてもいいが……」

俺が気を遣ってサザーンに問いかけた時だった。

「ちょ、ちょっと待ったぁ!!」

サザーンが、いきなり部屋中に響くような大きな声を出した。

それでも興奮が収まらないのか、激しい身振りで俺に向かって矢継ぎ早に言葉を浴びせかけてくる。

「き、貴様は、あれだけの異常事態に遭遇しておいて、何を全部終わったみたいな顔で平然と寝る場所の相談なんて始めてるんだ！　それよりも前に、僕に説明をしろ、説明を!!　まず、さっきのあの時計のたくさんある部屋は何なんだ?!　どうしてあの時計を斬ったらここに戻って来れた!?」

「え？　あ、そうか、謎解きの説明がまだだったな」

サザーンも知識の探求を第一義とする魔術師の端くれ。

どうやらそういうのは気になる性質らしい。

「俺が斬ったのは鐘の音を聞いた人間を悪夢の世界に誘い込む〈呪いの古時計〉で、あいつの言ってた『我を探せ』ってのはよくある時計の正解当てクイズだよ。もっと詳しく言うと、あいつの言葉にあった『時を司る』ってのは時計ってことで、『さかしまの時を生きる』ってのは時計の針が逆に動いてるってことだな。中でも仕掛け時計の隠し扉で見つけられるメモ、『悪魔は同じ歩幅でしか歩かない』ってのが最大のヒントになってて、つまり次の部屋に行く度に毎回同じだけ時間が戻ってる時計が正解ってことになる。ただ、あの部屋のどの時計を見ても、実は時計の針の進み方は不規則。でもその中で唯一、俺が斬った『常に十二時を指している時計』だけは規則的に時間が巻き戻されてる可能性があるんだ。だってほら、毎回十二時間ずつ巻き戻ってたら、針は全く動いてないように見えるだろ？」

「なるほど、だからあれが正解……って、違う！　僕はそういう謎解きが聞きたいんじゃない!!」

俺が丁寧に解説してやったのに、いきなり頭を抱えて叫び出すサザーン。

ゲーム時代から思っていたが、やっぱりかなり情緒不安定な奴だ。

「たぶんお前、疲れてるんだよ。一晩ぐっすり寝ればきっと元気になるから、いいから今日はゆっくり休んで……」

そう言って手を伸ばしたのだが、すげなく振り払われた。

「つっ、疲れてるのは貴様のせいだ！　……ああ、もういい！　さっきの時計の部屋の話はもういいから、水中都市の話を聞かせろ！」

「え……と、水中都市？」

俺が首をかしげると、さらにヒートアップして俺に詰め寄って来た。

「そうだ、水中都市はどうするんだよ！　僕らはまだポセイダルって奴も倒してないし、宝物庫にも行ってない！　このまま諦めてしまっていいのか?!」

その勢いに、俺はようやくサザーンの意図が分かった気がした。

「あー、もしかしてお前、水中都市に行きたいのか？　あのな、途中で終わりにしちゃって物足りないのは分かるけど、今は魔王を倒すための大事な時期なんだよ。特に用事もないダンジョンにもう一回潜るのはやめておこうぜ？」

出来るだけ紳士的な態度で諭したのに、サザーンは逆に衝撃を受けたみたいな反応を返してくる。

「な、え、ぇぇ……!?　何で僕がワガママ言ったみたいになってるんだ!?　ち、違うだろ、色々おかしいだろ?!」

「いや、そんなことを言われても……」

おかしいのはお前だろ、としか言えない。

「い、移動中にお前が言ってただろ！　ポセイダルってボスを倒した先の宝物庫には、〈水龍の首飾り〉って水中適性アイテムがあるって!!　それを取りに行かなくていいのか？」

確かに歩きながら、水中都市のクエストの進め方については説明はしたが……。

「いや、だから、宝物庫には行かないって言ったじゃないか。水中適性がついてるって言っても〈水龍の首飾り〉ってユニークアイテムだから一人分にしかならないし、性能も今一つだし、取って来てもあんまり意味ないだろ？」

「い、意味ないって、じゃあ、水中適性アイテムは……」

またおかしなことを言い出すサザーンにため息をついて、俺はサザーンの指を指し示した。

「何だ、気付いてなかったのか？　水中適性アイテムならほら、もうとっくにお前の指に嵌《はま》ってるじゃないか」

「…………へ？」

そう間の抜けた声を漏らしたサザーンの指には、水中都市限定装備である〈水龍の指輪〉がきらりと光っていた。

―5―

ネタバラシをしてしまえば、別に大した話じゃない。

〈水龍の指輪〉はエリア限定装備として作られたアイテムだが、別にシステム的に水中都市以外で使えない訳ではなく、ただ外壁から外に脱出する時に失われてしまうというだけだ。

逆に言えば、もしも外壁以外の場所から水中都市の外に出られたとするなら、当然指輪は残ったままになる。

しかし、水中都市に他の出入り口はなく、転移・脱出系のアイテムや魔法は無効。いくら全てがザルな猫耳猫とは言っても、普通の手段では外に出ることは出来ない。

――そこで俺が使ったのが、バグと仕様の間くらいの裏技、〈大きなのっぽの古時計テレポート〉だった。

屋敷を手に入れた直後、俺は数々のクエストをこなしていった。

〈ミハエルの青い鳥〉、〈ドキッ！　貴族だらけの連続殺人事件〉、〈錬金術師の悲願〉、〈時計屋敷の異変〉、〈迷子の道標〉。

俺はゲームでの知識を使ってそのほとんどをクリアして終了させたが、一つだけ、実はトラブルは解決させたものの、まだクエストをクリアしたとは言えないものがある。

――〈時計屋敷の異変〉クエスト。

これだけは元凶である〈呪いの古時計〉を回収しただけに留め、それ以上踏み込もうとはしなかった。

それはこの〈時計屋敷の異変〉クエスト内の〈呪いの古時計〉イベントが、非常に便利な性質を持っていたからなのだ。

〈呪いの古時計〉のイベントは、プレイヤーやその仲間がこの時計の鐘を聞くことでフラグが立つ。

そして鐘の音を聞いたその日の晩、午前二時に、強制的に時計の見せる悪夢に引きずり込まれる、というのがこのイベントの概略だ。

これは回避不能で、もし呪いの古時計の鐘を聞いてしまったら、その次の午前二時には必ず古時計イベントに巻き込まれてしまう。

しかしその代わり、この古時計の悪夢を打ち破ればプレイヤーたちは解放され、時計の前に戻ってくることになる。

これは翻せば、「事前に古時計の鐘を聞いていれば、午前二時には必ず古時計の前まで戻ってこられる」という事実を意味している。

クリア以外で時計の悪夢から戻る手段がないので一度しか使えないが、この性質を利用すれば、結果的には本来帰還不能な場所から移動してくることも可能なのだ。

で、ここからが本題だ。

そもそも、短時間で人数分の水中適性アイテムを手に入れられる当てなんていうのは、水中都市の「水龍の加護」しかなかった。

それにおそらくは、魔王城の血の池を避けて通ることは出来ない。そのためにも単なる水中適性装備ではなく、この水龍の指輪の「濁った水の中でも視界が確保出来る」という効果が必要だった。

そこで俺は、出発の直前に鞄から呪いの古時計を出してその音をみんなに聞かせ、その上で水中都市に入った。

本当は二時前に宝物庫の宝も回収出来ている予定だったのだが、特に必要なアイテムもなかったのだから、そこを悔やむ必要はないだろう。

結果として俺たちは首尾よく人数分の指輪を手に入れ、古時計テレポートで無事に屋敷まで戻ってきた訳ではあるが……。

（しまったな。これ、サザーンにどうやって説明したらいいんだ？）

そこで思わぬ問題点にぶつかってしまった。

最近、ミツキたちもバグ技を結構自然に受け入れてくれるので感覚が麻痺《まひ》しかけていたが、傍から見ると俺がやったことは少し不自然に思われてしまうかもしれない。

実際サザーンは、

「え？　あれ？　何で僕は、この指輪をまだしてるんだ？　水龍の加護は都市の中だけにしか効果がないってたしか……え？」

と、すっかり混乱してしまっている。うん、まあ、そう解説したのは俺なんだけど。

しかし、バグ技というのはこの世界の人たちには説明が難しいのだ。

まだ俺たちが指輪を所持していられるのはゲームのデータ処理の穴を突いた結果であり、純粋に設定から考えると理屈に合わない。

今思えば、加護の効果範囲については話さずに適当にごまかしておけばよかったのだが、古時計テレポートまでの時間制限と、一刻も早く魔王を倒さなくてはという焦りが俺の視野を狭くしていたのかもしれない。

仕方ないので、今から適当にごまかすことにした。

「ええっと、サザーン。どうやらその指輪が水中都市でしか使えないってのは、俺の勘違いだったみたいだ。だから、これで問題ない。お前が悩むことなんて何もないんだ」

幸いサザーンは騒ぎすぎてフラフラになっている。

だからその心の隙に入り込むように、優しく言い聞かせてみた。

「え、ああ、そうか、そうなのか？　そうだな、それだったら問題ないな。あはは、僕としたことが取り乱してしまったよ……って、騙《だま》されるかぁ!!」

「うぉ!?」

しかし、いくらサザーンとはいえ、これでは誤魔化されなかったようだ。

ノリツッコミにキャラ崩壊の前兆が見えるが、仮面の奥の眼はギラギラと輝いている。

「というか、お前たちは何も思わないのか!?　明らかにおかしいだろ、色々と!!」

サザーンは俺の仲間を振り返って、賛同者を探した。

しかし、

「…わたしは、ソーマについてくだけ」

リンゴは細かいことはほとんど何も気にしないし、

「最近、考えたら負けだと思うようになりました」

ミツキは色々あきらめ始めているし、

「ん？　何か変なことあったっけ？」

真希は最初っから何も考えていないし、

——ニタァ。

くまはそもそも自分が一番の謎生物だ。

誰からも、サザーンが望む返答はもらえなかった。

「な、なんだこれ。ぼ、僕がおかしいのか？　いや、そ、そんなことはない。僕はサザーン。偉大なる魔術師の末裔《まつえい》、サザーンだ！」

よろよろと後ろに後ずさったサザーンだが、何とか踏みとどまった。

そして、仮面越しにはっきりと分かる涙目ながら、叫んだ。

「お、お前ら絶対、頭おかしい!!　ぼ、僕だけは絶対、騙されないからな！」

それを捨て台詞に、言うだけ言って家の外に逃げ出していく黒いローブの背中を眺めながら、俺は、

（いや、おかしいとかお前にだけは言われたくねえよ）

と思ったのだった。


その後。

サザーンは結局すぐに戻ってきて、「こんな頭のおかしな奴らと一緒にいられるか！　僕は一人部屋に帰るぞ！」と言ってちゃっかり屋敷に泊まっていった。

それでもまあ、街に出てあることないこと言いふらされるよりはいいだろう。

ただ、これで問題が解決した訳じゃない。後で説得しなくてはならないことを考えると頭が

痛くなる。

翌朝、そんなことを考えた俺が憂鬱な気分でベッドから身体を起こすと、

「うわっ！」

ベッドの脇に、見覚えのあるローブ姿が体育座りで震えていた。

別の部屋で寝ていたはずのサザーンである。

震えながらも、しきりに小声で何かをつぶやいているようなので耳を澄ませてみたら、

「たすけてゆるしてごめんなさいもうやめてあやまるからおねがいしますおいかけないで……」

何だかすっごい怯《おび》えていた。

というか、むしろこっちの方がホラーだ。

朝からの厄介事に俺がため息をついていると、部屋の扉が少しだけ開いた。

そこにサザーンを怯えさせた元凶らしき姿を認め、俺は呆れと共に声をかける。

「くま、お前仕事しすぎ」

そんな俺の言葉に、今回の犯人である小さなぬいぐるみはテレテレッと頭をかいた。

不思議なことに、それからのサザーンはまるで別人のように異様に素直になって、文句を言うこともほとんどなくなった。

その代わり黄色い物が視界に入ると「ひっ」と怯えた声を出すようになったが、まあ些細《ささい》なことだろう。

——こうしてサザーン問題は、我が屋敷の黄色い悪魔の活躍で解決したのだった。

メニュー▼　編集▼　ツール▼　ヘルプ▼　wiki内検索　検索

猫耳猫wiki　▶▶▶難敵攻略「ボス・中ボス編」より抜粋

【カッシーム】

・特徴

単なるヒトの身でありながら絶対攻略不可能《インポッシブルナイン》に名を連ねた猛者。
〈砂漠の決闘〉クエストに出てくる砂漠の部族の長であり、
「オレたちの力を借りたいというなら、まずはその力を見せてもらおうか！」と言って
プレイヤーの前に立ち塞がる。曲刀を使う熟練の剣士であり、その鋭い一撃は駆け出しの冒険者を
一刀のもとに切り捨て、砂漠の地形ダメージを利用した捨て身の戦術はクエストの完遂を阻む。

・攻撃パターン

素早い動きが売りのインファイター。
勝負所ではスラッシュだけでなく、オリジナルの上位スキル〈ハイスラッシュ〉を使ってくることもある。
この初見殺しっぷりは他に類を見ず、そのスキルを初めて目にした猫耳猫プレイヤーの九割以上が
「スキルを使ったら逆に速度が落ちてビックリした」「なんかの罠かと思った」
「廃スラッシュキタ！　これで勝つる！」などと驚きを露わにしたという伝説を持つ。
このようにスキル使用時の隙が大きいため、用心深く戦えばたとえプレイヤーがレベル１でも勝機はある。
……ただ、困難なのはむしろ勝った後で、決闘システムによりカッシームのＨＰが１になった時点で
戦闘は終了するが、直後に地形ダメージを受けてカッシームは死亡。その場合、キーキャラクターの
死亡によって〈砂漠の決闘〉クエストは失敗扱いとなる。

・攻略法

はっきり言って倒すだけなら簡単なので、いかにしてＨＰが１になったカッシームを生き残らせるかが
攻略のカギになる。戦闘終了後、すぐに会話イベントが始まって一定時間操作ができなくなるため、
会話中のHP減少も見込んで、「トドメの一撃からコンマ５秒以内にカッシームのHPゲージを
最低三割以上回復させる」というのが成功のおおよその目安。
カッシームのＨＰをギリギリまで削ったらあえて攻撃はせず、地形ダメージでカッシームのＨＰが
１になった瞬間に回復魔法をかける、という戦法が初心者にはオススメ。
短剣スキルを上げている場合、ステップでキャンセル発動したアサシンレイジがギリギリで
間に合うので、スラッシュなどでトドメ→ステップでキャンセル→アサシンレイジでHP回復、
とコンボをつなぐことでほぼ生存を確定させられる。
なお一部の動画では、戦闘終了直前にポーションを放り投げ、
トドメの一撃を与えた直後に放り投げたポーションがカッシームの頭に
落ちるように調整する、という魅せプレイも存在する。

[第三章]

レベルと強さ

I am the only one who knows this world is a game .

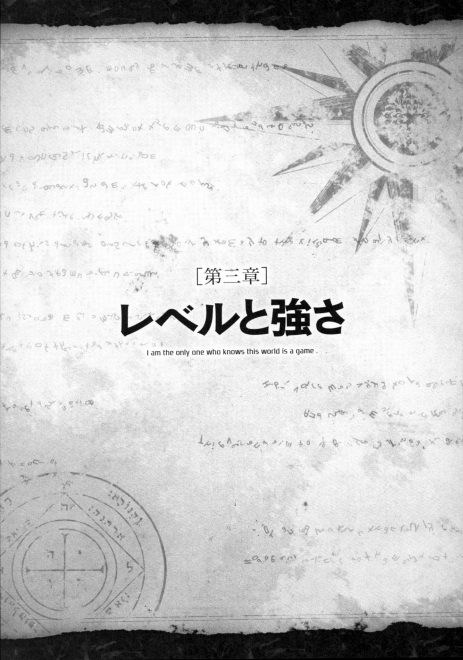

―1―

トレインちゃんの言葉が聞こえなくなったあの瞬間から、前へ前へ、と心の内で猛《たけ》る声がある。

実際に、十日以内に魔王を倒そうと思ったら、無駄に使える時間なんてない。だが、無計画にただ焦って進もうとしてもそれこそ時間の浪費を生むだけだ。焦れる気持ちを抑え、まずは効率的に動くための準備を整える。

まずは戦力の把握。これを機会に、レベル鑑定紙を使って全員のレベルをチェックすることにした。

手始めにと、自分にレベル鑑定紙を押し当てる。

「レベル百五十六、か。思ったよりも高いな」

これは少し嬉しい誤算だ。

最後にレベルを確認してから、流水の洞窟の攻略や粘菌イベントなどをこなしたが、洞窟で倒した敵はそう多くはなかったし、粘菌は連鎖で倒した分については経験値が入らない。

おそらくこれは、その後、王都襲撃の時の大量撃破のおかげだろう。

襲撃のメインは、レベル九十五のレッドキャップエリートと、レベル百十のブラックオークだった。

経験値はレベルによるマイナス補正が大きいので、どんなに数がいてもこいつらを倒して上がるのは高く見ても百二十手前まで。これだけでは俺のレベルがここまで上がってきた説明がつかない。

ただ、あの場にはレベル百二十以上の敵も数十体以上いた。

武器熟練度と違い、高レベルの敵を倒しても入手経験値には特に補正はつかないが、やはりそれなりに多くの経験値を持っている。

特に、高レベルモンスターの中にはレアモンスターやボス級の敵がありえないくらいの比率で潜んでいた。

猫耳猫は経験値の設定も適当なので一概には言えないが、適正レベルでボスを倒せば一、二レベル、敵のレベルに二十や三十の開きがあれば、一気に三、四レベルくらい上がることもめずらしくはない。

そんな俺の推測を裏づけるように、俺と大体事情の似通ったリンゴはレベル百四十九だった。

王都襲撃以前のレベルは俺より高かったはずだが、主力部隊と空中部隊の数の差がそのまま入手経験値の差になったということだろう。

ここまでは想定の範囲内だ。

驚いたのが、真希のレベルだ。

なんかうきうきとしている様子の真希の腕に鑑定紙を押しつけると、

「レベル、百八十二……！」

予想外のハイスコアを叩き出された。

「え？　なにそれ？　高いの？」

真希が無邪気に訊いてくるが、これはとんでもない高レベルだ。

王都の冒険者の中でも五本の指には入るのではないだろうか。

「ひゃく、はちじゅうに……」

真希が自分よりも三十以上レベルが上だと知ったリンゴが、ちょっとショックを受けたみたいにそうつぶやいた。

やはりリンゴがレベル一からスタートしたのは、ゲーム上での立ち位置を奪われたことによるバグ的な何かのせいだったらしい。

というか、真希に王女という地位だけでなく、レベルまで吸い取られた結果と言ってもいいかもしれない。

リンゴ、ちょっとくらいなら真希に怒ってもいいぞと思いながら、次に向かう。

サザーンは俺がレベル鑑定紙を手に近づいていくと、身体をかばうみたいにして後ずさった。

「ぼ、僕はやらないぞ！　過日に捨て去りし僕の真名は、みだりに人に晒さないと誓いを立てているんだからな‼」

第三章
―1―

口ぶりからすると、サザーンというのは偽名らしい。

もしかすると本名は山田太郎だったとか、そんな感じのオチかもしれない。

「よ、寄るなヘンタイ！　ぼ、僕はパ、パ……あ、あんなの、認めないからな！」

おまけにいまだに俺に何かしらの隔意があるらしく、俺を近付けようともしない。

こういう時は「くま、ゴー！」とでもやれば言うことを聞かせるのも簡単なのだが、流石にそれは可哀想だろう。

「別にいいぞ。だったら自分でやって、レベルだけ教えてくれれば」

「え？　いいのか？　その、僕が嘘を教えるとか、考えないのか？」

びっくりした声で聞き返された。

そこは驚かれるところではない気がしたが、ここで話をこじらせても面倒だ。

俺は素直にうなずいた。

「いくらお前でも、そんな訳の分からない嘘はつかないだろ。なんだったら、鑑定した後でレベルの部分だけ切り取って渡してくれればいい」

「そ、それもそうか。……うん、その、す、すまないな」

「そういうのはいいからさっさとやってくれ」

くまショック以来すっかり扱いやすくなったサザーンを適当に促して、鑑定紙を使わせる。

サザーンは鑑定紙を確認すると、意外に几帳面《きちようめん》に紙に折り目を作ってから半分に切って、

「刮目《かつもく》せよ！　これが我が魂の位階《ステージ》だ！」

思い出したかのように尊大な口調に戻って、紙の右半分を俺に差し出してきた。

魂の位階《ステージ》はともかくとして、サザーンってどのくらいのレベルだったかなと、紙をのぞきこんで、

〈サザーン　：　レベル百五十七〉

「くま、ゴー！」

その数字を見た瞬間、俺は反射的にくまをけしかけていた。

「や、やめっ!?　ひぃぃいい!!」

追いかけっこを始めるくまとサザーン。

見ようによっては微笑ましい光景だ。

「というか、しまったな。つい……」

サザーンは別に悪くないのだが、あの数字を目にした瞬間、勝手に口が動いてしまった。

大きく差が開いていると特に悔しいとも思わないのだが、不思議な心の働きだ。サザーンには悪いことをしてしまったとは思うが、実害はないはずなので放っておいても構わないだろう。

元気にサザーンを追っているくまには残念ながらレベル鑑定紙が使用出来ないので、残りは

一人だけだ。

最後に残った一人、ミツキは心得た様子で自分からレベル鑑定紙を取ると、それを手のひらに押しつけた。

文字が浮かび上がったのを確認して、俺に渡してくれる。

そしてその数値が、

〈ミツキ・ヒサメ　：　レベル五十七〉

本日のワースト記録を更新した。

「……幻滅しましたか？」

俺の表情をうかがうようにしながら、猫耳を中折れにさせたミツキがそう尋ねてきたが、俺は首を横に振った。

「いや、むしろそんなに強いのにまだまだレベル上げが出来るのは、素直に羨ましいと思うよ」

「なら、いいのですが。私は昔から、レベルが上がり難い体質のようなのです」

めずらしく弁解じみたことを言うミツキの、いまだへたれたままの耳を見て、俺はもう一度フォローの言葉をかける。

「そのレベルでもミツキが強いってことは、何度も戦った俺が一番よく知ってるからさ」

そう、俺もゲームで初めてミツキのレベルを見た時は驚いたが、これは猫耳猫プレイヤーなら誰しもが通る、いわば通過儀礼。

ミツキを仲間にしてステータスを見て、まずそのあまりのレベルの低さに驚き、次にそのあまりの能力値の高さに驚くというのは、もはや猫耳猫におけるテンプレなのだ。

アレックズよりよっぽど戦闘経験の豊富そうなミツキであるが、そのレベルはあまり高くない。

これにはちょっとしたカラクリがあり、実はミツキはほかのキャラと比べて、レベルアップに必要な経験値が異様に多いのだ。

そのレベルの上がりにくさは折り紙つきで、何しろ「ミツキのレベルが百を超えている」というのが、猫耳猫における三大廃プレイヤー条件、略して「産廃条件」の一つに数えられているくらいだ。

ちなみに産廃条件の一つは「乱れ桜を使用出来る」なので、俺はこっちの世界でも廃プレイヤーの領域に片足を突っ込んでいることになる。

まあミツキを仲間にすること自体がクリア後のオマケみたいな扱いなので、ミツキのレベル上げなんてのはやり込み要素の一つだとでも思っておけばいいだろう。その代わりミツキを高レベルにした時の強さは異常で、ステータスを比べるとレベル三百のプレイヤーがカスみたいに見える。

ゲームでは魔王戦には連れていけなかったので、こちらの世界でもどこまで頼りに出来るかは疑問だが、その伸び代の多さは頼もしい。

「今回は場所が場所だからな。あんまり無理しなくても……」

「いえ、確かに魔王城は因縁深い場所ではあります。けれど、貴方を死地に置いて、一人だけのうのうと過ごすつもりは寸毫《すんごう》もありません」

将来に期待する、というつもりで言ったのだが、失言だったようだ。

「どうか、そのような残酷な事は言わないで下さい。私にとって、貴方の隣に立てないのは、命を落とす事よりも辛い事なのです」

「ミツキ……」

その目に宿った強い意志に、俺は思わず気圧される。

けれど、ミツキのその決意を頼もしく思うと同時に、どこか危うくも感じて、

「れ、『れべる』はチェックしたし、今度は別のものを調べるんだよね！　さー、次行ってみよー！」

しかし、真希が突然大声を出したことによって、ミツキに言葉をかけるタイミングを失ってしまったのだった。

―2―


（切り替えよう。とにかくなんにせよ、レベルアップの余地があるというのはいいことだ）

このゲームの経験値システム上、出現する敵よりもあまり高いレベルにすることは出来ない。実質的なレベル上限はもう決まってしまっていると言ってもいい。

魔王の弱体化が期待出来そうにない現状、こちらのパワーアップの手段は貴重なのだ。

それぞれのレベルと特性から各自の最適な狩り場を脳内で検索しながら、次はアイテムの調整に移る。

くまを味方につければどうやら屋敷は悪さをしないようなので、くまを肩に乗せ、武器や魔法のカスタムなどの施設を今度こそ発見する。

まず手始めに、地下の一件で耐久の減った不知火を始め、武器防具の修復を行う。

ポイズンたんから受け取った残りの賞金がまるまる残っているので、ここでエレメントをけちる必要はない。何も考えずに全修復した。

ついで、という訳ではないが、魔法カスタムの装置も見つけたので、それもやっていくことにした。

ただし、俺のではなく、サザーンのである。試しにサザーンのカスタム画面をのぞいてみたら、どうやらこいつの魔法は全て、威力と詠唱時間がデフォで最大に調整されているっぽい。

こんな設定にしてあれば、そりゃあ毎回毎回足を引っ張るはずだ。

俺は嫌がるサザーンを押し切り、無理矢理魔法をいじらせた。最後には足にすがりついて懇願してきたが、くまをちらつかせると一発だった。

偉大なり、黄色い悪魔。

半泣きで装置に向かうサザーンを見るとちょっとだけ悪いことをしている気分にさせられたが、サザーンの被害をよく知る俺としてはここで容赦は出来ない。

魔王対策もあるし、ちょうどいい。俺は問答無用でサザーンの魔法をいじり倒し、実用性重視の構成に作り替えた。


「次は、防具を何とかしないとな」

俺がサザーンの魔法をいじっている間に、装備の損傷については全員、問題なく修復出来たようだ。

ただし、万全の状態になったとはいえ、装備のクオリティについてはまだ不安が残る。

修復が不完全だったなどということではなく、単純に弱いのだ。

特に俺とリンゴの防具なんて、王都の店売り品。属性耐性のついた便利な品ではあるが、レベル換算で話をするとせいぜい百そこそこ。レベル二百五十の魔王と戦うにはあまりに心許ない。

クエストをこなす傍ら、装備品も集める必要があるかと算段していたが、

「あ、だったらわたしが、お父さんに頼んであげようかー」

真希の一言があっさりとそれを覆した。


「まさか、こんなにあっさりと……」

真希が軽い口調で提案をした、たった数十分後。

俺たちの姿は、城の宝物庫の中にあった。

城を訪れた真希が、

「この人たち、魔王を倒すために武器がいるんだって！　地下の宝物庫のアイテム持ってってっていいかな？」

と言ったら、あっさりＯＫが出たのだ。

娘に甘すぎだろ、王様。

まあ魔王のせいで国の要人が呪いを喰らって動けなくなっているし、王都襲撃イベントで俺たちの実力については確認されている。

魔王を倒してくれるなら、アイテムくらいいくらでも渡してやる、というのが王としての判断なのかもしれない。

ちなみに彼らの本物の娘であるところのリンゴは、リヒト王が俺たちと話をしている間、なぜか王妃とお互いまばたき一つせずにじいっと見つめ合っていた。

何と言うか、親子である。傍から見ていると異様な光景ではあったが、終わった時にリンゴがちょっと満足そうだったのでよしとしよう。

「どぉ、そーま？　なにかよさそうなアイテムはあった？」

どこか自慢げに真希が訊いてくるが、

「よさそうなアイテムはあるかって言われても……」

むしろいいアイテムしかない。

この宝物庫は本来なら魔王撃破後、魔王討伐の褒美として解放される場所だ。

アイテムの質は、そんじょそこらのダンジョンや店とは比べ物にならない。

いっそ全部持っていきたいところだが、入る時に「必要なものだけ持っていってくれ」と言われているので、その言葉は守ることにする。

「これとこれと、あとこれを持っていこうか」

宝物庫のアイテムは大体把握している。

俺は必要そうなものを手早く見繕う。

最優先するのは防具だ。自分用に、闇属性に強い耐性を持った強力な防具〈光輝の鎧《よろい》〉を、そしてリンゴには〈妖精の服〉という軽量で魔法防御にも優れた防具を、そして三つ目に、

「サザーン、お前はこれを着ろ」

サザーン用に、各種防御のほかにＭＰの最大値を上げる〈虹のローブ〉を手に取った。

しかし俺の言葉に、サザーンは変なポーズで答えてきた。

「ふっ！　申し出は嬉しいが、光に背を向け、無明の闇に生きる僕に、そのような装備は似合わない。僕に似合うのはやはり、闇をそのまま具現化したがごとき、この漆黒のローブのような……」

「いいから着てろって！　そんな装備じゃ流れ弾一発で死ぬぞ!!」

「……はい」

虹のローブをサザーンに押しつけた後も、役に立ちそうないくつかの品を選んで手にしていく。

まだ持っていなかった属性の武器や、単品で光属性攻撃を完全に弾く〈鏡の籠手〉、状態異常全般に強力な耐性を持つ〈竜のタリスマン〉など、防具を中心にそろえていく。

見たところ、ミツキと真希の装備は変更の必要がない。俺とリンゴ、あと仕方ないのでサザーンの装備に出来るだけ隙がなくなるように、アイテムを組み合わせた。

「こんなものか……」

使えそうなものについては、遠慮なく全部頂いてしまった。

その上で何か見落としがないか、もう一度部屋全体を見渡す。

取りすぎで宝物庫が穴だらけだが、前払いで魔王討伐の報酬を受け取ったと思うことにして後ろめたさを振り切った。

「じゃ、これで終わりだな」

そして最後に一つ、小さな袋を手に取る。

「あ、そーま、それなにー？　装備、じゃないよね？」

興味津々といった様子でのぞきこんでくる真希に、袋の口を開けて中を見せてやった。

「……たね？」

「ああ。それも全種詰め合わせ、だな」

その小さな袋の中に入っていたのは、真希の言葉通り、種だ。

何で宝物庫に種が、と微妙な顔をする真希の横から、青い瞳がひょっこりと顔を出した。

「…リンゴ、できる？」

三度の飯よりリンゴが好き、でお馴染みのリンゴさんだった。

「い、いや、種って言っても植えるものじゃなくて、食べるものだから」

「…おいしい？」

「いや、たぶん、おいしくないいんじゃないかと」

「………むぅ」

何やら解決困難な問題にでもぶち当たったような空気を醸し出すリンゴだったが、やがて閃いたように顔をあげた。

「…つぎは、たねも、とっとく」

「へ？　……ああ」

最初何を言ってるんだか分からなかったが、どうやら次にリンゴを食べた時のことを今から考えているらしい。

なんというか、こんな状況でも平常運転で何よりだ。

マイペースなリンゴから視線を外して、袋の中にもう一度視線をやる。

シード系アイテム、全種類詰め合わせ。

パワーシードを筆頭とするこれらのアイテムは、食べた人間の能力値を永続的に上昇させる、いわゆるドーピングアイテム。一部の廃人プレイヤーが喉から手が出るほどに欲する、レアアイテムだ。

基本的にこれらシード系のアイテムは、一度しか倒せないボスが確定ドロップする。

なのであまり見かけないほどレアなアイテムではないが、しかしそれ以外では固定宝箱か道具屋の掘り出しものに極低確率で並んでいるのを見つけるしかないので、大量に入手することが不可能なアイテムだとは言える。

使っても能力値が一しか上がらないことも踏まえると、通常のプレイではこの種がゲームバランスに影響を与えるようなことはありえないだろう。

そんな風に考えている間も、「それ、食べないの？」という目でリンゴが見ているが、それにはちょっと周りに人が多すぎる。

別に衆人環視の中でものを食べる趣味がある訳でもなし、ここで食べるには無駄にハードルが高い。

鞄の中に種の入った袋をしまいながら、しかし俺は考えていた。


――やはり、これしかないか、と。


昨日は魔王と戦う準備のために水中都市に行った。

装備品の強化、魔法の改造など、今日だけでそれなりの戦力増強は出来た。

明日からは、出来る限りの魔王の弱体化と、自分と仲間たちのレベル上げを行うことになるだろう。

……ただ、それだけでは、その程度では魔王を倒す決め手にはならない。

時間が足りなければ魔王の弱体化は不完全なものにならざるを得ないし、魔王城の扉を全開放するのなら、魔王城でレベル上げなんて悠長なことはしていられないだろう。

クリア前最高レベルを誇るあの城で経験値が稼げないのなら、実質的な上限レベルは二百のかなり手前でストップしてしまうと考えられる。

その状態で魔王に挑むというのは、いくらなんでも無謀すぎる。

しかも俺の目標は、魔王を倒すこと、だけではない。

十日以内の完全勝利。ゲーム風に言うなら、ノーミス、ノーリセットで、仲間の被害もなしに魔王を倒さなければならないのだ。

それを成し遂げるには、おそらく一つ次元の違う強さが要る。

尋常な手段では、到底そこまで到達出来ない。

(その、ためには……)

俺の視線は、自然とさっき種を入れた冒険者鞄に吸い寄せられる。

シード系のアイテムは永続的に能力値を上げるが、その上昇値は一。

大量に入手する手段がないこともあって、それはゲームバランスに影響を与えるほどの効果は発揮しない。

普通にやっていれば、そうだ。

だが、この猫耳猫にはその原則を打ち壊す例外が、バグが存在することを、俺はもう知っている。

だったら……。

「……行かなくちゃ、な」

口から、思わずそんな言葉が漏れた。

「…ソーマ？」
不安そうなリンゴの声が聞こえる。
まるで俺をつなぎ止めようとするみたいに、ぎゅっと手を握られた。
だが、その時には既に、俺の意識は別の場所に飛んでいた。
ここより南、デウス平原と呼ばれるフィールドの一角に、そいつはいる。
猫耳猫における、最強クラスのボスモンスター。
かつて俺が戦って、博打に近い戦法で紙一重の勝ちを拾った相手。
その名も……。

「――キング、ブッチャー」

岩山に封じられた白い巨人との再戦を、俺は静かに心に決めたのだった。

―3―

――弱体化されていない魔王は、いや、弱体化がされていたとしても、魔王は強い。
俺はたいまつシショーを有効活用するために低レベルクリアを目指し、レベル百八十三で魔王を倒したことがある。

しかし裏を返せばそれは、ゲーム時代の俺でさえ、魔王を倒すのに自分のレベルを百八十三まで上げる必要があったということだ。

しかもその時は、俺は通常のプレイよりも多くの時間をかけ、魔王を出来る限り弱体化させた。

ごく一部のレベルアップにつながりそうなクエスト以外の全ての弱体化クエストをこなし、数々のバグ技を駆使して、当時考えうる万全の態勢で魔王に挑んだのだ。

そこまでやってなお、仲間に犠牲を出さずに魔王を撃破出来るまでには、数十回ものチャレンジを必要とした。

そもそもこのゲームは全編ドS仕様。

普通にプレイしていると、適正レベルのボスに「負けてもあきらめずに血を吐くほど何度もチャレンジしても、やっぱりギリギリ勝てない」くらいの絶妙なバランスに調整されている。

意図したものではないだろうが、良くも悪くもバグ前提、バグ技必須のゲームバランスなのである。ラスボスである魔王がそれ以上の鬼畜さを備えて待ち構えていることは、もはや言うまでもないだろう。

もちろん、ゲームクリア当時の俺と今の俺がそのまま同じという訳ではない。

魔王撃破の後に覚えたテクニックなどもあるし、ゲームでは今のようにたいまつシショーを活用することは出来なかった。

しかしそれを差し引いたところで、魔王を十日で倒すことの困難が計り知れないのは間違いない。

せめて、魔王に出来る限りの弱体化を施さなければ勝機は見出せない。俺は効率化のためパーティをいくつかに分け、別れて行動することを決めた。

まず、ミツキと真希には知っている限りの攻略情報を伝え、ゲームの攻略を進めてもらう。

ミツキは戦闘力と機動力が高く、一人でどんな場所にでも行ける。むしろ、単独で行動する時に最大のパフォーマンスを発揮すると言ってもいい。

一方、真希は本人の戦闘能力だけでなく、騎士団を動かすことが出来るというのが大きい。

王女が騎士団を動かせるなんてのは現実基準で考えれば首をひねるところだが、

「んー。なんかよく分からないけど、頼んだらやってくれるよ」

ということなので、頼りにしておく。

なんにせよ、数と権力というのはとかく便利だ。この二人がどれだけ頑張ってくれるかによって、魔王の弱体化の度合いが変わるだろう。

そして、ゲーム通りであれば、サザーンは生意気にも転移魔法が使える。

転移魔法と言っても自分にしか効果がないタイプなのでパーティで行動するには向かないが、町と町の間を移動するのに一番有利なのは確かだ。

少し不安だが、サザーンには各町での情報収集や物資の購入、それから各地の魔物侵攻度を抑える役に回ってもらうことにした。

７７４３レポートには、〈魔王の祝福〉が発動した状態での延命措置の情報も載っていた。

例えば〈魔王の祝福〉後激増する魔物侵攻度だが、これはわざと粘菌を増殖させ、それを全消し法によって殲滅することで下げることが出来る。

対症療法にしか過ぎないし、一歩間違えれば事故を産む方法ではあるが、この前の一件でイエロースライムへの対策は結構広がっている。

真希を通じてイエロースライムへの対処法についてはアナウンスしていく予定だし、ある程度のリスクは呑んで実行することにした。

その役目にサザーンが適任かというと疑問が残るが、じゃあサザーンを何に使うかと訊かれると、正直何をやらせても不安しか残らない。

特にクエストやダンジョン探索をやらせるのは本当に怖いので、とりあえずそれ以外の役目を振っておいた、というのが真相だ。

一応サザーンがサボったり失敗したりしないように、お目付け役にくまをつけておいた。

それを通達した時の、嬉しさのあまり震えながら涙まで浮かべていたあのサザーンの様子からすれば、きっと頑張って役目を果たしてくれるものと考えている。くまなら鞄の中に入れば一緒に転移も出来るし、なかなかいいコンビではないだろうか。

この後の連絡方法などの打ち合わせをしてから、それぞれがそれぞれの場所に向かって出発していった。

まずはサザーンが涙目のまま、

「ぼ、僕を引き留めるなら今だぞ！　貴様がどうしてもと言うなら、この優秀な僕が特別にお前の傍についていてやっても……ひっ！　わ、分かった、分かったから！　はい、すぐに行きましょう、くま様！」

くまに連れられてドナドナ的に出発。

それから次に真希が、

「じゃー、わたしも行くけど。何か用事あったら、お城の誰かに言ってくれればいいから。……あんまり思い詰めたらダメだよ？」

真希のくせに妙に心配そうな顔をして、城に帰っていった。

そして最後はミツキだ。

「それでは、私も」

いつもの通り、音もなく軽やかに、まるで羽が舞うようにふわりと動き出す。

レベル鑑定をした時の一幕を思い出して、かける言葉を一瞬迷った。

それでも出来るだけの想いを込めて、ミツキにも激励の言葉を贈る。

「ミツキ。頼りに、してるから。ただその、あまり無理は……」

俺の言葉を、最後まで言わせることもなく、

「大丈夫、分かっていますよ。そちらも、あまり無茶はなさらないように。……それと」

ミツキはやはり音もなく身を躍らせ、その両腕で俺を抱きすくめた。

「なっ、えっ!?」

突然のことに動けなくなる俺の耳元に、ささやきかける。

「――全部終わったら、そろそろ貴方の秘密、聞かせて下さいね」

そこまで言い切ると、始まった時と同じくらい唐突に、ミツキは離れていった。

いきなり何をするんだと言おうと思ったが、ミツキの顔が今までに見たことがないくらいに真っ赤になっているのを認めて、俺は言葉を飲み込んだ。

立ったり伏せたりを繰り返している猫耳を見るまでもなく、ミツキはこれ以上ないほどに照れていた。

それでも流石はミツキ。顔を赤らめている以外には全くのポーカーフェイスを保ったままで、

「……それでは」

短く言い捨てて、風のように去っていった。

この去り際の鮮やかさ、一撃離脱の手際のよさには、やはり頭が下がる。

「さ、てと」

知らぬ間に火照った顔の熱さをごまかすようにそうつぶやく。

みんな出て行ってしまった。

最後は俺の、いや、俺たちの番だ。

「……俺たちも、そろそろ行こうか」

俺がそう言って横を見ると、

「…ん」

最後に残った仲間、リンゴが、いつものように小さくうなずいたのだった。

―4―

こういう状況になったのには理由がある。

俺は一人でデウス平原に向かうつもりだったのだが、そこで予想外の物言いがついた。

リンゴとミツキが猛反対したのだ。

俺がデウス平原に向かうことに対してリンゴが出してきた条件が、「ミツキと一緒に行くこと」。そして、ミツキが出してきた条件が「リンゴと一緒に行くこと」。

二人とも、とにかく俺が一人きりで出発するのをやめさせようとしているようだった。

俺は考えた結果、リンゴを一緒に連れていくことにした。

リンゴもミツキも、どちらも折れる様子はない。どちらかを連れていかねばならないとすれば、リンゴを選ぶのが妥当だと考えたからだ。

ミツキの探索者の指輪と機動力、それに冒険者に対する顔の広さは、俺たちの仲間の中でも一番、クエストをこなすことに向いている。流石にこの状況でミツキを遊ばせている訳にはいかない。

一方、無口で世間知らずなリンゴはクエストをこなすのには向かない。

ちょうどレベルも俺と同じくらいだし、それなら俺と一緒に来て一緒にレベル上げを行うという選択肢もなくはない。

俺はすぐにリンゴを連れていくことに決めた。その決定を告げた時、リンゴはいつもの無表情でうなずいて、ミツキも、

「リンゴさんが傍にいてくれれば私も安心出来ます。……妹さんなら、別の意味でも安心ですし」

ミツキらしからぬぼそぼそとした声で何かをつぶやいて、それが最終決定となった。

本当は一人で行きたかったのだが、しょうがない。リンゴのレベル上げも出来なくもないし、それで手を打つことにしたのだ。

「…いこ?」

そんな風に考えごとをしていると、リンゴが俺を急かした。

「ああ。……いや、ちょっとだけ、待ってくれ」

全てのアイテムは鞄に入れられるため、この世界では出発の準備は時間のかかるものじゃない。

ただ、一つだけやり残したことがあった。

俺はリンゴをその場に待たせると、屋敷の中に戻った。

そして、ある一つの部屋を開ける。

——その部屋の中心には一脚の椅子があり、そこに少女が座っている。

しかし、椅子に腰かけた少女はぴくりとも動かない。

俺が何もしなければ、おそらく、永遠に……。

「行ってくるよ、トレインちゃん」

俺は、その人形のような姿に声をかけた。

当然、答えは何もない。

やかましかったはずの少女のその変わり様に、少しだけ胸が痛むのを感じるが、俺はそれを胸の中に押し込めた。

「トレインちゃんのこと、頼んだ」

しばらくはこの屋敷にも戻ってこれないかもしれない。

呪いを受けたトレインちゃんに危害が加わることはないが、それでも屋敷の仕掛けたちにそう声をかけると、俺は未練を振り切って部屋を後にした。


屋敷の入り口に戻ると、別れた時と寸分変わらない姿勢でリンゴが待っていた。

「待たせたな。行こうか」

しかし、俺がそう言って歩き出そうとしても、今度はリンゴがついてこない。

いや、それどころか、

「……ひンゴ、何でほんなことするんだ？」

リンゴはおもむろに俺のほっぺたをつまみ、ぎゅうっと横に引っ張った。

痛いというよりこそばゆい程度だが、これでは動けない。

だが、俺の抗議の言葉に対してのリンゴの反応は、

「…わらって」

いきなりの無茶振りだった。

しかも笑ってと言いながら、言っているリンゴはにこりともしていない。

「あのな、俺は……」

「…わらって」

問答無用だった。

俺は仕方なしに、ほおを引っ張られたまま、笑顔のようなものを浮かべた。

「これで、いいか?」

「……ん、ぎりぎり」

リンゴはそう言って、小さくうなずいた。

いや、それはいいんだが……。

「じゃ、どうして、はなひてくれないんだ?」

俺のほおは引っ張られたまま。

俺が当然の疑問をぶつけると、リンゴはしれっと言った。

「…ぎりぎり、ふごうかくだから」

「合格じゃなかったのかよ!」

状況も忘れ、俺は思わず大声でツッコんだ。

すると、

「…ん、それで、いい」

リンゴは今度こそ満足げにうなずいて、ようやく手を放してくれた。

よく分からないが、リンゴは今日も絶好調のようだ。この元気には、少しあやかりたい。

そんなことを考えた俺に、リンゴは、

「…ソーマ、あせらないで」

水中都市でも言った言葉を、もう一度繰り返した。

ただ、今回はそれでは終わらない。

「…わたしたちが、いる」

真剣な表情で俺を真正面から見つめ、

「わたしたちは……。わたし、は……」

どうしても伝えなくてはならないことを、俺に伝えようとするように、

「…ソーマのためなら、なんでもする、から」


切々と、俺にそう訴えかけた。

「リン、ゴ……」

その言葉は、今までのどんな時より、リンゴからの強い好意を感じさせた。

俺はこいつらに支えられてきたのだと、それだけで実感させられる。

だから、俺は深くうなずいた。

「ああ。分かってる。リンゴたちが助けてくれたから、俺はここまで来れた」

俺は、全部をなくした訳じゃない。

むしろ、そうならないために、今は歯を食いしばって頑張るべき時だ。

「……そう、だよな。気落ちなんてしてる時間はない。こんな時だからこそ、俺がしっかりしないとな」

だがそれを聞いて、リンゴは困ったように口元をもぞもぞとさせた。

そして、

「…やっぱり、もういっかい」

ふたたび俺のほおに伸ばしてくる手を、俺はやんわりとつかんで止めた。

「さ、あんまり遊んでる時間はないぞ。そろそろ出発しないとな」

俺は問答無用とばかりにその手を引いて、デウス平原のある南門に向かって歩き出す。

俺に無理矢理手を引かれたリンゴが、

「…ソーマの、バカ」

小さくつぶやいた声が、かすかに耳に届いた。

― 5 ―

俺たちは南門からデウス平原に出ると、フィールドを一気に駆け抜けた。

フィールドの南西まで一度も立ち止まらずに進む。

その間、リンゴがなかなか離そうとしなかったので手は握りっぱなしだったが、デウス平原の敵レベルは五十。

防具も更新された俺たちにとっては苦戦する方が難しいような相手だった。

いつかの帰り道と同じだ。モンスターは現れるそばからリンゴがまさに片手間に雷撃で片付け、歯牙にもかけることなく大岩の前まで辿り着いた。

その大岩は一部が崩れ、そこには代わりに岩の破片で出来た瓦礫《がれき》が積み重なっている。

あれは、言ってしまえば物理的な手段による封印だ。

崩れた岩の瓦礫をかぶせることで、俺たちはあそこにあるポップポイントを封じた。

そして、そこからある凶悪なモンスターが出現する可能性も。

「リンゴ。あそこの瓦礫、壊すことは出来るか？」

俺が問うと、リンゴはいいの、と視線だけで問い返してきた。

軽くうなずく。

「…わかった」

リンゴはそう言うと、脇差を瓦礫に向けた。

すぐにその先端から雷撃がほとばしり、瓦礫を粉々に砕いていく。

前に岩を崩した時から、リンゴのレベルも、武器の威力も上がっている。

その威力は段違いだった。

「流石だな……」

あっという間に瓦礫は破壊され、ポップポイントに障害物がなくなった。

これで、ここからふたたびモンスターが出現するようになる。

「それじゃあ、ちょっとここから離れようか」

俺が提案すると、リンゴは素直についてきた。

大量発生時はともかく、通常時はポップポイントの近くにいると新しいモンスターは湧いてこない。

ゲーム時代の感覚を頼りに、大岩から距離を取る。

「…きた」

だが、そんなに考える必要もなかったようだ。

ある程度離れた時に、リンゴが後ろを振り返った。

見えていたはずもないが、リンゴは背後に出現したモンスターの気配を敏感に察知したらしい。

俺もよくよく目を凝らすと、大岩のくぼみから新しいモンスターがポップしているのが分かった。

ただ、残念、外れだ。

せっかく久しぶりに大岩のポップポイントから出てきたモンスター、愛くるしい姿とアウトローを気取った表情がトレードマークのはぐれノライムは、リンゴの雷撃で一瞬にして消されてしまった。

まあ、これで必要な距離は分かった。ここからはひたすら待ちの時間だ。

リンゴが振り向いた場所よりほんの少しだけ先に椅子などを設置して、長期戦に備える。

そしてもちろん、こういう待ち時間も無駄には出来ない。

俺は鞄から一本の木の棒、たいまつシショーと、以前入手した槍《やり》を取り出した。

剣や大太刀、短剣や忍刀などの武器熟練度、火と風、光の熟練度などは上げたが、それ以外はほとんど手が回っていない。

もちろん武器にも好みや得手不得手があるし、例えば全編通して剣使いだった俺は、槍なんてゲーム中でもそんなに使う機会はなかったが、いざという時の選択肢は多い方がいいだろう。

レベルが上がるにつれて、武器熟練度上げの効率は悪くなってくる。

これからレベル上げをする前に、出来るだけたいまつシショーで武器熟練度を上げておきたかった。

俺がひたすら槍でたいまつを小突いているのを、リンゴは身じろぎもせずに見守る……かと思ったが、

「…わたしも、やる」

リンゴが、めずらしく能動的に参加を表明した。

「じゃ、こっち来るか？」

「……ん」

雷撃を中心に攻撃するリンゴが武器熟練度を上げてもあまり意味はないのだが、特に断る理由もない。

俺はリンゴと二人、肩を並べてひたすら一本のたいまつを突き合った。

―6―

そしてとうとう、その時が来た。

リンゴと並んでたいまつを突き始めてからしばらく。

五体の外れモンスターを葬り、そろそろたいまつシショーに使う武器を替えようかと思っていた頃だった。

俺が肌がちりつくような感覚を覚えて顔を上げると、大岩の辺りに白い巨体が出現したのが見えた。

隣を見ると、リンゴはもうとっくに気付いていて、心持ち表情を硬くしている。

それはそうだろう。

だってあいつは、俺だけでなく、リンゴまでも殺しかけた、俺たちの因縁の相手なのだから。

――キングブッチャー。

猫耳猫スタッフのミスによってこのフィールドに出現した、本来はこんな低レベルフィールドにいるはずのない高レベルボスモンスター。

それでもあいつが本来いるはずのダンジョンのレベルは百六十なので、一応今の俺とリンゴなら適正レベルの相手だと言える。

ただ、ゲームバランスがピーキーな猫耳猫において、レベルは一つの目安にしかならない。

本当にあった体験談として、高レベルダンジョンに一種類だけ明らかに弱そうなモンスターがいて、調べてみると驚くほど低レベル。「もしかして弱いダンジョンの敵を間違えて設定しちゃったのか」とにやにやしながら攻撃を仕掛けてみたら、当然のように他のモンスターよりもずっと強かった……という最低な罠が仕掛けられていた経験もある。

まあ本当にひどかったのはその先で、なんとそいつは強い分、周りのモンスターの五倍以上の経験値を設定されていたらしいのだが、大半のプレイヤーはレベル補正（自分と比べてレベルが低すぎる敵を倒すと取得経験値が大幅に減る仕様）のせいで、結局は雀の涙以下の経験値しか手に入れられなかったという最悪なエピソードもあったりする。

それはともかく、だ。

キングブッチャーは同レベル帯でも強ボスと言われ、特に物理攻撃メインの近接職にはきつい相手だと言える。

純粋な物理攻撃に強い耐性を持っていて、属性のついていない物理攻撃ではほとんどダメージが通らないのだ。

(だが、だからこそ!!)

俺は硬い表情で歩き出そうとするリンゴを制して、その前に立った。

「ここで、待っていてくれ」

「…でも」

不満と不安を示すリンゴに、俺は首を振った。

「必要なこと、なんだ」

そう口にすると、リンゴは、

「…むり、しないで」

やはり心配そうな目で、それでも俺を見送ってくれた。

「……ありがとう」

俺はリンゴに感謝の言葉を口にしながら、同時に、

(……それと、ごめん)

頭の中だけで、謝罪の言葉も贈る。

——必要なことだというのは、半分は本当で半分は嘘だ。

理屈で考えるなら、ここで無理に俺が一人で戦う必要なんてない。二人で戦って、安全に強

くなっていく方が、きっと理に適《かな》っている。一人で戦いたいと言っているのは、単なる俺の我儘《わがまま》だった。

今、俺がキングブッチャーと戦う理由はいくつかある。

一つは単純に、レベル上げのため。

俺の今のレベルは百五十六で、ブッチャーのダンジョンはレベル百六十。しかも、大体ボスモンスターはその地域のモンスターよりも一割ほどレベルが高いのが通例だ。ボス自体の経験値の多さもあって、おそらくは百七十レベルくらいまではこいつでレベル上げが出来るはずだ。

そして二つ目は、こいつの耐性に関係がある。

ブッチャーは単純な物理攻撃に強い耐性を持っている。普通の物理攻撃では、まともに攻撃が入らない。

しかしだからこそ、今回は属性攻撃を使うつもりはない。

(……気付いたか)

ある程度近付いたことで、向こうもこっちの存在を察知する。

向き直る白い巨人を前に、一瞬だけ迷う。

(――最初から「あれ」を使うか？)

俺はそう考え、ちらりと不知火を見たが、すぐに首を振った。

あの技には色々とリスクがある。魔王戦で使えるか分からないようなものに、最初から頼っているようでは駄目だろう。

結論を出した俺は、いつものように魔法を詠唱。

その間に相手との距離を目測。

頭の中で行動予定を立てて、詠唱と発動予約を繰り返し、

「ステップ！」

すぐさま移動に移る。

（まず、距離を詰める！）

キングブッチャーを確実に倒すのなら、前回と同様、相手が突進を使ってきた時に〈絶刀色彩返し〉を使って属性攻撃を当てるのが一番簡単だろう。

カウンター技である〈絶刀色彩返し〉は一撃の威力という点では卓抜しているし、属性攻撃を放つことも容易だ。

距離を取って立ち回れば、相手の突進攻撃を誘うことも可能だろう。

だが、今回はその戦法は取らない。

なぜなら、「魔王は遠距離攻撃も使ってくる」からだ。

そう、俺がキングブッチャーと戦うもう一つの理由。

それは、このキングブッチャーを魔王に見立て、今の俺の実力を試すためなのだ。

俺は、キングブッチャーを仮想魔王として戦闘をする上で、自分に二つの制約を設けた。

一つは属性攻撃を使わないこと。

ブッチャーは強い物理耐性と高い防御力を備えているが、弱体化されていない魔王の防御力はそれをしのぐ。物理攻撃だけでキングブッチャーを倒せるくらいでないと、魔王には到底届かない。

そしてもう一つは、相手の半径三メートルの距離に留まり続けること。

SBK《スーパーボッチキラー》である魔王を倒すには仲間を連れていかなくてはいけないが、それは同時に仲間を危険に晒すということでもある。

特に弱体化の十分でない魔王の攻撃はどれも強力で、それこそサザーンなどが狙われれば、あっという間に殺されてしまうだろう。

それを防ぐためには「半径三メートル以内に敵がいた場合、優先的に狙う」という魔王の習性を利用して、常に俺がターゲットを取っておく必要がある。

それはつまり、距離を取っての回復や仕切り直しが出来ないということであり、戦闘の難易度を大幅に上げる。

とてもじゃないが、弱体化の不十分な魔王を相手にぶっつけ本番でやれるようなことではない。

だからこのキングブッチャーとの戦いが、そのための試金石なのだ。

接近する俺に呼応するように動き出した白い巨人に、まずはあいさつ代わりの一撃を。

移動の途中に朧《おぼろ》斬月を挟んで、ハイステップで距離を詰める。

そしてジャンプでハイステップをキャンセルし、

「――朧十字!!」

パワーアップの発動に合わせて横薙ぎを重ねる。

レベル百七十のモンスターすら一撃で屠《ほふ》ったこのコンボは、

「グ、ォオオオオ!!」

しかし、キングブッチャーを葬り去るにはおよばない。

わずかによろめかせたものの、すぐに何事もなかったかのように攻撃を繰り出してくる。

「化け物が……っ！」

事前に予約していたエアハンマーで横に逃れながら、俺は思わずそう吐き捨てた。

やはり、キングブッチャーの物理耐性は強力だ。

だが、全く効いていない訳じゃない。

これを何度も何度も繰り返せば、いつかは勝てるはずだ。

そう信じ、エアハンマーに続いてパワーアップの予約に入った俺に、

「……?!」

ブッチャーの第二撃が迫る。

「ステップ!!」

第三章
—6—

ギリギリでエアハンマーのノックバックが終わり、俺は間一髪その攻撃を避けた。

だが……。

(次は、まずいか？)

やはり、半径三メートルという縛りが効いている。

後ろに逃げられないから、ブッチャーの攻撃範囲から脱出出来ない。

すると、特に移動速度と移動時間に難のあるエアハンマーのノックバックは危険だ。

もう一度ブッチャーの正面にいる時にエアハンマーを使えば、今度こそ捉えられる。

そんな予感がした。

(なら、後ろに回り込めばいいだけだ！)

俺はブッチャーの周りを回るようにステップからハイステップにつなぎ、縮地を発動して、

「しまった！」

ブッチャーの半径三メートルから飛び出してしまったことに気付いた。

後ろに回り込むことは出来たが、これでは意味がない。

俺はあえて攻撃はせず、続けて発動したエアハンマーで飛ばされながら、唇をかんだ。

縮地の優秀さが裏目に出た。

「常に相手から三メートル以内の場所に留まらなければいけない」という制約を考えると、移動距離が長い縮地は使えない。

これで最速の移動法の一つが封じられたことになる。

「くそ、ならっ！」

ステップでブッチャーの傍まで戻り、今度は神速キャンセル移動で回り込む。

しかし、白い巨人はそのスピードに追いついてみせた。

身体をひねりながら、肉切り包丁を振り下ろしてくる。

「ッ！　ハイステップ！」

轟音《ごうおん》を上げて迫る超重量の刃物を、苦し紛れにハイステップを出して何とか躱《かわ》す。

これで完全に攻撃リズムが崩れた。

だが、一度ハイステップを出してしまったら、もう神速キャンセルにはつなげられない。

ここまで来たらもうやるしかない。

（こ、の……ジャンプ横薙ぎ！）

着地をジャンプキャンセルして、横薙ぎを繰り出す。

だが、それは、

「なっ⁉」

キングブッチャーの左足に、止められた。

タイミングがずれてパワーアップが乗らなかった上に、弱点の頭を狙うことも出来なかった。

与えたダメージが低すぎて、スキルが失敗したと見なされたのだ。

そして、スキル中断によって硬直する俺に、

「しまっ――」

ブッチャーの、巨大な右足が襲いかかる。

唸《うな》りを上げて迫るそれを、動けない俺はただ見守ることしか出来ず、

「ぐ、ぁ……っ！」

次の瞬間、俺はサッカーボールのようにブッチャーに蹴り上げられた。

為す術もなく吹き飛ばされ、地面に転がる。

以前にも、こうやってこいつには吹っ飛ばされた。

懐かしいとすら思える感覚。

「ソーマ!!」

遠くから、リンゴの悲鳴が聞こえる。

「来るな!!」

だが、駆け寄って来ようとするリンゴを制して、俺は立ち上がった。

「あの時」の俺は、一撃を喰らっただけで瀕死《ひんし》になって、回復するまで満足に動くことも出来なかった。

だが、「今」の俺は「あの時」の俺とは違う。

レベルも上がって、優秀な防具も装備している。

一撃でやられたりは、しない。

しかし……。

(そりゃ、そうだよな)

悠然とこちらに歩いてくる白い巨人を眺めながら、俺はうなずく。

ブッチャーと俺との距離は、当然ながら三メートル以上開いている。

こんなザマでは、とてもではないが魔王を相手に仲間を守り切ることなんて出来ない。

成長したはずの「今」の俺でも、力も速さも、まるで足りない。

制限をかけているとはいえ、本物の魔王には数段劣るブッチャー相手にこのていたらく。

これが、「今」の俺の実力だ。

「やっぱり、『今』のままじゃ、駄目か」

だったら、強くならなきゃいけない。

今までの努力、能力を全て失うリスクを負ってでも、俺は強くならなくちゃいけない。

そして、そのための手段を、俺はもう手に入れている。

近付くブッチャーを、そしてその奥に見える魔王の影をにらみつけながら、ゆっくりと口を開く。

「今度はお前に、『これから』の俺を見せてやる」

さぁ、今こそ叫ぼう。

ゲーム時代、その桁外れの効果から、バランスブレイカーとまで言われたその技の名を。
猫耳猫に存在する、ほぼ全てのスキルを網羅した俺が、一度たりとも使わなかったそのスキルの名を。

「――〈憤激の化身〉!!」

メニュー ▼　編集 ▼　ツール ▼　ヘルプ ▼　wiki内検索　検索

猫耳猫wiki　▶▶▶難敵攻略「ボス・中ボス編」より抜粋

【デスカウント】

・特徴

純粋な強さから絶対攻略不可能《インポッシブルナイン》に選ばれた狂気の死神伯爵。
猫耳猫においてめずらしい「自動イベントによって倒れるボス」であり、
「ボスのＨＰを３０％以下にする」「戦闘開始から２０分が経過する」のいずれかの条件を
満たすことによって特殊イベントが発生、自動的に撃破することが出来る。
しかし、そういう条件がついたからなのか、「自分で全部倒さなくてもいいんだから強くてもいいよね？」と
言わんばかりの難易度調整によって、同レベル帯のボスと比べても桁外れの能力を誇る。

・攻撃パターン

右手の槍、左手の剣で各三種ずつの攻撃手段を持っているが、
それぞれの始動モーションに差が少なく判別しづらい。そのほかに、槍を突き上げての落雷攻撃、
剣から闇の眷属を召喚、追尾効果のある魔道弾の生成、自己強化バフなどバリエーション豊かな行動をする。
特に槍の突き、剣の薙ぎ払い、落雷の三つは即死級の威力を持っており、回避しなければ生存は絶望的。
互角に渡り合うには予備動作から次の攻撃を予測する知識と判断力、
そして俊敏性が必要になってくるだろう。

・攻略法

ボスのＨＰ減少による勝利を狙うか、時間経過による勝利を狙うかで攻略法が異なる。
ここでは時間経過による勝利を狙う場合の手順を記す。

1. ボス部屋に後ろ向きで入る
2. 冒頭イベントが発生し、部屋の中央に歩いていくはずの場面で部屋の外に出ていく
3. 部屋の外にいる状態で戦闘が始まるが、ボス部屋の扉は閉まってるので当然攻撃は来ない
4. 汎用メニューからブラウザを開いて猫の動画を見てほっこりする
5. ２０分経ったらイベントが発生してボス死亡、ボス部屋の扉が開く
6. ウマー

［第四章］

はやすぎた未来

I am the only one who knows this world is a game .

俺の叫びを契機としたかのように、キングブッチャーがその肉厚の巨体を揺らして俺に迫る。

ブッチャーの動きは、あまり機敏とは言えない。

しかしそれは、人間基準で考えた場合のこと。人間の数倍の大きさを持った存在が人間と同じように動作すれば、その速度もやはり数倍になる。

その白い巨人の、渾身《こんしん》の振り下ろし。

驚異的とも言える速度で襲いくる肉切り包丁を、俺は、

（……見える！）

しかし身体を半身にして、紙一重で避けた。

大質量の包丁が俺のすぐ脇を抜けていき、思わず身がすくむような風切音が耳元で鳴って、それでも俺の余裕は崩れない。

興奮による錯覚か、あるいは本当に知覚が増大でもしているのか。

ブッチャーの動きがいつもより遅く見える。

身を包む万能感に、気分が昂揚《こうよう》する。

（これなら、行ける！）


― 1 ―

続いて俺を狙うのは、さきほど俺を吹き飛ばした、ブッチャーの蹴り。

大質量を備えた巨人の足が、まるで壁のように俺に迫って、

(ここ、で、抜ける!)

だが、その一撃も今の俺を捉えるにはおよばない。

包丁と左足の隙間をすり抜けるように前に飛び込み、

「おっ、と」

速度を制御し切れずに最後に前につんのめるが、何とか姿勢を回復した時には、俺は既にブッチャーの後ろ側に回っていた。

さっき、あれだけの移動スキルを駆使しても不可能だったことを、スキルなしの移動だけでこなしたのだ。

(これが、トレインちゃんがくれた力! そしてこれが、速度三倍の世界か!!)

戦闘中だということは自覚しながらも、込み上げる感慨を抑え切れない。

バランスブレイカーとまで称されることのある〈憤激の化身〉。

これはプレイヤーのみが習得可能な特殊スキルで、その習得方法はたった一つ。

プロポーズイベントを起こして、〈魔王の祝福〉を発動させることだけ。

効果以前に習得すると高確率でゲームが詰むというデメリットを抱えていてなお、この技は

人気がある。

実際、その効果はなかなかに強烈。〈７７４３レポート〉の希望の星とされるのもまあ納得出来る。

まず、プラス効果のみに目を向けると〈憤激の化身〉は文句なしに最高のパラメーター強化スキルと言える。

近くに味方がいる時に使うと不発になるなど色々と制限はあるものの、「三十秒間全ての基礎能力値を三倍」というのは抜群の性能だ。

今は改造によって効果は変わっているが、同じ能力強化系のパワーアップの魔法の効果がもともと「三十秒間筋力のみを一・三倍」だったと考えれば、その凄さが分かってもらえるだろう。

これだけでもずいぶんととんでもないが、実際にはここにさらにおまけがつく。

「全ての基礎能力値」というのは、何も筋力や魔力、耐久や抵抗などの攻撃や防御に関わるものだけではない。

それに加えてＨＰやＭＰ、そしてさらにはスタミナや敏捷、運などと言った、レベルアップでは上昇しない能力値までもが、全てあまさず三倍になるのである。

特に敏捷の上昇はおそろしいまでの効果を生む。

三倍ということは、一時的にプレイヤーの敏捷値は三百に至るということ。それは、全キャラ中最速のミツキの二百五十すら優に上回る。

もちろん、ミツキの体さばきは本人の天才的な技量と運動能力があってこそのものなので、敏捷値が追いついたくらいでミツキと同じ速さで行動出来るという訳ではない。

それでも普段の三倍の速度で移動出来るのは脅威ではあるし、三倍の速度で行動出来れば当然手数も三倍になる。

その恩恵は、敵に対する圧倒的なアドバンテージとなりえる。

だから、

(——取った!!)

難なくブッチャーの裏に回った俺は、動きすぎる身体をもてあましながらも、自分の勝利を確信していた。

いまだに俺を捕捉出来ていない巨人の右足に、不知火を振り下ろす。

「ぐっ!」

しかし、その一撃でうめいたのは俺の方だった。

俺の繰り出した攻撃はブッチャーの分厚い肉の鎧に阻まれ、十分なダメージを与えられない。

(これでも届かないってのか!?)

信じ難い事実に、俺は愕然《がくぜん》とした。

パワーアップを使ってこそいないが、それでも俺の筋力には三倍の補正がかかっている。

それが通用しないとは、俺も考えていなかった。
驚きに、思わず動きが止まる。
その一瞬の隙を突き、目の前の白い巨体が動く。
振り向きざまの一撃。
遠心力を活かした左腕の打撃を避けようと後ろに跳んで、
「っ、こんなっ!?」
想像以上の距離が出る。
最初に決めたはずの、半径三メートルという範囲を飛び出てしまう。
慌てて制動をかけようともがくと、やはり想像以上の速度で足が地面につく。
(身体の反応が、鋭すぎる！)
それが本格的に俺の身体のバランスを崩す結果につながった。
何もないところでばたばたと暴れた末、俺は無様に尻もちをついた。
(落ち着け！)
自分を叱咤《しった》する。
幸い距離を取りすぎたせいで、何とかブッチャーの攻撃範囲からは逃れている。
俺は出来るだけ自分の力をセーブするようにして起き上がり、体勢を整える。
敏捷が三倍になれば、それだけ身体を動かすのが難しくなる。

それは〈憤激の化身〉を使ったほかのプレイヤーも言っていたことだし、覚悟はしていたはずだ。

それに、俺のさっきの攻撃が通らなかったのは、ある意味道理だ。

俺の攻撃は、カスタムした不知火の攻撃力、パワーアップで約十倍に高めた筋力、補正の大きい横薙ぎスキル、の三つの柱に支えられていた。

パワーアップ抜きでの横薙ぎが防がれたのに、今回の俺の攻撃は、筋力補正が三倍しかない上に、横薙ぎによるスキル補正もなかった。

筋力の増強分ばかりに考えがいって、横薙ぎによるスキル補正をすっかり失念していた。

頭を冷やして考えれば、あんな攻撃が通る訳がないと分かる。

(大丈夫。まだ、大丈夫)

そう自分に言い聞かせる。

打つ手はある。今度こそ横薙ぎを使うか、それでもダメならパワーアップも併用すればいいだけだ。

ただ、〈憤激の化身〉中にパワーアップを使うのは少しだけ効率が悪い。

筋力三倍の時に改造したパワーアップを使えば、三倍の十倍で三十倍……とはならないし、それどころか、上昇分が加算されて十二倍、ともならないからだ。

これは能力強化系のスキルや魔法、というより強化ステート全般の特性に由来する。

パワーアップや〈憤激の化身〉で基礎能力を上げると言っているが、これは別に、キャラクターの持つ能力パラメーターを直接いじっている訳ではない。

能力強化ステートというのは、分かりやすく言うとプラス効果の状態異常のようなものだ。

この辺りの関係は簡単に「キャラの基礎能力値×強化ステートの補正＋装備などによる補正値＝実際の能力値」という式で整理出来る。

パワーアップなどが操作するのは「強化ステートの補正」の部分で、元値を直接いじっている訳ではないから、例えば改造版パワーアップ中にレベルアップして普段の十倍筋力が上がったように見えても、実際にはいつもと同じ数値しか上がっていない。

しかも、「強化ステートの補正」の欄に適用されるのは、現在かかっている最高数値のものだけ。改造パワーアップと〈憤激の化身〉が同時に発動していた場合、より効果の大きい改造パワーアップの補正だけが表に出ることになる。

まあ、ここはないものねだりをするより〈憤激の化身〉中もパワーアップが使えることを喜ぶべきだろう。

とにかく、〈憤激の化身〉だって使い始めたばかり。

まだまだ、時間は……。

（……時間？）

その瞬間、俺は自分が〈憤激の化身〉を使用してからの時間を見失っていることに気付いた。

戦いながらスキルの効果時間を計ることなんて、普段であれば当たり前に行っていること。

ただ、戦闘の興奮と思わぬ焦り、それから敏捷上昇による時間感覚の微妙な狂いが、その当たり前をいつのまにか不可能に変えていた。

(効果時間は、あと何秒残ってる？　あとどれくらいで、俺は……)

その事実が、俺をさらに焦らせる。

この〈憤激の化身〉の能力強化には、大きな、とても大きな反動がある。

もし発動から三十秒以内にあいつを倒せなければ、俺は確実に……。

「ステップ!!」

焦りが俺を突き動かした。

本能的な選択として俺が選んだのは、スキルによる移動。

慣れ親しんだはずのスキルが、〈憤激の化身〉の効果によって体験したことのない加速を生む。

だが、それで相手の虚は突けた。

キングブッチャーのいまだ無防備な懐に入り込み、そこでステップをキャンセルして、横薙ぎに……。


「——え？」

つなげられなかった。

何千何万回と繰り返した、ステップからのキャンセル横薙ぎ。

何よりも慣れ親しんだはずのそれが、失敗に終わる。

――キャンセルミス。

そんな言葉が脳裏に浮かぶ。

システム的な硬直と自失のせいで棒立ちになる俺に、目の前の怪物は嬉々として巨大な得物を振り上げた。

「……ぁ」

口から間の抜けた声が漏れる。

視界いっぱいに、赤茶けた色の、肉厚すぎて刃物とも言えない凶器が広がっていく。

――避ける術は、ない。

ガリ、という嫌な音が頭蓋に響き、俺の意識は飛んだ。

たぶん、俺が気を失っていたのはほんの数瞬の間だっただろう。

「ソーマ！」

切迫したリンゴの叫びに、我に返る。

「だい、じょうぶだっ！」

頭を襲う鈍痛に顔をしかめながら、俺はほぼ反射的にそう叫び返し、

「――ッ!?」

目の前に大写しになっていた巨大な白い足に、即座に回避行動を取った。

(ステップ!!)

身体に染みついた習性が、我に返るよりも先にステップによる回避を選ばせていた。

崩れた体勢ながらかろうじてスキルが発動し、俺の身体はやはり横っ飛びに跳ねる。

やはり慣れない加速感。

だが、おかげでブッチャーの踏みつけから逃れる。

あまり体感したことのない速度に感覚を狂わされながらもすぐに着地、横薙ぎでステップを
キャンセルしようとして、

(またっ!?)

タイミングが合わない。

失敗する。

ふたたびの硬直。

横殴りに振るわれる肉切り包丁。

「……ぐ、ぇ！」

胴体に当たる。

息が詰まる。

一気に吹き飛ばされる。

(これ、が……)

だが、今度は意識は手放さずに済んだ。

吹き飛ばされながらも、考える。

(これが、〈加速の壁〉か)


〈憤激の化身〉は使用者の敏捷を大きく上昇させる。

これは大きなメリットであると同時に、熟練の猫耳猫プレイヤーを苦しめる大きなデメリットでもある。

高すぎる敏捷は、大きな恩恵と一緒に無視出来ない弊害ももたらすからだ。

この現象は一部で〈加速の壁〉などと言われている。

敏捷の上昇は、ほぼ全ての行動を加速、短縮する。それはスキルも加速させるということで、同時に、そのスキルの使用感、特にキャンセルポイントの位置を大きくずらしてしまうことにもつながる。敏捷が三倍になればスキルは三倍速くなり、結果キャンセルポイントは三倍早く訪れ、その長さも三分の一に短縮されてしまうからだ。

キャンセルのタイミングを肌で覚え、身体に染みつかせているような猫耳猫プレイヤーといえど、いや、そういうプレイヤーこそこの変化についていけない。

そして一方で、敏捷の上昇ではどうしても短縮出来ないものもある。

敏捷の上昇はほぼ全ての「行動」を加速させるが、そこには能動的行為ではない「スタン」や「ノックバック」、それに「技後硬直」などは含まれていない。スキルのキャンセルに失敗すれば、敏捷が上昇している状態であっても普段と同じだけの長さの硬直、隙を敵に提供してしまうということだ。

ゆえに、優れた猫耳猫プレイヤーほど速度の変化を嫌うとすら言われている。

スキルをうまくつなぐことが出来れば、三倍に近い移動速度だって出せる。三倍の速度よりもスキルキャンセルが存分に出来る環境を選ぶというその選択はきっと正しい。

あるいはミツキのような戦い方もある。

技後硬直でせっかくの速度を殺すくらいなら、敏捷が高い状態でのスキルの使用は控えるというのも有効だ。おそらくその選択もまた、正しい。

（それでもっ！）

そんなものでは足りないと思うから、俺はこの道を選んだ。

そんなやり方では到底およばないと思うから、この技を使ったのだ。

鍛え抜かれたスキルキャンセルのテクニックは、ほとんど身体感覚と同じレベルまで俺の中に根付いている。

しかし、速度が変われればその全て無駄に、いや、もしくは技を使う上での枷《かせ》にすらなるだろう。

俺がゲームで費やした時間、培った努力は、何の意味も持たなくなる。

（それ、でもっ!!）

敏捷値は装備品の重量によってマイナス補正を受ける。

例えば肉切り包丁のような重い物を持って調整すれば、今すぐにでも疑似的に敏捷を一倍に戻すことは可能だろう。

だが、俺はそんな選択はしない。

この速度に一瞬でも早く慣れるため、魔王を倒すその瞬間まで、俺はもう三倍状態以外でスキルを使わないと心に決めている。

もちろん、失敗した時のリスクが大きいのは分かっている。

その間の大きな戦力低下は免れないし、中途半端に三倍速に慣れると感覚がずれて、俺は一倍でのスキルも満足に使えなくなってしまうかもしれない。

だが、それがどんなに困難な選択でも、今の俺には絶対にこの速さが必要なのだ。

全ては、魔王を倒すために。

仲間から、いや、どこからも犠牲を出さないために！

トレインちゃんの笑顔を、取り戻すために!!

——俺はこの速さを自分のものにすると、決めたんだ!!

頭がズキズキと痛み、打たれた胸も熱を帯びてジンジンと痛みを訴える。

身体は既に満身創痍《そうい》で、制限時間までおそらく残りわずか。

それでも俺は二本の足でしっかりと大地を踏みしめ、迫りくる白い巨体に不知火を構えた。

—2—

やるしか、ない。

嗜虐《しぎゃく》的にも見える動作でこちらに歩み寄る巨人を見ながら、俺は心の中でそうひとりごちた。

ブッチャーの攻撃を何度も受けたが、新しい防具と三倍になった能力のおかげで、何とか生き残っている。

けれど、今現在、残りＨＰがどれだけあろうと、そんなのは関係ない。

このままこいつを倒せなければ、俺は必ず殺される。

それはもう、決定していることなのだ。

〈憤激の化身〉を実戦で使う上での一番の障害は、やはりスキル使用の三十秒後にある。

加速と強化の三十秒が終わると、その効果は瞬時に反転する。

スキルで強化されていた全ての基礎能力値が、今度は一気に百分の一まで減らされるのだ。

武器防具に影響はしないから攻撃力や防御力がそのまま百分の一になる訳ではないが、そんなものは慰めにもならない。

ＨＰと耐久が百分の一になれば敵の攻撃をまともに受けられるはずがないし、敏捷が百分の一になれば回避や逃亡さえも望めない。

その三十秒間をモンスターの前に晒すということは、すなわち死を意味すると考えていい。

（だからその前に、こいつを倒す）

そのための突破口は、やはりスキルキャンセル。最低でも横薙ぎとステップの神速キャンセルだけでも出せれば、勝機はあるはずだ。

ステップは最初の移動スキル、横薙ぎは基本スキルであり、どちらも初心者用と言ってもいいスキルと言える。

ならそのキャンセルは簡単かと言うと、そうでもない。むしろ、この二つのキャンセルはどちらかと言うと猫耳猫のスキルキャンセルの中でも難しい部類に入る。

所詮猫耳猫なので絶対の基準にはならないが、キャンセル可能な時間の長さはスキル自体の長さに大体比例する。

長く続くスキルは大抵キャンセル時間も相応に長く、すぐに終わるスキルはキャンセル時間も一瞬で終わる傾向にあるのだ。

例えば、俺が知っている中で一番キャンセル受付時間が長いのが乱れ桜だ。

二十秒近いエフェクトの長さを誇る乱れ桜はキャンセル受付時間も長く、この技を習得出来るくらいのプレイヤーになると、乱れ桜のキャンセルはもはや失敗する方が難しいくらいだと言われていた。

逆に移動速度が速く発動時間も短い縮地などは、キャンセルポイントが一つしかない上に、その時間が異様に短い。特に縮地はジャンプ系くらいしかキャンセル可能なスキルがないこともあいまって、縮地が上級者用スキルと言われる所以となっている。

ステップや横薙ぎはその中間、やや縮地よりといったところだが、それを連続で、しかもノーミスでやらなければならないとなると、その難易度は一気に上がる。

もちろん難しいのは神速キャンセル移動だけではない。エアハンマーを挟んだ移動系スキルコンボ、朧十字に乱れ桜の発動後キャンセル。思えば、俺の得意技は全てスキルキャンセルを前提としていた。

だが、三倍の速度を手に入れた代わりに、習得したタイミングを見失った今の俺には、そのどれもが不可能な技に思える。

（やれるのか、今の俺に）

思わず、自問する。

いや、と首を振った。

（やれるか、じゃない。やるんだ！）

覚悟を決めて、ブッチャーを見据える。

一瞬だけ、その影に魔王の姿が見えた気がした。

（絶対に、倒す！）

自分にそう活を入れると、じりじりと距離を測るように間を詰めてくる巨体に、意識を集中する。

今までと同じ感覚でスキルを使おうとするからいけないんだ。

いっそ、普通の三倍タイミングがシビアな新しいスキルを見つけたと思えばいい。

いや、既存のスキルの三倍の速さで全てが回ってくると分かっているのだから、それよりは条件が有利だ。

そんな風に自分に言い聞かせる。

頭の中で、いつもの三倍の速度で進む自分の姿を思い描く。

そしてそのスキルの切れ目、そこで発動する次のスキルも克明に頭の中に描き出す。

脳内で似たタイミングのスキルを検索して、そのタイミングを想像する。

意識が、研ぎ澄まされる。

全ての雑音が俺の中からなくなって、視界から目標以外のものの姿が消え失せる。

一瞬が数倍にも希釈され、こちらに向かって腕を振り上げるブッチャーの動きが、まるでスローモーションのように見える。

(やれる!)

何の根拠もない、ただし力強い確信に衝き動かされ、俺は、

「――ソーマ、ダメ!!」


俺は突然聞こえた声に集中を乱され、その瞬間を逃した。

時間が自らの在り方を取り戻す。

長大な肉切り包丁を構えた巨人の腕が、振り下ろされようとする。

(しまった!)

しかしその瞬間、収斂《しゅうれん》した意識の外から飛び込んだ銀色の光によって、それは阻まれた。

飛び込んだ銀色の何かがブッチャーの腕に当たり、その動きが一瞬だけ止まる。

(あれは脇差?! 〈金剛徹し〉か!?)

瞬間的にそう思ったものの、それにしては速度が遅かったし、威力もないようだった。

実際、脇差がブッチャーの動きを止めたのは本当に少しの間だけ。

その刃はあっさりとブッチャーの肉の鎧に跳ね返された。

(スキルでも何でもない、ただの投擲《とうてき》？　でも、どうして？)

あわててその場から飛びのきながら、俺は脇差を投げた人間の姿を探す。

俺の視界に、腕を大きく振り切ったリンゴの姿が飛び込んできた。

ただ、その距離はまだ遠い。

雷撃はその性質上、遠距離からの精密な攻撃には向かない。

金剛徹しのスキルを使わなかった理由はよく分からないが、俺のピンチを見かねたリンゴが、あそこから脇差を投げて助力をしてくれたのだと気付く。

「ソーマ!!」

唯一の武器である脇差を投げてしまったにもかかわらず、リンゴは俺の許に駆けつけようとしてくれていた。

投擲の直後でバランスを崩しながらも、必死で俺の方に駆けてこようとして、

「あ……」

コケた。

それも、頭から。

「……ぷっ！」

そのコミカルな光景に、俺はこんな時なのに思わず吹き出してしまった。

俺のために必死にやってくれた結果なので、笑ってはいけないと分かっている。

それでもそれを見て何だか、力が抜けた。

そして、

（……まったく、何をやってんだか）

そんな風に、自分につぶやいた。

ストン、とまるで憑《つ》き物が落ちたような、まるで悪い夢から覚めたような心地。

余計な力が抜けると、自分のやっていることの馬鹿らしさがやっと分かってきた。

（焦りすぎてたのか、俺）

おたけびと共に俺に振り下ろされる肉切り包丁を横に跳んで避けながら、そんなことを思う。

冷静になれば、いや、あえて目をつぶろうとしなければ、この戦いが馬鹿げたものだってことはすぐに分かる。

確かに、魔王討伐のタイムリミットまで、あと九日しかない。

しかし、あと九日はあるのだ。

〈憤激の化身〉を使って三倍の速度を試すにせよ、ブッチャーを倒して自己強化を図るにせよ、俺が一人でこんな無謀な条件で戦う意味なんてない。

ミツキや真希を連れてくるだけでブッチャーに苦戦をすることもなかっただろうし、せめて半径三メートルだとか属性攻撃禁止だとかいう条件をつけなければ、こんな風に手間取ることもなかったかもしれない。

（本当に、何をやってるんだか）

この不合理な行動に、自分で理屈をつけるなら、たぶんこうだ。


——きっと俺は、無意識の内に危険を求めていた。


早く魔王を倒さなくてはいけないという焦り、ラムリックで平和に暮らせたはずのトレインちゃんの人生を歪《ゆが》ませ、あんな状態に追い込んでしまったことへの負い目、たくさんの人々に呪いがかけられる原因を作っていながら、誰にも責められずに日々を過ごしている罪悪感が、自分を追い込む方向に向かってしまった。

魔王対策なんて名目をつけて、無意味な窮地を演出してしまうくらいに。

「……はぁ」

轟音を上げて振り回される肉切り包丁を屈んでやりすごし、俺は自分にため息をついた。

ミツキやリンゴが俺を一人で行かせようとしなかったのも無理はない。

こうまで自分が頭に血を昇らせていたとは、考えもしていなかった。

そもそも、ピンチの中で新しい力に目覚めるとか、そんなのはどう考えても俺の戦い方じゃない。

そういうのは、マンガやテレビのヒーローにでも任せておけばいいのだ。

俺の戦い方というのは、もっと……。

「おっと」

無粋にも考えごとの途中にブッチャーが繰り出してきたキックを避けて、俺はもう一度その白い巨人を見つめる。

まあなんというか、当然だが魔王には見えない。

ちょっとデカくてキモいだけの、普通のモンスターだ。

「さって、と」

頭は冷えた。

なら、やることは一つだろう。

「時間もなさそうだし、さくっと倒しちゃうか」

そうつぶやくと、俺はまず後ろに跳んだ。

三メートルがどうとか、そんなことはもう気にしない。

それは最終目標であって、今無理に達成する必要があることじゃない。

空中で鞄に左手を突っ込む。何でもいいから武器をと最初に見つけたものを引っ張り出すと、ヒートナイフだった。

「運がないな」

想定していた中で一番弱い武器だ。

でも、問題はない。

俺は着地と同時に呪文詠唱を始める。

三倍の速度ですぐに詠唱を完了、ヒートナイフを構えた左手を掲げた。

そして、

「カタパルトウィンド！」

大声で魔法を解き放つ。

これは、ちょっとした変り種の魔法。風属性の付与系魔法で、手を突き出しながらこの魔法を使うと、武器が風属性と投擲属性を持って飛んでいく。

それはもちろん今回も例外ではなく、魔法の発動と共に、左手に持ったヒートナイフが一直線に飛び出していく。

迫りくるブッチャー……のはるか頭上、何もない空に向かって。

（よし！）

だが、俺はそれを見届けると、素早くブッチャーの懐に入り込む。

スキルを使っていないただの三倍移動なら、ブッチャーもかろうじて対応してくる。

怒りのうめきと共に、ブッチャーは何も持っていない左腕で俺を押し潰そうとしてきた。

「ご苦労さん！」

だが、俺はその腕をかいくぐりながら、近付いた腕に不知火を振るう。

相手の勢いも利用した斬撃は、キングブッチャーの腕をこそぐように進み、いともたやすくその腕を切り裂いた。

（ま、物理耐性がなきゃ、こんなもんだよな）

それを醒めた目で確認しながら、三倍の速度を最大限に活かし、ブッチャーの巨体を次々に斬りつけていく。

パワーアップをかけた時以上の切れ味でブッチャーを切り刻むその攻撃に、白い巨人は対応出来ない。

――なぜ急に、俺の攻撃が効き始めたのか。

このカラクリは単純。さっき使った〈カタパルトウィンド〉という魔法。

これは、「手に持った武器に風属性と投擲属性を持たせて射出する」という単純な魔法……と解説されている。

だが、実際の仕様としては「突き出した手に握られていた武器を射出し、その動きが止まるまでの間に発生した武器攻撃に風属性と投擲属性を持たせる」という処理がされている。

要は両手に別々の武器を持っていた場合、撃ち出されていない方の武器で攻撃しても、なぜかそこに風属性と投擲属性が加えられてしまうのである。

この魔法は普通に使っただけでは敵に当たってすぐに効果が終了してしまうが、今回は何もない空に武器を射出した上に、カタパルトウィンドの射程距離はカスタムで増やしてある。これで十数秒は持続するはずだ。

〈魔法剣カタパルトウィンド〉と呼ばれるこのバグ技は、どちらかと言うと地味であまり便利なものでもないが、この状況においては切り札になりえる。

ダメージが最前とは段違いなせいだろう。斬撃の後に連続して発生する「怯み」によって、俺はブッチャーを完全に封殺していた。

この調子ならこれだけで押し切れるかとも期待したが、

（ま、そんなにうまくは行かないか）

突然、ブッチャーが攻撃を無視して姿勢を変える。

この格好には覚えがある。

突進の予備動作。この状態のブッチャーはスーパーアーマー状態でよろめきも怯みもせず、しばらくすると突進攻撃が来る。

突進を避けることはたやすい。しかし、突進中のブッチャーを倒すのは少し面倒だ。

もしかすると、その間にカタパルトウインドか〈憤激の化身〉の時間制限が来る可能性もある。

それは、まずい。

だから、

「硬直中の敵は、いい足場、ってね!!」

俺は突進の予備動作で固まっているブッチャーの身体に足をかけ、その巨体をよじ登る。

通常時であれば相手が動くかよろめくかするだろうが、スーパーアーマー状態で動かない今のブッチャー相手なら問題ない。

俺はあっという間にブッチャーの肩まで到達すると、

「パワーアップ！」

呪文を詠唱しながらブッチャーの身体を蹴って空に跳び上がる。

今の俺に、コンボの時間を計算して発動予約をするなんて器用な真似は出来ない。

だが、コンボではなく、単発。

たったの一撃分の予測なら、三倍の速度に慣れていない俺にだって可能だ。

空に躍り上がった俺は、パワーアップの発動に合わせるように、腕を引いて、

「――横薙ぎ!!」

キングブッチャーの弱点、その醜い顔目がけ、気合一閃《いっせん》。

満身創痍の肉の巨人に、引導を渡す。

「グ、ギャァアアアア!!」

技後硬直によって俺の身体は制御を失い、重力に引かれて地面に落ちる。

その途中、ブッチャーの断末魔の叫びが耳に入ると同時に、その身体が光の粒子となって消えていくのが見えた。

遠回りに遠回りを重ねた戦いを終え、しかし俺の胸に去来したのは、制限時間内に敵を倒せた安堵でも、今回の軽挙への反省でもなく、

（この後、リンゴにすっげぇ怒られそうだなぁ……）

なんていう、嬉しい不安だった。

―3―

地面に落ちて硬直が解けた俺は、すぐに立ち上がった。

「あ、っと。忘れるところだった」

リンゴの反応は心配ではあるが、だからこそその前にやっておかないといけないことがある。

まだ〈憤激の化身〉の効果は終わっていない。

俺は自身の三倍の速度をいなしながら、ブッチャーのいた場所、そこに落ちたドロップアイテムを確認する。

キングブッチャーが落としたのは、前と同じ二種類のアイテム。大剣〈肉切り包丁〉と、ドーピングアイテム〈パワーシード〉だ。

そして、この小さな種、パワーシードが、俺がキングブッチャーに挑んだ最後の理由だった。

最終パラメーターが千を超えるようなこのゲームで、種を使って一や二だけ筋力を上げたって、あまり意味はない。

そんなのは言ってみれば塵《ちり》も同然で、それがゲームバランスに影響するなんてことはありえない。

だが、もしそれが百、二百と、どんどん積み上がっていったらどうだろう。

——塵も積もれば山となる。

その格言の通り、パワーシードによって底上げされた筋力は、俺の大きな大きな武器になるはずだ。

通常、種系のアイテムはボスドロップくらいでしか手に入らず、その入手数は限られている。

しかし、その常識を打ち壊すのがこのキングブッチャーだ。

本来はダンジョンのユニークボスであるこいつは、入手数に限りがあるはずのパワーシードを確実に落とす。

そして何より重要なことは、バグによって現れたこいつの出現数に制限がないことだ。

俺はブッチャーを倒し続ける限り、理論上、このパワーシードを無限に入手出来ることになるのだ。

（これは、その第一歩だな）

俺は鞄の中から今までに手に入れた種アイテムを取り出し、あらためて今回のブッチャーが落とした種をうやうやしく丁寧に拾い上げる。

何しろこれが、魔王を倒すための切り札になる予定なのだ。

俺は今回の戦いでの三倍速スキルの習得をあきらめただけで、「これから三倍速以外でスキルを使わない」と言った自分の言を翻すつもりはない。

これからタイムリミットまでに、俺は必ず三倍速でのスキルキャンセルを使えるようになる。

しかし、たとえ三倍の速度をものにしたとして、今のままでは魔王を倒すことは困難だ。

魔王を倒すには、圧倒的な速度だけでなく、圧倒的な攻撃力も必要だ。

だが、その両立の目処は立った。

〈憤激の化身〉と大量のパワーシードを組み合わせれば、きっと――


（――あ、れ？）


落ちていた種をつまみ上げ、まとめて口に運ぼうとした時だった。

不意に、身体の自由が利かなくなる。

（何だ、これ……）

いや、全く身体が動かせないという訳ではない。

ただ、その動きは驚くほど遅く、身体が鉛のように重く感じる。

着ている服が、鎧が、突然重量を増したような感覚。

まるで自分の身体ではないみたいに、全身の反応が限りなく鈍い。

（な、んで……）

持ち上げようとした手が、満足に動いてはくれない。

あたう限りの力を込めて腕を持ち上げようとしているのに、力負けする。

指一本たりとも満足に動かせない。

明らかな異常事態。突然のことにパニックになりかけ、ようやく気付いた。

（これ、まさか、〈憤激の化身〉の反動、か？）

〈憤激の化身〉は発動させてからの三十秒間、プレイヤーの基礎能力値を全て三倍にまで引き上げるが、その後の三十秒間は逆にプレイヤーの基礎能力値を百分の一に下げてしまう。

考えてみれば、これは道理だ。

敏捷、つまり動きの速さが百分の一になればまともに身体を動かすことなど出来ないだろうし、筋力が百分の一になれば今まで平気で身につけていた装備の重さが百倍になって降りかかってくる。

（正直、甘く見てた、な……）

これはもう、パラメーターがどうの、という次元を超えている。

ＶＲ系のゲームにおいて、プレイヤーの感覚に関わる機能には厳しく監査が入り、特に脳の機能を加速させる技術は未確立な上に現行法では禁じられている。

だから敏捷で変わるのはあくまで身体の動きの速さだけ。特にコミュニケーション能力に直結する脳や目や口は敏捷の影響を受けないことになっているはずだった。

しかし、だからこそ余計に、その異常さが浮き彫りになる。

（まるで、金縛りだ……）

百分の一の速度というのは、つまり普段一秒で終わる動作に百秒、つまり一分四十秒もかかるということだ。

なまじ脳の感覚が正常に近いだけに、自分の身体が自由にならない恐怖を感じさせられる。

少なくともこんな状況で、敵と戦うなんてことが出来るはずがない。

三十秒で必ず敵を倒せる状況以外で〈憤激の化身〉を使うことは、もはや自殺行為に等しい。

自分の無謀さにあらためてぞっとする。

そして、

（しま、った……！）

原因を自覚したことで緊張の糸が切れた。

持ち上げていた手から力が抜け、そこから種がこぼれそうになって、

「あ……」

その手が、下からそっと支えられた。

ひんやりと冷たい、小さな手。

「リン、ゴ……？」

俺は心なしか回転の悪い舌を動かして、その名を呼んだ。

「…………」

ただ、いつも「…ソーマ」と控えめに自分を呼ぶはずの彼女は無言。

俺が少し屈んだ体勢で固まっているので、リンゴの顔は俺よりも少し上にある。

顔を上げることは出来ないが、かろうじて動かせる目を持ち上げるようにして、俺はリンゴの表情をうかがった。

こんな時でもリンゴの顔は一見無表情で動揺の色は見えない。

ただし、いつもよりもほんの数ミリだけ眉根が寄せられていて、いつもよりも心持ち口元が厳しく引き結ばれていて、そして、いつもと比べてほんの少しだけ、目元が潤んでいるような……。

いや、というか、これって、

「リンゴ。もしかして、泣い……むぐっ!?」

いきなり手にしていた種を全部口に突っ込まれた。

不意打ちに驚いたが、まさか吐き出す訳にもいかない。

もそもそと口を動かして、種をかみ砕く。

ゲームの仕様なら口の動きは減速されていないはずだが、やはり現実となったら多少引っ張られるところがあるのか、その動きは鈍かった。

それでもせめてもの反撃として、もう一度リンゴの顔を見てやろうと、俺は再度目を上に向けようとしたが、

――ぼふっ。

今度はやわらかい何かで、視界ごと封じられた。

一瞬だけ遅れて、リンゴの胸に抱き寄せられたのだと気付く。

(こ、これ！)

やわらかな感触と伝わる体温に人知れず動揺していると、

「…すごく、しんぱいした」

そんな、小さな声が降ってくる。

申し訳ない、と思っても、口を塞がれた俺には何も言えなかった。

動きの鈍い口を叱咤して、咀嚼《そしゃく》する速度を上げる。

「…あせらないで、って、いったのに」

これには口が塞がれていなくても、返す言葉がない。

ずいぶんと気を揉《も》ませた、とは思う。

思えばリンゴは、俺にいつもの調子を取り戻させるために、俺のほおを引っ張ったり、慣れない冗談を言ったり、色々と苦心してくれていた。

なのに結局、俺はブッチャー相手に焦って無茶をして、リンゴの横やりがなければ死んでいたかもしれない。

今の俺に、何も言えるはずがなかった。

「…わたしたちがいる、って、いったのに」

この言葉も、聞いているようで聞いていなかった。

察しの悪い俺は、この言葉の意味に今になってようやく気付いた。

当時の俺はリンゴのこの励ましを、「こんな時だからこそしっかりしろ」とか、「まだわたしたちがいるんだから頑張れ」とか、そんな風にしか受け取れていなかった。

でも、リンゴが伝えたかったのは、もっとずっと単純なこと。

「つらいならもっとわたしたちを頼って欲しい」と、リンゴはそう言っていたのだ。

「……ごめん」

そこでやっと口に残った種を飲み下して、俺は素直な謝罪の言葉を吐いた。

くぐもったその声は、きっとリンゴの耳にも入った。

しかし、

「…だめ。ゆるさない」

リンゴは俺の精一杯の謝罪を一蹴する。

まるで咎《とが》めるように、俺の後頭部に回されたリンゴの手に力が入る。

身動きの出来ない俺に為す術はなく、リンゴの胸で窒息しそうになる。

「…どうして？」

そして、静かな声が、問いかける。

「…どうしてそんなに、いそいでるの？」

「それは……」

俺は言いよどんだ。

それは、とても自分勝手な理由で、誰にも話さずにいようと決めたことだ。

でも、俺のためにここまで心を砕いてくれるリンゴに対して、黙っていることもまた、俺には出来なかった。

「トレインちゃん、が……」

そう話し始めた途端、リンゴの身体が怯えるようにぴくっと震えた。

トレインちゃんという名前に反応したのか、俺が話し出したことに反応したのかは、分からない。

分からないままで、続ける。

「トレインちゃんが元に戻った時、自分のせいで犠牲者が出たなんて、そんな風に思って欲しくないだろ」

今のトレインちゃんは何も気付いてはいないだろうが、いつまでも真相を隠し通せるものじゃない。

もし俺たちが首尾よく魔王を倒しても、自分のせいで誰かが死んでしまったと知ってしまったら、トレインちゃんはその責任を感じてしまうだろう。

それは、自分のトレインで死んでしまったプレイヤーに対する反応を見ても明らかだ。

「あいつだって、これまで散々苦労してきたんだからさ。これ以上、重荷を負わせなくたっていいじゃないか。……ただ、それだけだよ」

自分勝手な話だが、これが俺の掛け値なしの本心だった。

結局、目に見えない誰かのために命を懸けられるほど、俺の正義感は強くないらしい。

俺はトレインちゃんのために魔王の呪いを発動させて、トレインちゃんのために誰も死なせずに魔王を倒す。

そう決めたのだ。

「……リンゴ？」

俺は出来る限り素直に自分の気持ちを打ち明けた。

しかしその言葉に、リンゴは何も答えなかった。

ただ、それでも。

何も言わなくても、リンゴが呼吸するのが分かる。

大きく息をして、何か大きな重いものを飲み込もうとしているのが分かる。

「おっ！」

そこで、〈憤激の化身〉の効果が完全に終わった。

身体の自由が戻って、俺はリンゴの胸から抜け出す。

「……ぁ」

俺の身体が離れていって、リンゴの手は一瞬だけ俺の頭を追いかけるように動いたが、すぐに、

「…だ、だめっ」

リンゴは俺からパッと離れると、あわてて後ろを向いた。

よく分からないが、たぶん俺に今の顔を見られたくないのだろう。

その隙に俺も手で顔をあおいで、赤くなったほおを冷やす。

しかし、想像はしていたことだが、敏捷百分の一からの落差は強烈だ。

冗談みたいに身体が速く動く。いや、むしろさっきまでの方が異常だったのだが、そんな風に感じた。

「…これ」

リンゴが後ろを向いていたのは、そう長い時間ではなかった。

振り向いた時、リンゴの顔はもう無表情に戻っていて、その手にはポーションが握られていた。

「あ、そうか」

そういえば、ブッチャーを倒した後、ＨＰを回復するのをすっかり忘れていた。

まだ光属性特化の指輪はいくつかはめているので、ブラッディスタッブを使えば回復も出来るのだが、せっかくなので受け取っておく。

種の苦い後味をまとめて喉の奥に流し込むように、回復用のポーションをあおる。

「ありがとう、リンゴ。やっぱりリンゴがいないと俺は駄目だな」

俺はそうやって冗談めかしつつ、しかし、冗談ばかりではない想いを伝えた。

けれど、リンゴは、

「…そんなこと、ない」

むしろうつむいて、ぽつりとそう返した。

伏せた顔には、申し訳なさや悔しさがにじんでいるようにも見える。

よく、分からない反応だ。

ただ、

（今日のリンゴは、感情豊かで、饒舌《じょうぜつ》だな）

それを見て俺は、何だか感慨深いものを覚える。

最初に出会った頃に比べると、リンゴは色々な表情を見せるようになった。

それはたぶん、「成長」と呼ぶべき変化だ。

「…ソーマ」

そんな俺の見立てを裏付けるかのように、決然とした表情で、リンゴは顔を上げた。

「…ソーマに、たのみが、ある」

「頼み？」

リンゴの成長は知っていたはずだが、その言葉にはちょっと驚いた。

俺のこと以外では受け身な態度を示すことが多かったリンゴとしてはめずらしい、いや、もしかすると初めての頼みごとだった。

だが、驚くのはまだ早かった。

「…おねがい、します」

そこでたぶん、リンゴは初めて、

「…わたしに、スキルを、おしえてください」

俺に向かって、頭を下げた。

―4―

驚きに固まっていた俺を、リンゴが不安そうに見ているのに気付いた。

――何か、返事をしなくてはいけない。

その事実にようやく俺は思い至ったが、しかし、どうだろうか。

リンゴはスキルこそ使えなくても、〈雷撃〉という遠距離攻撃が使える。

そのあまりの使い勝手の良さのせいで、戦闘中、ほかの役割を担ってもらう機会は少なそうだ。

もちろん覚えて損はないだろうが、スキルや魔法を使えるようになる必然性はあまりない。

それにスキル、特に単発のスキルは、便利な反面大きな隙を残す。それは、俺がさっき身をもって体験したばかりだ。

俺としては、リンゴには今まで通りに後ろで支援をしてくれた方がありがたい気持ちもある。

リンゴの初めての頼みごとを断るのも気が引けるが、とりあえず説得してみようと口を開いて、

「別にわざわざそんなの覚えなくても、今のままでも充分……」

「だめ……！　いまのままじゃ、たりない」

リンゴの思わぬ語気の強さに押されてしまう。

「…だって、きょうも、まにあわなかった」

「あ……」

その言葉に、リンゴがどうしていきなりこんなことを言い始めたのか分かってしまった。

さっき、俺がブッチャーと戦っていた時。

リンゴは、俺のところまで駆けつけられなかったことを、俺を助けに入れなかったことを、気にしているのか。

（いや、それだけじゃ、ないか……）

もっと前、水中都市で真希に速度で負けていると知った時も、やっぱり少し、少しだけだが様子がおかしかったように思う。

もしかすると、その時からずっと、リンゴは悩んで、考えていたのだろうか。

それはあたかも、魔王との戦いを前に、自らの力不足を感じる俺と同じように。

（そういえば……）

俺がブッチャーにやられそうになった時、リンゴは脇差を投げた。

どうして威力も速度も上の金剛徹しを使わなかったのだろうと不思議に思っていたが、その考え方は間違っていたのかもしれない。

金剛徹しは装備スキル。対応する装備品を持っていれば、誰でも使えるスキルだ。

しかしそれは、スキルというものの使い方を知っていれば、という但し書きがつく。

俺に会うまで、リンゴはスキルも魔法も知らなかった。この世界の誰もが普通に使えるスキルという技術の使用法をリンゴは知らないのだ。

(使わなかった、じゃなくて、使えなかった、のか)

思い返してみれば、今まで金剛徹しを使っていたのは、リンゴじゃなくてくまだった。

無意識の内にこの世界の誰もがスキルを使えるという前提で考えていたから、そこまで頭が回らなかった。

(待て、よ?)

そこで俺は、もう一つの事実に思い至った。

リンゴは、スキルの使い方を知らない。

真希がこの世界にやってきたせいで生まれたバグのせいで、この世界の住人なら自然と知っているはずのスキルに関する知識や経験がないからだ。

しかしそれは裏を返せば、余計な予備知識なしに一からスキルの使い方を学べるということにはならないだろうか。

(トレインちゃんは、今までのスキルの使い方が身につきすぎていて駄目だった。だけど、もしかすると、リンゴにならら……)

リンゴなら、覚えられるかもしれない。

俺と真希、向こうの世界からやってきた二人をのぞいて唯一、〈オーダー〉によってスキルを使える可能性を、リンゴは秘めているのかもしれない。

「…ソーマ」

俺が迷っているのが分かったのだろうか。

リンゴが、俺の方に一歩進み出る。

そして、

「…わたしは、ソーマのためなら、なんでもする、から」

前とそっくり同じで、けれど比べ物にならないほどの重みを持ったその言葉をリンゴは口にして、

「だから……その、ため、なら……」

かぼそく震える声で、込み上げる恐怖に必死で堪えるようにきゅっと両目をつぶって、それでもリンゴは言った。

「――わ、わたしは、にんげんだって、やめる！」

その覚悟に、俺はしばらく、何も言えなかった。

だが、その言葉の意味が胸に染み入ってくるにつれ、どうしても黙ってはいられなくなった。

ゆっくりと、言葉を選ぶように、俺は口を開く。

「ありがとう。でも一つだけ、俺からも言わせてほしい」

リンゴの決意は、嬉しい。

だけど、だからこそ、今のような言葉を言わせたままにはしておけなかった。

なぁ、リンゴ……。


——スキルキャンセルは、別に人間やめちゃう技じゃないんだよ？

メニュー ▼　編集 ▼　ツール ▼　ヘルプ ▼　wiki内検索　検索

猫耳猫wiki　▶▶▶難敵攻略「ボス・中ボス編」より抜粋

【ミラージュナイト】

・特徴

絶対攻略不可能《インポッシブルナイン》の中でも攻略法の発見にもっとも時間がかかった大物。

ミラージュ（蜃気楼）の名が示す通り半透明の身体を持つ騎士で、その不可視性により一部のプレイヤーたちを苦しめた。〈幻石の洞窟〉を彷徨うこの不可思議な騎士の情報は近隣の村にまで知れ渡っている。

・攻撃パターン

普段はゆらーっとゆらめいているだけだが、敵を見つけると心持ち早歩きで近寄ってきて、
十分に近づくと手にした剣を縦か横に振るってくる。ぶっちゃけ弱い。

・攻略法

幻石の洞窟の話を聞けば必ず話題に出てくるユニークモンスターではあるが、
攻略法を語る以前に普通にプレイしていれば出会うことすらない。
〈試練の洞窟〉の鎧騎士と同じように自殺するモンスターか、
あるいは猫耳猫スタッフが実装し忘れたのかと思われていたのだが、
有志による検証班がマップ南西の端の小さな部屋でグルグル回っているのを発見した。
ただし、その小部屋はなぜかマップにつながっていないため、
通常の手段でこの騎士に遭遇する方法はない。
蜃気楼の騎士に会うためにはこちらも蜃気楼、ということなのか、マップ南西で
夢幻蜃気楼の壁抜けバグを使えば高確率でミラージュナイトのいる部屋に出るので、
見つけたら適当に殴って倒してしまおう。
なお、倒した場合の報酬は特にない。

[第五章]

それぞれの決意

I am the only one who knows this world is a game .

―1―

――特訓一日目。

「今日はまず、これを使ってオーダーの練習をしてもらう」

そう言って俺がリンゴに渡したのは、マッピングやちょっとした冒険メモを残すのに最適なアイテム、みんな大好き〈メモ帳〉だった。

無言で首をひねるリンゴの前で、俺はそれを実際に使ってみる。

メモ帳の適当なページを開いて、それを手に持って文章をオーダーする。たちまち、メモ帳の開いたページに文字が浮かび上がった。

《今日はまず、これを使ってオーダーの練習をしてもらう》

浮かび上がった文字に、リンゴはハッとする。

このメモ帳はペンなどで直接文字を書き込む以外にも、手に持ちながらオーダーをすることでも文字が書けるようになっていた。

それを見て、これがスキルを使うための訓練なのだとようやく分かったようだ。

スキルを使うのにはオーダーという技術が不可欠だとは、事前に説明している。オーダーでスキルを使っているのはこの世界では俺だけなのだが、その事実はあえて伏せた。余計な情報を与えて混乱させなくてもいいだろう。

おっかなびっくりでメモ帳を受け取って、なぜかその表面をこわごわと突っつくリンゴに、このメモ帳の使い方を教える。

とは言っても、メモ帳を持ってただオーダーするだけなので、そんな大層な話ではない。

しかし、その「ただオーダーするだけ」というのが難しい。

あらためて説明すると、オーダーとはVR空間でコンピューターに対してコマンドを送る技能で、頭に浮かべた文字やイメージをVRマシンに読み込ませる操作のことを言う。

これは誰でも習得出来る技能ということになっているし、現代日本人の過半数は問題なく使えるが、高齢の人やVRとの縁がない人ほどその習得は困難だと言われている。

本屋にも「五十歳からのVR入門」とか、「五分で出来る　VR操作トレーニング」なんて本が並んでいたりするのがその証左だろう。

俺も子供の頃からVR機器に触れて育ったいわゆる〈VR新世代〉なので、もちろんオーダーはお手のものなのだが、

「え、ええっと、オーダーのコツはだな。あ、そうそう！　確か最初は文字を頭の中で視覚化して、それをVRマシンに送るイメージで……」

「…ぶいあーる？」

「あ、いや、悪い。VRマシンじゃなくて、ええっと……」

逆に今さらオーダーの仕方を他人に説明するのは難しい。

物心ついた時にはもう出来ていたようなことなので、頑張って習得しようとした経験がないのだ。

ただ、何度もつっかえながらも説明を続け、

「……と、いうことで、最初はなじみ深い短めの単語を選ぶのがいいそうだぞ」

とにかく俺の知っている限りの情報をリンゴには伝えた。

「…ん、やってみる」

素直にうなずくリンゴを前に、俺は安心して、

「じゃあ、俺は向こうにいるから」

そう一言だけ断って、その場を後にした。

つきっきりで見てやりたいのも山々だが、俺が近くにいるとリンゴも集中出来ないだろうし、俺にも色々とやらなくてはならないことがある。

三倍速スキルの習得だけじゃない。熟練度上げにレベル上げ、これからの魔王の弱体化計画ももっと細部まで詰めなければならないし、無駄に使える時間なんてない。

だが、俺は数時間後、その選択を後悔することになる。

（えっと、これ、大丈夫なのか？）

第五章
—1—

俺はぴくりとも動かないリンゴを前に、声をかけるかどうか迷っていた。

なんとリンゴはあれから数時間、ほとんど身動き一つせず、ずっとメモ帳を手にその場に立ち続けているのだ。

ブッチャーが出てきた時だけは何事もなかったかのように動き出して助太刀してくれるし、まばたきだけは時々するので生きていることは確かなのだが、これは明らかに普通な状況ではない。

ただ、もし真剣にオーダーの練習をしているとしたら、その邪魔をしてはいけないような気もする。

厄介なのは、その立ち姿だけではリンゴの状況がさっぱり分からないことだ。

その姿はものすごく真剣なようにも見えるし、何も考えていないようにも、立ったまま寝ているようにも、ただ無表情なだけのようにも見える。

どうしたらいいのか迷って、数分近くリンゴを見つめていると、

「……ぁ」

何の前触れもなく、リンゴの口が小さく動いた。

「ど、どうした?!」

俺が焦って凄いスピードでリンゴに駆け寄ると、リンゴはメモ帳を俺に突きつけた。

そのまっさらなメモ帳の左上には、たった三文字の単語、

《ソーマ》

の文字が刻まれていた。

――特訓二日目。

あれから何度も繰り返したところ、リンゴはコツをつかみ、かなりの確度できちんとオーダーを出来るようになった。

ただ、まだオーダーに不慣れなリンゴは、たった三文字の《ソーマ》という言葉を出力するのに数秒かかる。

スキルの発動にオーダーを利用するなら、出来るだけ速く、任意のタイミングでそれが出来るようにならなければならない。

ここは反復練習あるのみだろう。

そう告げると、リンゴはあいかわらずの人形立ちで一心にその作業に打ち込み始めた。

ただ、前と違うのはその成果が確実にメモ帳に反映されていることだ。

何度か様子をうかがってみたが、やはり外からではその内面はうかがいしれない。

見た目より数段集中しているようで、俺が近付いてもリンゴは何も反応しなかった。

ならメモ帳の方をのぞいてやれと、半分悪戯をするような気持ちでリンゴの肩越しにメモ帳に目をやって、

《ソーマ　ソー》

俺は無言で手を伸ばしてメモ帳を閉じた。

「…ソーマ?」

それでようやく俺に気付いたリンゴに、俺はひきつった笑顔で言った。

「す、すごい頑張ってるな。でも、慣れた文字ばっかりじゃ練習にならないから、次からはほかの言葉も混ぜてみようか」

「…ん、わかった」

素直にうなずくリンゴの姿に、なぜだろう。

何も怖がる要素はないはずなのに、俺は流れ出す汗を止めることが出来なかった。


——特訓三日目。

今日もリンゴはメモ帳を手にぼうっとしていた。

前回の例からすると、きっとああ見えて頑張ってくれてるんだろうなとは思うが、あいかわらず特訓の進捗は見た目からでは分からない。

ならばと、また集中している様子のリンゴの後ろからメモ帳をのぞき込んで、驚愕した。

最初の方はほほえましい、食べ物の連想ばかりなのだが、

《リンゴ　まっか　おいしい　くだもの　バナナ　あまい　きいろい　ミカン　たべたい　おいしい　えだげ　すき　くろい　イチゴ　あかい　ひとくち　クッキー　かたい　よくかむ

プリン　ぷるぷる　ふるえる　まおう　けっこん　てき　ブッチャー　ほうちょう　ひきにく
おいしい　ソーマ　おいしい　ソーマ　ひとくち　たべたい　ふるえる　ソーマ　よくかむ
ひきにく　まっか　イチゴ　くだもの　ミカン　バナナ　リンゴ　ソーマ　すき　けっ》

なんか途中で俺まで食べられてるんだけど!!

まさかの猟奇度アップにくらっと来て一度メモから視線を外し、それでも続きを読もうとまた身を乗り出して、

「あ……」

そこで、リンゴにメモ帳を隠されてしまった。

「…これは、だめ」

よく見ると、顔が少し赤い。

とりとめのない連想をつづっていたせいだろうか。

どうやらリンゴ的にあれを見られるのはＮＧらしい。

リンゴが隠したがっているのが、俺を食したいという隠れた願望ではないことを祈って、俺は自分の作業に戻った。


――特訓四日目。

その日は真希から連絡があり、俺たちは久しぶりにデウス平原を離れた。

リンゴ以外の仲間ともたまに会って攻略の手引きなんかをしているが、クエストの中にはどうしても俺が直接行かないとクリア出来ないようなものもある。

出来れば訓練が終わるまで俺とリンゴはあまり行動したくないのだが、クリアしないと次のクエストが出ないような重要クエストもあるので、いつまでも後回しにする訳にはいかない。

今日はそれを一気に片付けることにしたのだ。

ただ、以前にも予告した通り、俺は絶対に三倍でのスキルキャンセルを習得するという決意のもと、通常速度でスキルを使用することを自らに禁じている。

まだ三倍でのスキルは充分に使えないし、これからのクエストをスキルキャンセルなしで解決しないといけないということだ。

俺は苦戦を予想したが、結果から言えばそれは杞憂《きゆう》だった。

レベルアップとシードによって向上した俺の能力値は、既にほとんどのダンジョンのモンスターを圧倒出来るレベルに達していたし、リンゴが率先して敵を倒してくれたおかげで魔物に苦労することはなかった。

俺たちは予定よりも早く街に戻り、結局あまった時間をデウス平原での特訓に費やした。


――特訓五日目。

今日もリンゴはぼうっと立っているが、その陰で精一杯頑張っているのはもう分かっている。

俺は安心して棒立ちのリンゴを見守っていた。

と、何だかこんな風に話すとリンゴだけが頑張っているようだが、俺もその間に着々と準備は進めている。

たいまつシショーを叩くのはもちろん、たびたび出てくるブッチャーをリンゴと一緒に倒して確実にレベルとパワーシードを稼いでいるし、仲間たちの行動計画や指示出しも適宜行っている。

それに、俺が強くなるための最大の手札である、〈憤激の化身〉。

ブッチャー戦でこのスキルの危険性をまざまざと見せつけられ、二の足を踏む思いもあったが、いつまでも避けてはいけないと、周りに敵がいないのを確認してから使ってみた。

やはり三倍の速度というのは人間の、少なくとも俺の処理能力の限界に近いのだろう。

周りに敵がいないという緊張感の欠如も手伝ってか、あまりの速度に動揺してしまったが、それはその時、つまり二度目の時だけ。

今はもう、〈憤激の化身〉を使ったくらいでうろたえることもない。

三倍速スキルについても少しずつ慣れてきて、比較的簡単な乱れ桜のロングキャンセルから慣らし始め、今では難易度の低いスキルならそれなりの頻度でキャンセルが成功するようになってきた。

この日、俺の胸の内には、俺たちの特訓が実を結ぶのはもうすぐだという確信が芽生えた。

――特訓六日目。

今日はついに、リンゴにスキルを教える。

オーダー式でやるのなら、スキルの発動自体は簡単だ。

見ている方が拍子抜けするほどあっさりとリンゴはスキルを使ってみせた。

しかし、本番はそこからだ。

俺はリンゴにたいまつシショーを貸して、これから出来るだけたくさんステップのスキルを使い、暇があればたいまつシショーを叩くように指示を出した。

移動系スキルと武器系スキルの熟練度を上げ、使えるスキルを増やす算段だ。

リンゴはメインの武器に脇差を選び、短剣と忍刀の熟練度を上げた。ちょっとトレインちゃんとかぶってるなと思わなくもなかったが、本人が一番やりやすいものを鍛えるのがいいだろう。

マリみて道場を使った訳ではないので移動系スキルの上昇は遅く、流石に縮地までは覚えられなかったが、リンゴはその日の内にジャンプとハイステップ、それから短剣と忍刀のスキルのほとんどを習得した。

――特訓七日目。

必要なスキルはある程度そろったと判断して、スキルキャンセルの練習に入る。

キャンセルのやり方についてはきちんと説明したが、これにはリンゴも苦戦する。オーダーを連続で、しかもタイミングを測って行うというのはやはり難物のようだった。

スタミナの関係であまり連続して練習することも出来ない。

魔法を使うことも視野に、あまった時間で属性武器を使って四属性の熟練度上げもさせる。

結局その日はリンゴがキャンセルを成功させることはほとんどなく、成功した何例かもほとんど偶然のようなものだったが、俺は心配しなかった。

基礎となるべきオーダーの発動については一定の基準まで到達している。

後は時間の問題だ。

俺の方も、段々と三倍速スキルキャンセルの成功率が上がっている。

特訓の完成は近い。


——特訓八日目。

俺を驚愕させる出来事が起こる。

なんと、リンゴが基本のキャンセル、ステップからハイステップのスキルキャンセルを俺に見せてきたのだ。

「ちょ、ちょよっと待ってくれ！　もう一度、もう一度やってくれ!!」

だが俺は、目の前の光景が信じられなかった。

俺の指示を受け、リンゴはもう一度、今度も何とかステップからハイステップへのスキルキャンセルを成功させる。

しかしそれでも、俺は自分の目にしたものを受け入れられなかった。

だって、そうだろう？

スキルキャンセルというのは猫耳猫における上級テクニックの一つだ。

オーダーをきちんと使えていた俺でも、習得にはかなりの時間を要した。

なのに、なのに……。


「……き、気持ち悪い!!」


見た目が気持ち悪いのだ、圧倒的に!!

いや、気持ち悪いと言うと流石に語弊がある。

それは別に吐きそうになるとか、生理的嫌悪感がとか、そういう気持ちの悪さじゃない。

ただこうもやっとするというか、「え？　人体ってそういう風に動かないでしょ？」みたいな、「そんな動き、物理的にありえないから！」みたいな、そういう収まりの悪さを感じずにはいられないのだ。

ＮＰＣはスキルキャンセルを使わないし、動画なんかは基本的に自分視点だから、こうはっきりとスキルキャンセルの動きを目にしたことはなかったが、これはない。

いや、ほんとないわー、と思ったところで、リンゴの異変に気付いた。

「あ……」

さっきは考えなしに自分の感じたことをそのまま口に出してしまったが、それはいかがなものだろう。

もしかしなくても、女の子相手に気持ち悪いは言っちゃいけないんじゃ……。

「リンゴ⁉」

そこまで思い至ったところで、リンゴの身体がぐらりと傾《かし》ぐ。

俺はあわてて駆け寄り、余計な力を入れないように、そっとその身体を受け止めた。

「だ、大丈夫か？　悪い、さっきのは……」

相当にショックだったのか、顔色が青い。

だが、リンゴは残った力を振り絞るように俺を見て、押し殺したような声で告げた。

「…ソーマのうごきは、こんなものじゃ、ない、よ？」

そしてそれが、その日リンゴが口にした、最後の言葉になった。

俺の腕の中で、リンゴの身体がくたっと力をなくす。

こっちを見ていた顔は自然と伏せられて、視線が合わなくなる。

「リンゴ？　おい、リンゴ？」

異常の兆候に、俺は焦った。

必死で身体を揺する。

それでもリンゴは反応しない。

「こんな悪ふざけ、やめてくれよ」

俺がどんなに懇願しても、リンゴは答えない。

その姿を見て俺は、分かってしまった。

「何か、言ってくれよ。何か……」

のぞき込んだリンゴの顔は、いつもと同じに見える。

それでも、もうその可憐《かれん》な唇が言葉を紡ぐことも、その綺麗な青色の瞳が、俺を見て輝くこともない。

「なぁ、頼むよ、頼むから……」

俺はどうしてもあきらめきれず、何度も何度も、繰り返し呼びかけを続けるが、それは全て徒労。

「リンゴ。なぁ、リン、ゴ……」

結局、どれだけ俺が呼びかけても、二度とリンゴがその口を開くことはなく……。

……完全にへそを曲げてしまったリンゴに、俺は一日中無視され続けたのだった。


――特訓九日目。

そして、運命の朝はやってきた。

「…ソーマ」

心配そうに見つめるリンゴに、俺は首を振った。

「やっぱり、最後は一人でやってみたいんだ。もう最初の日みたいな無理はしないから、離れて見守っててくれ」

「………………ん、わかった」

いつもよりも少し長い沈黙の後、リンゴが駆け出していくのを見届けて、正面に向き直る。

俺の視線の先には、もはやおなじみになった白い巨人がいる。

(思えば、お前には長いこと世話になったな)

最初にバグで遭遇してから、どれだけの時間が経っただろうか。

もしかすると、この世界に来てから俺が一番たくさん戦ったモンスターは、このキングブッチャーかもしれない。

「だけど、それも今日で終わりだ」

今ここの特訓の日々の成果を、集大成を見せる時。

逸る気持ちを抑えるように、意識してゆっくりと不知火を構える。

「――それじゃ、卒業試験といきますか」

俺の言葉に応えるように、キングブッチャーが大きな咆哮《ほうこう》を上げた。

―2―

「グォオオオオオオ!!」

デウス平原に巨人の咆哮が響き渡る。

視界の奥、岩陰から生まれた白い巨体が震え、ここ数日ですっかり聞き慣れてしまった叫びが俺の耳を打つ。

「――ッ！」

あまりに強烈な叫びは大気を震わせ、その衝撃はびりびりと肌を叩く。

しかし俺はそれに動じることもなく、音の発生と同時にもう行動を起こしていた。

こちらが全速で動ける時間には限りがある。

だから、限界が来る前に叩き潰すつもりでいた。

(ステップ！)

オーダーによって三倍速でのスキルが発動し、周りの景色が急速に流れる。

一週間前の俺であれば、確実にうろたえていたはずのスピード。

だが、それに対する動揺もまた、今の俺にはない。

(横薙ぎ！)

ただ、加速していく身体に思考を同調させる。

加速する肉体に合わせるように、三倍の速度で脳裏に命令を描くイメージ。

上書きされた指令に俺の身体は急停止。

剣を払う動作に移ろうとして、そこにすかさず、

(ステップ！)

新しいオーダーをねじ込む。

最速のキャンセルとも言われる、基本攻撃スキルのショートキャンセル。

三倍の速度でなされるそれは、もはや神速キャンセルという名前が誇張ではないほどだ。

だが、俺はそれをやり遂げた。

俺の標的、キングブッチャーの巨体が近付くのを認め、ここから一気に攻撃に転じる。

使うのはもちろん、

(朧残月《おぼろざんげつ》！)

俺の必殺コンボ、その一段目。

神速キャンセルに比べれば、通常の攻撃スキルのロングキャンセルの難易度は低い。

ただ、油断はしない。

（ハイステップ！）

三倍という異常な速度下においては、わずかな気の緩み、気の逸りでさえも失敗に直結する。

悠長にその場でタイミングを測れるような速度ではない。

決められた譜面に従って打鍵をするように、ひたすらに体得したリズムの再現に徹する。

（ジャンプ！）

気が付けば、間近に迫るブッチャーの巨体。

半径三メートル。その円の中に入ったことを、束の間意識する。

だが、次の瞬間にはその事実は頭から蹴り出されている。

そんなものは、一撃で決めれば関わりのないこと。

今の俺の力なら、きっと！

（横薙ぎ！）

ブッチャーの身体を横断する、三倍の速度で放たれる斬撃。

そしてその一撃に呼吸を合わせたように、朧残月の縦の斬撃が同時にブッチャーの身体を斬り裂く。

「朧十字!!」

宙に描かれる、十字の斬線。

まさに縦横に斬り裂かれたキングブッチャーは、自分に何が起こったのか分からないとばかりに、しばらく呆然とその場に立ち尽くし、

「今日までありがとな」

時間差で訪れた死によって、小さな光の粒となって消えていった。

相手の攻撃はこちらにかすりもせず、俺の方はたった一度の攻撃でブッチャーを倒した。

わずか数秒での、完全なる勝利だった。


「……ふぅ」

ブッチャーの身体が完全に消滅したのを確認して、押し殺した、短い息を吐く。

戦闘用に鋭くとがっていた意識が霧散して、ようやくいつもの自分が戻ってくる。

(俺の方は、これで一応完成、って言ってもいいかな)

地面に落ちたブッチャーのドロップアイテムを確認しながら、俺は強く拳を握りしめた。

まだ以前のように、ほかのことを考えながらでも神速キャンセル移動が出来るとか、町での普通の移動にも神速キャンセル移動を使えるとか、そこまでの域には達していない。

むしろ集中して集中して、スキルをつなげることだけを考えて、ようやく何とか形になる、というのが実際のところだ。

ゲームシステム的にはありえないことのはずなのだが、敏捷が三倍の状態で集中すると、なんとなく時間が引き延ばされるような感覚がある。

それがスキル効果かただの錯覚かは分からないが、三倍速でのスキルコンボ成功の理由の一つがそれだ。

ただ、深く集中するということは、それだけ疲れるということでもある。

たとえほかの制約が何もなかったとしても、全力でスキルキャンセルが出来るのは三十秒程度だと見積もっていた方がいいだろう。

速度が上がった分スタミナの消費も激しいし、やはり今のところ三倍速でのスキルキャンセルは〈憤激の化身〉に合わせたように、ここぞという時の奥の手、という立ち位置が向いているようだ。

と、こんな風に語ると集中さえすれば簡単にスキルを使いこなせたように聞こえるが、実際には三倍速でのスキルを使いこなせるようになるまで、地味ながら苦しい努力の日々があった。

リンゴへの指導の傍らで、俺は俺で試行錯誤を重ねていたのだ。

全ての技のキャンセルタイミングが一倍の時とは異なっているし、敏捷上昇に伴い無敵時間が三分の一になって使い勝手の悪くなった隠身や、逆に敏捷の恩恵を受けないために、相対的に速度が落ちてしまったエアハンマーの魔法など、技の使用感自体が変わってしまったものもある。

それらを一つ一つ確認しながら、以前のキャンセルポイントを思い出して三倍状態でのキャンセルタイミングを探った。

また、それでどのタイミングでキャンセルすればいいかが分かっても、三分の一の制限時間の中では思った通りにスキルをつなげるのは難しい。まずは一番タイミングが取りやすい乱れ桜のロングキャンセルから少しずつ慣らしていって、ようやく神速キャンセル移動を使えるまでには、筆舌に尽くしがたい困難があった。

それだけ頑張って訓練をしても、現状キャンセルが出来るスキルは、おそらく全盛期の二割程度。

ただ、使用頻度の高い三つのスキルコンボ、すなわち、ステップ、ハイステップから縮地につなげる〈移動スキルコンボ〉、朧残月から接近しての横薙ぎを合わせる〈朧十字〉、ステップと基本攻撃スキルのショートキャンセルを組み合わせる〈神速キャンセル移動〉。

これらを何とか使えるようになったことで、今は満足しておくべきだろう。

なぜなら、

（これで、準備は整った！　あいつを、魔王を倒す準備が！）

それが魔王戦への備えとして考えていた、最低条件の一つだからだ。

圧倒的な攻撃力と速度。

その二つが、犠牲なしに魔王を倒すために俺が設定した最低条件。

――捕捉不可能な速度で全ての攻撃をかいくぐって魔王に接近し、常識外れな火力で一気に葬り去る。

あまりに乱暴なそれが、俺の対魔王戦の基本戦術だ。

ほかの作戦など、極端に言えばその成功率を上げるための小細工でしかない。

この九日間で俺がやっていたのは、三倍速でのキャンセルスキルを習得したことだけじゃない。

レベルとパワーシードのため、ほとんど一日中この平原に張りついて、ブッチャーを倒し続けた。

少しでもブッチャーのリポップを早めるため、畜産用の鶏をヒサメ道場から借りてきて平原に置いて、このエリアの魔物侵攻度を上げるなんて涙ぐましい工夫もした。

その成果が、今の戦闘だ。

三倍速の移動スキルコンボが使えるなら速度は申し分ない。そして上がったレベルとシードによる筋力上昇のおかげで、攻撃力についてもブッチャーの物理耐性すら突破するほどだと証明出来た。

（これなら、これだけの力があれば、俺はこの手で、魔王を……!!）

握った手を、さらに強く、血がにじむほどに強く握りしめる。

しかし、そんな暴走とも言えるほどに高まった熱も、

「ソーマ！」

「リン……ぶはっ！」

俺の名を呼びながら近付いてくるリンゴの姿を見て、一瞬で吹き飛んだ。


――ヒュッ、ヒュウン、スウィ～！


ステップ、ハイステップ、エアハンマーを組み合わせた、お手本のような移動スキルコンボ。

今のリンゴの姿が、俺たちのこの九日間のもう一つの成果だった。

昨夜、リンゴと一緒に屋敷に戻った時、リンゴに魔法のカスタムをさせて、魔法の予約発動について説明した。

昨日の特訓でステップをキャンセル出来るようになったリンゴだが、そこから神速キャンセル移動を習得するのは流石に難易度が高い。

それよりは、ある程度自在に使えるようになったステップからハイステップのコンボを活かした方がいい結果につながると考えたのだ。

それに、一度セッティングさえしてしまえば、タイミングが命なスキルキャンセルよりはKBキャンセルの方が幾分か使いやすい。

だから俺はリンゴに、ただ一種類、ステップ、ハイステップ、エアハンマーの三つで構成される移動法を教え、ひたすらそれだけを練習させた。

ここに縮地を加えると移動速度も移動距離も大きく伸びるのだが、リンゴはまだ覚えていない上に、あれはスタミナ消費が大きく扱いも難しいため、最初の内は使わない方が安全だろう。

そして、リンゴとこの移動法の相性は、俺の想像以上によかった。

今朝の早朝から始めたたった数時間の訓練で、リンゴはほぼ完璧にこの移動法をマスターしてしまった。

まだエアハンマーの発動タイミングにばらつきが残っているものの、充分に実戦で使えるレベルと言えるだろう。

リンゴは基本の移動速度が速いだけあって、ステップなどを使った時の移動速度もかなりのものだ。

縮地が使えない割に素早い移動が可能で、一倍の神速キャンセル移動くらいでは太刀打ち出来ないくらいの速度をあっさりと出した。

あまり接近戦をやって欲しくはないが、戦場に急いで駆けつけるための方策を手に入れて、リンゴも嬉しがっているようだった。

というか実際、心境の変化はあったようだ。

練習を始めた最初の内は、

「…ソーマは、あんまりみないで」

と何だか乗り気でない様子だったのだが、練習を重ね、うまくエアハンマーでコンボがつながられるようになると、傍目にものびのびと動くようになった。

本人いわく、

「…ん。ちょっとだけ、たのしくなってきた。……ほんの、ちょっとだけ」

とのこと。

どうやら自覚はないようだが、

(あ、こいつ、ハマったな)

これは明らかにドハマりの兆候である。

キャンセル移動の魅力に取りつかれた、新たな同好の士の出現に内心にやりとしながらも、俺は顔だけは真面目な表情を崩さず、

「あんまり、根を詰めすぎるなよ」

「…ん、ありがと」

むしろ軽い忠告までして、リンゴを見守ることにした。

こういう時は下手にこちらからいじらない方がいい。

一度キャンセル移動の爽快感を味わってしまえば、もう逃げられない。

この移動法に慣れた頃には、リンゴの方から新しい移動スキルを教えてほしいとねだってくるようになるだろう。

慣れたと言えば、俺もリンゴの様子に慣れた。

俺も最初こそは、別に誰にも攻撃されていないのに突然爆風にでも吹き飛ばされたみたいに横滑りするリンゴに、ちょっと、いや、かなり引いていたのだが、

(ほんと、楽しそうだなぁ……)

元気にステップした後、何だか得意げに吹き飛ばされるリンゴの姿は、一周まわってユーモラスでかわいらしく見えてきた。

初めてリンゴのキャンセル移動を見た時は、「キャンセル移動ってやっぱり気持ち悪いのかな」なんて弱気になってしまったが、やはり魂が入ったものは、それが何であれ人の心を動かす力を持っているらしい。

ああいう姿を見せられると、こっちも負けてはいられないなと闘志をかきたてられる。

ちなみにその後、俺が対抗して三倍速での神速キャンセル移動を見せた時のリンゴのコメントは、

「…こ、こっくろーち!」

だった。

言葉の意味は分からないが、表情を見る限り、たいそう驚いたと言いたかったのだろう。

これを目標にして、リンゴにはさらに励んでもらいたいところだ。


「――ソーマ！」

などと考えている間に、リンゴが目の前までやってくる。

それどころか、まだ距離の計算が甘いせいでそこで止まり切れず、エアハンマーの余波で俺に突っ込んできた。

「リンゴ……っと！」

俺はその小さな身体をしっかりと受け止めた。

ただ、俺の胸で止まったリンゴはそんな事実など全く頭にも入っていないように、俺を潤んだ目で見上げてくる。

「…ソーマ、けがは？」

「大丈夫だよ。一発もやられずに勝ったの、見てただろ？」

俺が笑って答えても、リンゴは納得しない様子で俺の身体をぺたぺたと触って確かめる。

これも、リンゴに生まれた小さな変化だ。

俺がブッチャーに殺されそうになったあの時以来、リンゴはさらに心配性になった。

ちょっと行きすぎというか、俺に危険が迫ってると感じるとそれ以外のことが目に入らなくなるようなので、逆にちょっと危なっかしい。

「…みてた、けど。……ぁ！」

今回もそこで急に我に返ったのか、突然俺から離れて顔を伏せた。

もしかすると、昨日まで俺と喧嘩《けんか》をしていたことを思い出したのかもしれない。

そういうところもほほえましいとは思うが、残念ながらあんまりのんびりともしていられない。

「それより、今日はもう戻ろう。そろそろ、みんな戻ってくる頃だ」

「…ん。わかってる」

少し赤くなっていたリンゴの表情に、真剣な色が宿る。

――今日がちょうど、魔王の呪いが発動してから十日目。

俺は、仲間たちのものも含めた全ての予定を、今日の正午までに終わるように調整した。

「いよいよだ、リンゴ。……もう俺は、一人で突っ走るような無茶はしない。だから魔王を倒すまで、俺に、お前の力を貸してくれるか？」

俺の言葉に、しかしリンゴは小さく首を振った。

「…そんなの、だめ」

驚く俺に、リンゴは告げた。

「まおうをたおすまでじゃ、だめ。……わたしはずっと、ソーマについてく」

心強いリンゴの言葉に、俺は一瞬だけ、言葉に詰まって、

「……ああ！」

出来るだけ俺の熱を伝えるように、力強い言葉を返す。

何だか胸の奥から無尽蔵の力が湧いてきて、何でも出来るような気持ちになる。

「よし、じゃあいっちょ気合を入れて帰るか！　――三倍神速キャンセル移動で！」

「そ、それはだめ！　つうほうされちゃう！」

「なんでっ!?」

強い決意を胸に、それでもあくまで俺たちらしく、賑《にぎ》やかに。

成長を終えた俺たち二人は、仲間の待つ〈我が家〉へと帰っていったのだった。


―３―


「あ、やっと来た!!　そーま、遅いよー！」

屋敷の玄関に入った途端、従妹の大声が耳に飛び込んできた。

見ると、その隣にはサザーンとくま、ミツキもいる。

少し早めに戻ったつもりだったが、どうやら俺たちが最後だったようだ。

時間を見ると、十一時五十六分。

あれからブッチャーの最後のドロップアイテムを回収し、椅子やら何やら片付けて、岩場のポップポイントをまた塞いで、と思ったより後始末に手間取ったから、想定よりも遅くなってしまったようだ。

などと呑気《のんき》に構えてると、

「く、くくくく……!!」

いきなりサザーンが悪役っぽく笑いだした。

「くくっ。あの、大崩壊《カタストロフ》からこの時までの、屈従と忍従の日々。ああ、今日というこの日を、僕はどれだけ待っていたか！」

何か突然変なことを語り出したかと思うと、

「――ソーマァアアア!!」

まるで親の仇《かたき》にでも会ったかのように俺に突撃してくる。

が、まあサザーンなら問題ない。

俺は冷静に、前蹴りで対応して、

「なっ!?」

しかし、サザーンは予想外にキレのある動きを見せる。

俺の蹴りを紙一重で躱し、まるで絡みつく蛇のように俺の足をつかまえて、

「た、頼む！　あいつお前のぬいぐるみなんだろ！　早くあの悪魔を僕から引き離してくれぇえ!!」

そのまま俺の足にすがりついて懇願してきた。

「えっと……悪魔って、アレか？」

俺がきょとん、とわざとらしく可愛らしげに首を傾げているくまを指さすと、サザーンは首をガクガクと振った。

「そうだよ！　それ以外いないだろ！」

「いや、でもな……」

サザーンはくまを過剰に怖がっているが、くまは笑顔が怖くてちょっと人を脅かすのが生きがいなだけの、ただの善良なぬいぐるみだと思うし……。

いやまあ、勝手に動く時点でただのぬいぐるみではない感じもするが、でもなぁ。

俺は首をひねるが、サザーンの意見は俺とはまるで違うようだった。

「お前はあいつの上っ面しか見てないからそんなことを言うんだ！　き、貴様はまだ、奴の真の姿を知らない」

「何だよ、それは。中から宇宙人でも出てきたりしたのか？」

俺は面倒になってそう言ったが、サザーンは違う、と乱暴に仮面に包まれた顔を動かした。

ちらっと後ろのくまを見て、声を潜めて続ける。

「……これは数日前、僕が宿代を浮かせるため、いつも鍵のかかっていないアレックズの家に無断で泊まり込んでいた時だ」

「いや、さらっと犯罪告白するなよ」

というか、すげえ不用心だな、アレックズ。

勇者以外は家探ししないとか考えてるんだろうか。

まあなんか、キャラ的に家に鍵とかかけなさそうなイメージではあるが。

「その日、僕はあの桃髪の悪魔。魔道に染まりし闇の呪物を扱う死の商人《アイテムショップの店員》相手の熾烈《しれつ》なる経済戦争のせいで疲れてすぐに眠ってしまった。……問題は、その翌朝だ。次の日目覚めた僕の枕元に、刃物を手にしたくま……様が立っていたんだ！」

「それは怖いな！」

流石にそれは冗談では済まないレベルの悪戯な気がする。

サザーンはさらに首を振って続けた。

「それだけじゃない！　そんなもので終わったのなら、僕だってこんなに騒ぎ立てたりしない！　包丁を持ったくま様の姿にビビって、思わず死んだふりをしようとした僕は、気付いてしまったんだ」

「な、何にだよ」

枕元に刃物持ったぬいぐるみが立ってた以上に怖いことなんてあるんだろうか。

唾を飲む俺に、サザーンは言い放った。


「――既に、テーブルの上に朝ご飯が準備されていたことに!!」

「美談じゃねえか!!」


むしろどこの新妻だよってぐらい献身的だった。

「ば、馬鹿！　ぬいぐるみなのに料理を作ってるんだぞ!?　しかも、僕よりうまく!!　二杯もおかわりして確認したから間違いない!!」

「ちゃっかり食ってんじゃないか!!」

本当に呆れた奴だった。

「ま、待て！　怪現象はそれだけでは終わらなかった！　昨日僕が脱ぎ散らかしたはずの服も、綺麗に畳まれていた!!」

「だから、それもむしろいいことじゃないか！」

俺が呆れてそう言うと、サザーンは分かってないなと言わんばかりに身もだえした。

「勝手なことを言うな！　し、下着とかもあったんだぞ！　は、恥ずかしいじゃないか！」

「まず、その恥ずかしい下着を脱ぎ散らかしてたことは問題じゃないのか？」

「ぼっ、僕の下着は恥ずかしくない!!」

サザーンは首まで真っ赤にしてそう叫んだかと思うと、ハッとしたように俺を見る。

「こ、このヘンタイめ！　巧妙に話題を誘導して……」

「お前は何を言ってるんだ」

流石にもう付き合っていられない。

「……くま」

「ひっ！」

俺が一声かけると、くまはニタァ、とニヒルに笑って、怯えるサザーンを引き取ってくれた。

「き、貴様ぁ！　僕を売るなんて許さないぞ！　絶対に相応の……あっあっ、ご、ごめんなさいぃ、ゆるしてぇ！」

後ろから何やら哀れっぽい声が聞こえてくるが、当然無視する。馬鹿に付き合って貴重な時間を浪費してしまった。

ほかのみんなは、と見ると、俺がサザーンにかまっている間にリンゴは真希のところに行っていた。

「…マキ」

「あ、リンゴちゃん、ひさしぶりー」

「…ん、ひさしぶり」

しかし、その真希のあいさつにも、リンゴは固い表情を崩さない。

授業参観の日の子供みたいに緊張した様子で、ぎこちなく真希から距離を取り、

「…みてて」

短く言い放ったリンゴが行ったのは、

――ヒュッ、ヒュウン、スウィ～！


ステップ、ハイステップ、エアハンマーの、流れるような移動コンボ！

そして、

「…こんな、かんじ」

ほぼ無表情ながらどこか誇らしげな、ほんのわずかなドヤ顔！

真希が、「こ、これどうすればいいの？」みたいな目で俺を見てきたが、俺は何も見ていなかったフリをした。

「――まったく、彼等はいつでも賑やかですね」

しかし、そんな中でただ一人、いつもの鉄面皮を崩さない奴もいた。

「たった数日会わなかったくらいで、皆、よくもここまで騒げるものです。そんなに仲間に、貴方に会えた事が嬉しいのでしょうか」

……ミツキだ。

第五章
—3—


彼女はこんな馬鹿騒ぎにはまるで興味がない、というような冷徹そのものの顔で、俺の隣にやってきた。

「え、あ、ああ。……まあ、少しだけ、はしゃぎすぎ、かもな」

俺は視線を微妙に上に向けながら、ぼかすように答えた。

正直、今のミツキにそんなことを言われても、なんというか、反応に困る。

俺の困惑を見て取って、ミツキは少しだけ表情の険しさを和らげた。

苦笑するように、告げる。

「心配しなくても、別に非難している訳ではありません。こう見えて、私だってそれなりにはこの再会を喜んでいますから」

あくまで無表情に、ただし少し自嘲気味に言うミツキに、

「いや、大丈夫！　俺はそこは全然、疑ってないよ」

俺は全力で否定の言葉を返した。

「……本当、ですか？」

「ああ、全然！　全く！　これっぽっちも!!」

疑っている様子のミツキに、さらに強く主張する。

だって、そうだろう。

ミツキの頭の上、お馴染みの猫耳ちゃんが、「大歓喜！」とタイトルつけたくなるくらいピ

コピコピコピコと大はしゃぎしているのを見て、そんな感想が出てくるはずがない。

「ふふっ。貴方にそこまで言って貰《もら》えると、嬉しいです。……そうですね。私ももう少し感情表現が巧ければ、あそこまで、とは言わないまでも、意外とはしゃいでいたかもしれません」

ミツキは小さく笑って、そんなことを言った。

それに釣られて、頭の猫耳の動きも「大歓喜！」から「狂喜乱舞!!」にクラスチェンジを遂げている。

犬のしっぽでもそんなに回さないだろ、というくらいに踊り狂っている猫耳を見て、

「いや、お前それ頭の……」

「頭の？」

「……いや」

喉のところまで出かかったツッコミの言葉を何とか飲み下す。

たぶんあれ、一種の不随意筋とかそんなんなんだろう。

本人が気付いてないいんだから、そっとしておこう。

「それより、あんまりのんびりもしていられない。みんな、居間に集まってくれ！　最後の話し合いを、始めよう」

—4—

こうして始まった作戦会議だが、予想よりも悪い報告がいくつもあった。

特に予想外だったのが、街の様子だろうか。

真希やサザーンたちが報告してくれたところによると、各町の状況は俺の想定よりも悪くなっているようだった。

十日というのはボーダーギリギリとはいえ、サザーンが粘菌を使って魔物侵攻度下げをやっているし、普通よりはひどい状況にならないと思っていたのだが、甘かった。

ゲームのＮＰＣと違って、現実の人間は閉塞感のある状況にストレスや不安を感じる。それが町の治安の悪化を加速させているらしい。

真希の話によると、騎士団が鎮圧したものの、昨日は王都で暴動らしきものが起きかけていたとか。

やはりもう、一刻も猶予はない、ということだ。

ただ、今すぐ行動を起こすことを躊躇《ためら》わせるような情報もある。

魔王の弱体化だが、ほんの少しだけ予定より遅れているのだ。その中でも特に、魔王の瀕死強化の特性、通称〈本気モード〉を封印出来なかったのが痛い。

特別なクエストをこなして封印しない限り、魔王はＨＰが一割を切ると攻撃力防御力が飛躍的に上昇、攻撃パターンも変わる。

俺もゲームで一度、それで殺されているからはっきりと覚えている。

事前に立てた対策がうまくいって、あと少しで魔王を倒せるかと思ったある瞬間、俺は魔王の方から殺気に似た衝撃、波動のようなものを感じ取った。

それがシステム的な演出だったのか、俺の予感によるものだったのか、それは分からない。

だがとにかく、その瞬間からの魔王の戦いぶりは、それまでとはレベルが違っていた。俺の全力の攻撃はあっさりと阻まれ、それまでとは段違いに重い攻撃が即座に返ってくる。

そして、それだけではない。

こちらが魔王の三メートル以内にいれば行わないはずの、後衛への遠距離攻撃をも同時にこなすようになったのだ。

俺自身は何とか魔王の猛攻に耐えたものの、連れてきたほかのメンバーたちはそうはいかなかった。

そもそもその時のメンバーは、一人で挑んで魔王を強化させないための数合わせの意味合いが強かった。そんな仲間が魔王の攻撃に耐えられるはずもなく、あっさりと戦線は崩壊。

もはや何度目かも分からない敗北を味わう羽目になったのだ。

（絶対に、魔王を瀕死状態にする訳にはいかない！）

万が一にも仲間から犠牲を出さないための、それは絶対条件だろう。

幸いにも、今の俺にはゲーム時代の俺にはなかった「必殺技」がある。

魔王のＨＰを一割以下にすることなく、一気に倒し切ることだって、不可能ではないはずだ。

だが、

(だとすると、やっぱり〈憤激の化身〉を使わない、という選択肢はないか)

そんなことを思って、ちらりとリンゴを見る。

「…？」

いきなり見られて首を傾げるリンゴを見て、少し罪悪感が込み上げる。

また少し心配させてしまうかもしれないが、仕方がない。

それに……。

(そういう理由があれば、絶対に俺が、俺自身が、魔王にこの手でトドメを刺せる!!)

やっぱり全ての決着は、自分の手でつけたいという欲もある。

愚かしい、何の得にもならない我儘だとは分かっている。

ただ、トレインちゃんをあんな風にしてしまったのが俺であるのだから、それを治すのもまた、自分でありたかった。

「……延期、しますか？」

その葛藤を、迷いと取ったのか。

ミツキがそう尋ねてきた。

頭の猫耳も、「やめるのー？」と問いかけるように不安げに揺れている。

確かに、もう少し先延ばしして、もっと万全の準備を整えたいという思いもある。

それでも、俺は未練を振り切るように、宣言した。

「……いや、今日だ。今すぐ、やろう」

はっきりと、決断する。

迷いがない、とは言わない。

この準備不足が原因で俺たちが魔王に敗れ、この決断を後悔する時が来ないとも言えない。

ただ、今の俺たちでは魔王を倒せないとは思わなかった。

あれだけの備えをして、限られた時間の中で打てるだけの手を打って、そうして俺たちはここに集っている。

その勝率は決して低いものではないと、そう信じた。

そして、決めたからには話さなくてはならないこと、やらなくてはならないことがたくさんある。

まず、どの程度魔王や魔王城の弱体化が出来たかによってルートや作戦が変化するため、まだみんなには魔王討伐の計画を報せていない。

あまり複雑な作戦は立てていないが、流石に事前説明なしという訳にはいかないし、魔王戦での連携行動の練習もしておきたい。

それに、万が一にも「開けた扉から魔王城のモンスターがあふれ出してきた！」なんて事態にならないよう、城門の開放はギリギリまで行わないことに決めていた。

結局最後の扉を正規の手段で開けることは出来なかったため、これから城門の封印に「かじだぞ」と入力して、魔王城の扉を全開放させなければいけないのだ。

「今から魔王討伐の作戦内容を説明する！　その後で、全員で魔王城の城門の封印を解きに行って、それから……」

「待って下さい」

だがその説明の途中、ミツキの声が俺の言葉をさえぎった。

「時間が惜しい。城門の開放は、今から私が行きます。合流は、現地で行いましょう」

「いや、だけど……」

俺が反対意見を出そうとすると、ミツキは少し悲しげに首を振った。

「残念ですが、作戦を聞いたところで私が魔王城で充分に戦えるか分かりません。だからせめて、自分に出来る事では精一杯力を振るいたいのです」

「それは……」

今回の魔王城攻めの一番の懸案。それは、ミツキがどの程度戦えるのか、全くの未知数だということだ。

ゲームでのミツキは、魔王城周辺まで行くとパーティから離脱してしまう仕様になっていた。
それは父親のために魔王討伐はしない、みたいなことで、大した理由ではなかったのだが、
それとは無関係に、やはり魔王城が近付くとなんとなくその場にいたくない気持ちが強くなるらしい。

実際に魔王城に乗り込んだ時、ミツキがその制限を克服出来るのかは微妙なところだ。

思わず言葉に詰まっている俺に、ミツキが傍に寄ってきて、薄く、儚《はかな》く笑った。

「そんな顔を、しないで下さい。それでも私は絶対に、貴方と共に戦います。そしてもし、貴方に危険が迫った時は、絶対に……」

「ミツキ？」

急に雰囲気を変えたミツキに戸惑っていると、ミツキはすぐにいつものクールな表情を取り戻した。

「……何でもありません。それより『約束』、忘れないでいて下さいね」

そう言い捨てて、外に向かって颯爽《さっそう》と歩き出した。

「ね、ねぇ、そーま！　約束、って何!?」

妙なところに食いついてくる真希を軽くいなして、俺はバン、と勢いよくテーブルを叩いた。

せっかくミツキが稼いでくれようとしている時間を、無駄に使う訳にはいかない。

「――これから、魔王討伐戦の作戦を説明する！」

［第六章］

曇天貫く命の光

「弱体化」されていない魔王は、無敵の怪物だ。

完全耐性と名付けられた特性により、あらゆる属性に耐性を持ち、全ての状態異常が効かず、どんな弱体化も受け付けない。

物理属性や純粋な魔法属性に対しては軽減するだけで無効にする訳ではないので絶対に倒せないということもないのだが、それがどんなに困難なことかは同じ物理耐性を持つブッチャーを倒した俺には分かる。

そして、状態異常や能力低下効果についてはデフォルトで完全な耐性を持っているため、こちらは百パーセント、絶対に効果を発揮しない。

弱体化クエストでこの完全耐性のどこを削っていくか、それが対魔王戦略の基本と言える。

俺たちが魔王に対して施した弱体化は、能力値の面でまず三つ。

攻撃力、魔法攻撃力、敏捷だ。

本当は物理防御力も削りたかったのだが、それはクエスト難度の点から無理だった。

しかし、俺の攻撃力は手数という意味でも威力という意味でもそれなりのレベルに達している。防御力が下がっていなくても何とかなるだろう。

それよりも犠牲者を出さないため、攻撃面の弱体化は必須だった。

耐性面で弱体化させたのは、物理と麻痺《まひ》だけ。

初めから魔法や属性攻撃でダメージを与えようという気はない。この時点でサザーンが要らない子状態になるのは確定だが、あいつにはそこに辿り着くまでの段階でひたすら魔法を使わせまくる予定だから構わない。

状態異常と能力低下の攻撃については、耐性を剝《は》がしても「全く効かない」が「極稀に効く」に変わる程度で期待出来るようなものではない。

一応入ると有利になりそうな麻痺の耐性だけ剝がしておいたが、それでも魔王の麻痺耐性は九十五パーセント。通常の敵を必ず麻痺させる攻撃を仕掛けても、成功率はたったの二十分の一だ。

ついでに言っておくと、魔王はスタン耐性とノックバック耐性も持っていて、仕様なのかバグなのか、その耐性をなくすことが出来るイベントがない。

つまり魔王は、常にのけぞりや吹き飛びがないスーパーアーマー状態で、これが思った以上に厄介だ。スーパーアーマーな魔王を相手にどうやって大技を当てるか、これが魔王戦の最後のポイントになってくるだろう。

基本能力や耐性のほかにも、自己再生能力や突然の事故死を引き起こしそうなカウンター系の特性や攻撃方法を封じた。

戦い方によっては封じない方が有利に戦える攻撃などもある。

今回は近距離で隙の大きい大技を残し、面倒な遠・中距離攻撃を中心に封印していった形だ。

ただ一つ懸念があるとすれば、〈ホーミングフレア〉という厄介な技を封じられなかったことか。

ホーミングフレアは追尾性のある火球をいくつも放つというゲームによくある技だが、この技が面倒なのはランダムホーミングと呼ばれる特別な軌道を描く点にある。

このタイプの攻撃は全弾ヒットはしにくいが、いくら素早くても完全な回避が難しい。もちろん遠距離攻撃であるため、俺が魔王の三メートル以内に近付けば問題はないとは思うのだが、万一ということを考えると少し不安になる。

この技が危険なのは、何も回避が難しいからだけではないのだ。

魔王の攻撃は流石魔の王と言うだけあって、闇属性が多い。そのため、俺は主に真希とサザーンに頼んで闇属性に耐性のある装備を集めてもらったのだが、このホーミングフレアは魔王の攻撃としてはめずらしい火属性。

しかも威力の高い攻撃のため、防御面に不安が残るサザーンなどに命中すると危険かもしれない。

俺たちのパーティでこれを喰らっても耐えられそうなのは、四大属性に強い耐性を持つミツキくらいだろうか。

第六章
—1—

ミツキなら完全ではないとはいえ火属性ダメージを抑えられるし、あの素早さなら全弾命中もありえない。しかし、それ以外の人間に当たった時のことを考えるとやっぱり……いや、いくら威力が強いと言っても魔王の魔法攻撃力は落としてあるので、心配することはないとは思うのだが。

ただ、あるのが不安材料だけかというと、もちろんそんなことはない。

魔王の弱体化もそうだが、こちらの強化という意味でもそれなりの備えはある。

まず、サザーンに各町のアイテムショップを回らせて、回復アイテムは潤沢になった。

特に入荷数が少なく、地味な貴重アイテムであるMPポーションを大量に確保出来たことは大きい。これのおかげで、作戦中にMPが切れるという最悪の事態は考えなくてもいいだろう。

ほかの消費アイテムに関しても、普通のアイテムについては以前の店買占め分が残っているし、有用な掘り出し物はリストを作り、サザーンに見つけ次第買うように言って色々とそろえている。

ついでにサザーンには血の池エリアを踏破した後、城門に乗り込むためのはしごなどの小道具も用意してもらっている。

少なくとも、アイテム不足が今回の戦いでネックになることはなさそうだ。

個々人の能力という意味でももちろん上がっている。

俺とリンゴは新しい特技を身につけたし、ブッチャーのおかげでレベルも相応に上昇している。

二人ともレベル百七十八。レベル二百五十の魔王に挑むには若干心許ない気もするが、制限がある中で上げたにしてはそこそこの成果だろう。

ほかの仲間はと言えば、ミツキも数々のイベントをこなす中でいくつかレベルを上げたと言っていた。

最終的なレベルはまだ聞いていないが、十日前よりは強くなっているだろう。

サザーンとくまについては……まあコメントは控えさせていただくが、真希もきちんと強くなっている。

真希の場合、元々のレベルが高かったのでレベル上げは出来なかったが、その分装備を改造した。

ブッチャーから大量の肉切り包丁を入手したおかげで全員の武器性能の最低基準が底上げされたのはもちろん、真希にはほかの人間にはない特徴がある。

真希は俺と同じでアクセサリーの装備制限がないのだ。

特に指輪を十個もつけられるというのは大きなメリットと言える。耐性系を中心に装備をそろえていき、鉄壁の防御力を誇るようになった。

これは、魔王戦での真希の役目に合わせてのことだ。

魔王戦では俺が前衛として魔王にぴったり張りついて攻撃。

第六章
―1―

少し離れて真希と、もし戦闘参加出来そうならミツキが控え、隙を見て攻撃。

後衛にはリンゴ、サザーン、くまを配置して、いざという時はリンゴが忍刀スキル〈隠身〉を使って二人を守る、という配置になっている。

もし俺が何かの理由で魔王の傍を離れた場合、魔王の遠距離攻撃が始まってしまう。その穴埋めを、真希に頼むつもりだった。

俺がノックバックなどで魔王の半径三メートル以内から離れてしまった場合、防御力と反射神経に優れた真希が代わりに魔王に接近し、俺が戻るまで魔王の注意を引きつける。

少し不安ではあるが、接近している時にはひたすら防御に徹することにすれば、真希の能力なら何とかなるだろう。

あとは、俺が〈憤激の化身〉を使うタイミングだろうか。

〈憤激の化身〉は近くに仲間がいたら使えないスキルだが、その制限は実はそんなに厳しくない。

スキルの発動時に周りに仲間がいなければいいだけであるし、その範囲もあまり広くないのだ。魔王が控える魔王の間はずいぶんと大きいので、お互いが離れるように移動すれば魔王との戦いの途中からでも使えないこともないだろう。

とにかく、俺が〈憤激の化身〉を使う時の合図と、そのために必要な距離を詳しく説明した。

サザーンの場合は特に不安なので、同じことを三回話した。

これだけ説明しておいても、肝心な時には頭に血が昇って忘れてそうな気もするが、それについては周りのフォローを期待しよう。

なんてことをずっと説明していたら、かなりの時間が経っていた。

ひとしきりみんなからの質問に答え終えると、固まったままのトレインちゃんに最後の、この姿では最後になるはずのあいさつをして、俺たちも屋敷を出た。

――目的地は北。

魔王城のそびえる、ベリオン火山だ。


― 2 ―


途中、モンスター相手に連携の実験をしながら進んでいく。

最初はレベル百以下のモンスターばかりが出てきていたのだが、ベリオン火山が近付くにつれ、モンスターのレベルも上がっていった。

その最終的な敵レベルは百七十五にもおよんだが、

「よゆーよゆーー！」

「…ん」

強くなった俺たちの前には鎧袖一触《がいしゅういっしょく》。

俺が戦う必要もなく、真希とリンゴが次々と平らげていく。

最大の懸念材料だったサザーンも、俺の肩に乗ったくまが包丁（武器合成により攻撃力は肉切り包丁と同じ）をちらつかせてうまく抑えてくれているようだ。

……でも、肩の上で包丁振り回すのはちょっとだけやめてほしいかな、怖い。

そうしていよいよ、ベリオン火山の麓についた。

魔王城があるのは火山の火口の中。当然ここからではその姿を見ることは出来ない。

ただ、山の奥から禍々しい気配のようなものを感じる。

あるいはそれは、火口の真上に浮かぶ晴れることのない暗黒の、闇の雷を降らす黒い雲のせいかもしれない。

魔王の力の象徴たるその暗雲に、俺は根源的な畏怖を感じると共に、強い闘志が湧きあがるのを自覚する。

（……まだ、行けるよな？）

ミツキは探索者の指輪を持っているから合流場所を気にする必要はないし、出来るだけ進んでいた方が効率的だろう。

みんなに疲労の影が見えないことを確認して、先に進むことを決める。

ベリオン火山の敵は強く、山は急峻《きゅうしゅん》だったが、今さらこの程度のことで音を上げるような人間は、俺の仲間には……。

いた。


……まあ、その、一人しかいない。

装備は万全だと思っていたが、サザーンに山登りに適した格好をするように言うのを忘れていた。

モンスターは全く問題にならなかったのだが、やたらと靴底の厚いブーツを履いているせいかサザーンが何度も転び、その度に俺たちの歩みは止まった。

自業自得だとは思うが、流石にそう何度も転んでいると心配になってくる。

「あー、サザーン？　きついんだったら、ここでちょっと休憩しても……」

気を遣った俺がそう提案したが、サザーンは苦しげな息を吐きながらも、首を振った。

「馬鹿な、ことを、言うな。こんなところで、足を止める暇は、ない。それは、貴様が一番、よく分かっている、はずだ」

サザーンは、息も絶え絶えになりながら、それでも不敵にそう言い放つ。

その姿に俺は、こいつへの評価をあらためざるを得なかった。

「サザーン、お前……」

確かにサザーンは、その服装や言動から誤解されることも多い。

だが、人の真価は極限状態の中でこそ浮き彫りになる。

本当の、こいつは――

「さぁソーマ！　貴様に僕を背負う栄誉を与えよう！」

――最低のクズ野郎だなと思いました。


ものすごく癪なことに、俺がサザーンを背負った途端に行軍スピードは段違いに速くなり、俺たちはほどなくベリオン火山の火口近くまでやってきた。

火口にまで進んでしまうと、頭上の黒雲から雷が飛んでくる。幸い魔王城からモンスターが出てきている様子もないし、ここで止まってミツキを待つのが上策だろう。

サザーンを下ろして俺が休憩を告げるとみんな思い思いに過ごし始めた。

リンゴは早速その場でスキルキャンセルの練習を始め、サザーンはぶつぶつと文句を言いながら、汚れたマントをはたいたりしている。

そして真希は、

「……そーま、ちょっといーい？　魔王を倒した後、のことなんだけど」

なぜか離れた場所にいるリンゴたちを少し気にしながら、抑え気味の声で訊いてきた。

内緒話の気配に、空気の読めるぬいぐるみであるくまが俺の肩から降りる。

そして、俺を振り返ってサムズアップ……みたいなことをした。

いや、お前指ないだろ、と思いながら、俺は真希に向き直ってうなずいた。

真希もくまにはちょっとびっくりしていたようだが、キャラに合わないおずおずとした口調でしゃべりだした。

「えっとさ。魔王を倒したら、ゲームはクリアってことになるよね？　だったらわたしたち、それで元の世界に戻っちゃったりってこと、ないかな？」

真希は不安八割、期待二割くらいの目でそう尋ねてきた。

「あー。そういえば、きちんと説明してなかったか。残念だけど、十中八九それはないな」

ゲームをクリアして現実に戻れる保証があるなら最初からそう動いている。

猫耳猫はやり込み系ゲームで、言ってみれば終わりはない。

魔王を倒すと一応ゲームクリアではあるものの、その演出はしょぼいの一言だった。

血のにじむような苦労の末、ようやく魔王を倒した時、まず光量が多すぎて直視出来ないほどの超ド派手な死亡エフェクトが発生。

その間に魔王の捨て台詞が聞こえ、ようやく光が収まったと思ったら、今度はいきなり視界いっぱいにスタッフロール。

やけに壮大な音楽と共に流れるその五分超のスタッフロールはスキップも早送りも出来ず、唯一汎用メニューからログアウトすることは出来るものの、そうなるとデータは魔王を倒す前の状態に戻ってしまう。

その拷問のような五分間を終え、スタッフロールの最後の一文、「THANK YOU FOR YOUR PRAYING（訳：あなたの祈りに感謝を）」というメッセージが流れた後、特に何のイベントもはさまれず、一度タイトル画面に戻ることすらなく、魔王のいなくなった魔王の間に普通に視点が戻る。

そこからプレイヤーはモンスターだらけの魔王城を通って街まで戻っていかなくてはいけない訳で、ゲームクリアの余韻もへったくれもなかった。

というかゲームクリア時にセーブすらされないので、魔王城からの帰り道で死んでしまうとまた魔王を倒さなくてはならなくなるという最低仕様だった。

ここまでログアウト要素は一切ないし、俺たちがこの世界に飛んできた原因も特にゲームのクリアと関連はない。

魔王を倒したことで、俺たちが元の世界に帰れる可能性は限りなく低いとみていいだろう。

「……そっかぁ」

俺がそれを説明すると、真希は少し残念そうな、でもそれ以上に吹っ切れたような顔をしてうなずいた。

その表情を見て、俺は真希を騙してしまっていたんじゃないかと不安になった。

「悪かったな。その、ちゃんと話しておかなくて」

もし真希が元の世界に戻るために協力していたとしたら悪いことをした。

俺は素直に頭を下げた。

「あ、めずらしいね。そーまがわたしに謝るなんて」

だが、真希はからからと笑うだけ。

真面目に取り合おうともしない。

「いや、お前な。これってすごく大事なことだろ。だって、その……もしかすると、死ぬ、かもしれないんだぞ？」

死ぬ、と口に出してしまって、不吉な予感と不安が押し寄せるのを感じた。

……本当に、そうだ。

これからの戦いは、今までの戦いとは訳が違う。

今度ばかりは、俺が一人で全部やる訳にはいかない。

少なくとも魔王との戦いは全員で挑まなければ勝てないだろうし、最初から最後まで、全てこちらの思惑通りに進むとは限らない。

そして、何か計算違いが起こったら……。


——この中の誰かと、もう二度と会えなくなるかもしれない。

その考えに、身体の芯がスッと冷える。

今までは良くも悪くも夢中すぎて、その事実と真剣に向き合ってこなかった。

トレインちゃんのために、絶対に魔王を倒さなくては、と考えてきた。

町の人からも、仲間からも犠牲者を出さないつもりで、計画も立てた。

だけど、それでも、魔王を倒すために、仲間の誰かが死ぬようなことがあったら……。

しかしそんな俺を見て、真希はやっぱり笑う。

「まったく、そんなの今さらだよ。わたしだって騎士団の人たちを助けたいし、そーまの助けにもなりたいし、そのための危険ならしょうがないなって思ってるよ。……というかね。少なくともここにいる人たちはみんな、それを覚悟して来てるんだよ」

言われて、気付いた。

いつのまにか、俺の周りには仲間たちが集まっていた。

その中から、まず仮面の魔術師が一歩前に出た。

「僕には、僕の目的がある。貴様のために集まったなんて、そんな自惚《うぬぼ》れた考えはよしてもらいたいな」

「サザーン……」

さっきまでの情けない姿が嘘のように、覚悟の決まった声でサザーンは告げる。

「不死身の僕が死ぬなんて、ありえないことだが……。万が一、いや、億が一、そんなことが起こったとしたら、それは人の身では止められぬ、運命の悲劇だ。その、だから、つまり……

お、お前を恨むことだけは絶対にない。そ、それだけだ！」

あわただしく後ろに下がったサザーンの横には、指のない手に器用に包丁をはさんだくまがいる。

くまは包丁を持っていない方の手を持ち上げると、

――ぐっ！


サムズアップ的な何かをした。

だからお前、指ないだろ、と心の中でツッコみながら、しかしその心意気は俺の胸に届いた。

「…ソーマ」

最後は、リンゴだ。

リンゴの顔にはこんな時でも表情はなく、その澄んだ瞳で俺を見つめる。

「…わたしは、ソーマをたすける。そのために、ここにいる」

そうだ。

リンゴはこの中の誰と比べても、魔王を倒す理由がない。

そのリンゴを、巻き込んでしまっているのは……。

「…ちがう」

だが、リンゴは俺の顔を見て、彼女にしては強く、大きく首を横に振った。

「…わたしが、そうしたいから。ソーマがいやだっていっても、ついていく」

そう言ったリンゴの声は、それでもあまり大きくはない。

しかし、そこにはやはり強い意志が宿っていて、梃子《てこ》でも動きそうになかった。

「みんな……」

こんなことを言われても、どう返したらいいのか分からない。

周りを顧みていなかった自分が、恥ずかしくなってくる。

「大丈夫だよ、そーま」

しかしそんな俺に、真希が笑顔を見せる。

「結局最後は、愛と勇気がある方が勝つんだから」

全く理屈に合わないし、意味が分からない。

「お前は、ほんと訳が分からないことばっかり言うよな」

「ええっ！　そーまほどじゃないのに！」

だけどそれで、心が落ち着いてしまうのが不思議だった。

そして、

「――それには全く同意ですね。貴方は訳の分からない言動が多過ぎる」

立ち尽くす俺の背中に、そんな声がかけられた。

「ミツキ！」

その名を呼ぶ俺に、役目は果たしてきました、とさらっと目的の達成を告げると、

「途中から、少しだけ聞いていました。詰まる所、皆、貴方を信じているという事です。……さぁ、胸を張って下さい。世界の命運を左右する大一番に、そんなしょぼくれた顔で挑む気ですか？」

俺の背中をこつん、と叩き、そのまま山頂へ登っていこうとする。

「ミツキ！　いいのか？　その、こんなに魔王城に近付いて……」

——そんなの答えるまでもない。

そう言わんばかりに、振り向いたミツキの猫耳がちょいちょいと俺たちを招くように動く。

それに釣られるように、俺たちは最後の道を登り、やがて火口の縁に立った。

「あれが、魔王城……」

眼下には、螺旋《らせん》に続く下り道。

そしてその遥《はる》か奥、地の底にそびえる魔王城の威容が見えた。

（とうとう、ここまで来た……）

それを目にした瞬間、今までの記憶が、凍りついたトレインちゃんや、これまでの特訓の

日々、ついてきてくれた仲間の姿が一気に頭に押し寄せてきた。

ほんの、数秒。

それをじっくりと噛み締めて、

「行こう。魔王を、倒そう。そして……」

俺は仲間たちを振り返り、宣言する。


「――絶対に、全員でここに帰ってこよう！」


リンゴの、真希の、くまの、サザーンの、そして、ミツキの、かけがえのない仲間たちの顔を見ながら、俺は決意する。

最善の、いや、それ以上の力を尽くそう。

そしてもし、仲間の誰かに危険が迫った時は、絶対に、俺の身を賭してでもそいつを守る！

この中の誰も、死なせはしない！

トレインちゃんのためではなく、ただ、これからも仲間と一緒にいたいという、俺自身の気持ちのために。

俺はそう、固く誓ったのだった。

— 3 —


（ゲームで見ていたはずなのに、やっぱりこっちの世界で見ると迫力が違うな）

俺はもう一度、魔王城前の最大の障害、上空の暗雲と、地面の煮え立つ血の池を見た。

空に浮かぶ闇の雲は、その身に蓄えた邪悪な力を誇示するようにうごめき、地の底の真っ赤な池は、血臭がここまで漂ってきそうなほどに生々しく、ゴポゴポと沸き立って獲物を待ち構えている。

だが、俺の隣に立つミツキは、その地獄のような光景を見ても全く表情を変えない。むしろ闘志をかきたてられたというように猫耳をピンと立て、俺に促すような視線を送る。

「……指示を。貴方が望むのなら、私が一番槍を務めます」

あくまで感情の抑えられたその言葉に、俺は浮き足立った心が落ち着くのを感じた。

……そうだ。

俺たちは、ここを乗り切るためにずっと準備をしていたはずだ。

こんなところで、怖気づいている場合じゃない。

「その前に、確認しよう」

俺はまずポーチから、ずっと用意していた暗雲の雷ダメージを軽減するアイテム、〈ミュートの避雷針〉を取り出すと、仲間たちを振り返った。

「みんな、水龍の指輪はちゃんとつけているか？」

俺が尋ねると、仲間たちみんなが自分の手を前に出した。

どの手にも全て、〈水中適性〉を持ち、「水中のマイナスの地形効果を無効化する」特殊能力を所持する水龍の指輪がきちんとはめられている。

これで、血の池を突破する備えは出来た。

「よし！　じゃあ、行くぞ!!」

俺が目配せをしつつ言うと、一歩前に出た。

すると、

「待って下さい！　先頭は私が……」

あわてて前に出ようとするミツキより先に、

「あまり気は進まないが、仕方ないな。……偉大なる魔術師にして至水の導き手、サザーンが命じる。呪われし闇より出でし水魔の咆哮――」

俺の合図を受けたサザーンが、ぶつぶつと言いながら俺と並ぶように前に出て、

「詠唱?!　一体何を……!?」

呆気《あっけ》に取られるミツキを置き去りに、俺とシンクロするような動作で腕を前に突き出し、

「――タイダルウェイブ!!」

「――タイダルウェイブ!!」


二人同時に、魔法を発動する!

そこから起こったのは、現実世界の常識ではどうあっても起こりえない光景。

俺たちの手のひらが突然海につながった、とでも言わなければ説明がつかないくらいの量の水が、まさに怒濤《どとう》の勢いで飛び出していく。

タイダルウェイブの名に恥じない、大きな津波が山肌を蹂躙《じゅうりん》するように流れ落ち、火口の底へと一気に駆け下りる。

その先にあるのは禍々しき魔王の城。

火山の底まで逆落としを決めた水の奔流は、その速度を少しも減じずに、

「つくぅ!」

こちらまで衝突の振動が伝わってくるほどの勢いで、城にぶつかった。

「……無傷?」

だが、腐っても魔王の居城。

現実化の影響で破壊可能になったとしても、生半可な衝撃ではびくともしない。

しかし、それは想定の範囲内。元から俺の狙いは城そのものにはない。

「いや、よく見てくれ。変化はあるはずだ」

俺の言葉に、ミツキはその目を凝らし、驚きの声を上げた。

「血の池の水嵩《みずかさ》が、増している!?」

こちらを見るミツキの視線に、俺は無言の肯定を返す。

ミツキの服を濡らした時と同じだ。

この世界で水系の魔法を使うと、魔法の効果が終わってもその時に生まれた水は残る。

そして、ここの地形はすり鉢状になっている。

タイダルウェイブで生まれ出た大量の水は、魔法の効果が終わると自然と下に、火山の底に溜まっていき、血の池の一部となる。

これが俺なりの血の池対策。

何も、排除したり迂回したりすることだけが解決策ではない。

――血の池に大量の水を足し、その効果を薄めて渡る。

それが、俺の出した答えだった。

いくら水龍の指輪に〈水中適性〉と「水中のマイナスの地形効果を無効化する」特殊能力があったとしても、あの煮え立つ血の池が水中と認識されるかは分からないし、血の池の熱までも無効化してくれるかは分からない。

だが、その血の池に大量の水を足し、ただの〈赤くてぬるい水〉に変えてしまえばどうだろう。

おそらく水龍の指輪は効果を発揮してくれるし、そうでなかったとしても、血の池の脅威は最小限に抑えられるだろう。

これは、ちょっとした発想の転換だ。

最初、どこかに穴を開けて池の血を流すこと、つまり水抜きをすることを考え、すぐに無理だと断念した。

血の池は、魔王城のある火口の最下層、すり鉢状の地形の底にある。

状況から考えて、水抜き用の穴を作るのは難しいだろう。

だが、そこで気付いたのだ。

——水を抜くことが出来なくても、いや、出来ないからこそ、逆に水を溜めることなら出来るのではないか、と。

いくら血の池が水とは似ても似つかない恐ろしい物体だとしても、液体であるには違いない。

その血の池があそこに存在しているということは、あそこには液体が、水が溜まることの出来る環境が備わっているということだ。

そしてそれが、今回の魔王城対策のスタート地点となった。

「まだだっ！」

一度、魔法で血の池を薄めたくらいで、俺の策は完成しない。

最初の魔法が終わってからすぐ、俺は次の魔法の詠唱を完了させ、

「タイダルウェイブ！」

ふたたび、手のひらから大津波を召喚する。

やはり俺の魔法に魔王城に打撃を与えるほどの効果はないが、それでいい。

俺の思惑通り、火口の底の血の池は明らかに水量が増し、そして明らかに赤色が薄くなっている。

「くっ！　偉大なる魔術師にして至水の……ええい、以下略タイダルウェイブ！」

少し遅れ、サザーンも二回目のタイダルウェイブを発動させる。

俺がサザーンをこの戦いに連れてきた一番の理由はここで働いてもらうためだ。

せいぜい頑張ってもらわないと困る。

今俺たちが使っている魔法、〈タイダルウェイブ〉は水属性の魔法の中で最大範囲を誇る攻撃魔法だ。

威力は全然大したことはないが、平坦な場所で使うとフィールド全体を覆い尽くすほどの攻撃範囲を誇り、そこにいる全モンスターをアクティブ状態にさせるため、「敵引き寄せ魔法」として猫耳猫プレイヤーたちには蛇蝎《だかつ》のごとくに嫌われていた。

特にサザーンは火属性魔法の次になぜか水属性魔法が得意で、この魔法をたびたび暴発させて余計な敵まで引き寄せてくるので、「サザーン憎し！」という風潮を生んだ元凶の一つだと

も言える。

ただ、〈魔王の祝福〉を受けていないキャラクターでこの魔法が使えるのはサザーンくらいしかすぐには思いつかなかった。

仕方なくサザーンと俺、二人でこの魔法を使うことを決めたが、この魔法自体は王都の魔法屋で購入済みだったものの、そのままでは俺の水属性の熟練度が足りない。

だから特訓初日、〈流水の洞窟〉で手に入れた水属性の槍でたいまつシショーを突き続けることで習得した、という次第だ。

当然ながら、サザーンは特訓をする前、みんなのレベルを測った直後に、俺は特訓最終日、リンゴの魔法を調整するついでに、それぞれタイダルウェイブの魔法はこの時のために調整してある。

以前、スターダストフレアの話をした時に確認した通り、〈魔力の高さや魔法の威力は、魔法のエフェクトには影響しない〉ことは分かっている。

どんなに威力を下げても出てくる水の量は同じなので、威力を最低に、詠唱時間と消費ＭＰが出来るだけ少なくなるようにカスタムした。

それでも魔法職でない俺のＭＰはすぐに底をつきそうになるが、

「…かいふく、する？」

「頼む！」

俺たちにはサザーンが事前に買い込んだ、ＭＰポーションがある。

俺にはリンゴが、サザーンには真希がそれぞれつき、ＭＰが減りかけると同時にＭＰポーションを投げて回復してくれる。

間もなく血の池、いや、赤い水の水嵩はどんどんと増えていき、それはとうとう城の入り口、開け放たれた城門の高さにも到達し、

「すぐに止めて下さい！」

猫耳をぴょこんと跳ねさせたミツキが俺を制止しようとする。

「やり過ぎです！　このままでは、血の池を薄めるどころか、魔王城の中にまで水が……まさか!?」

何かに気付いたように表情と猫耳を凍らせるミツキに、俺は人の悪い笑いで応えた。

「その、まさかだよ」

血の池を薄めるのは、言ってみればまだ前哨戦《ぜんしょうせん》。

そこから派生した作戦こそが、今回の攻略のポイント。

「別にわざわざ相手の土俵で戦う必要はないだろ？　だからあそこを、俺たちの都合のいいフィールドに変えちゃおうかと思ってさ」

「まさか、貴方は……」

「ああ、たぶんミツキの考えてる通り――」

信じられない、とばかりに猫耳をふるふるさせるミツキに、俺は力強く答えた。

「――このまま魔王城を水に沈めて、あそこを『水中ダンジョン』に変える！」

これが、魔王城攻略作戦の第二段階。

内容は、さっき説明した通りだ。

魔王城はすり鉢状の地形の底にあり、その一番下には血の池がある。

血が溜められるなら、水が溜められない道理はない。

だから、火口の中いっぱいに水を溜めて、魔王城を水没させる。

そして、裏ワザ的なコマンドによって、魔王城の扉は、全て開いている。

ここで城を水に沈めれば、その水は容易に城の中まで流れ込み、魔王城は水中ダンジョン化するだろう。

水棲《すいせい》属性、つまり水中に適性を持たないモンスターは水の中で溺れる。

具体的には、陸上と比べて何割か動きが鈍り、ＨＰに割合ダメージを喰らう。

完全耐性を備えた魔王には効果はないだろうが、それ以外の魔王城のモンスターに水棲属性が備わっているとは思えない。

うまく行けば、魔王城に入ることなく、城にいるモンスターたちを大幅に弱体化させることが出来るのだ。

　そこまで説明すると、

「……成程。そのための、水龍の指輪だったのですね」

　ミツキが、なぜか呆れたような声で言った。

　なぜ呆れているのかはよく分からないが、口にした言葉については全面的に正解だ。

　この作戦のいいところは、やっても俺たちにデメリットがほとんどないということだ。

　俺たちが水龍の指輪を身につけている限り、水の中で戦うペナルティは発生しない。

　城のモンスターが弱体化すればよし。

　もし弱体化しなくても、五分五分の条件で戦うことになるだけ。

　どう転んでも損はしない。

「しかし、もしこれを攻撃と受け取って、中のモンスターが出てきたらどうするつもりですか？」

　この質問にも、俺は笑顔で答えた。

「その時はもちろん、ここで迎え撃つさ。そりゃあ上の雲からの雷は厄介だけど、水没した場所で戦えばやっぱり有利に戦えるだろうし、城の中より広くて罠がない分戦いやすい。……それに、ここならミツキだって全力で戦えるだろ？」

　俺の言葉に、

「貴方は、まったく、本当に……」

ミツキは何と言っていいか分からない、という風に猫耳をくしゃっと曲げた。

それからしばらく言葉を探すように猫耳をさまよわせ、やがて、穏やかな顔で口を開く。

「不思議、ですね。貴方なら、貴方と一緒なら、魔王を倒すなんてとんでもない目標も、案外何とか出来てしまうような、そんな気がしてしまいます」

俺は絶え間なく火口に魔法を撃ち込みながら、

「当たり前だろ！　俺たちは絶対に魔王を倒す！　それで、全員笑顔でここに戻ってくるんだ！」

そうミツキに笑い返したのだった。


―4―


「……こんなもんか」

数分後、魔王城は完全に赤みを帯びた水の底に沈み、その姿はぼんやりとしか見えなくなった。

中からモンスターが出てくるのではないか、というミツキの懸念はあったものの、案に相違して魔王城は静かなままだった。

何十、何百という魔法を浴びせたにもかかわらず、中からは何の動きもない。

ここまでは、順調。

そう、作戦を立てた方が驚くくらい、順調に何の問題もなく進んでいる。

だが……。

(……何だ、この違和感は)

何か、何かが腑《ふ》に落ちない。

作戦を実行した時から、いや、たぶんこの作戦を立てていた時から感じていた違和感。

何かを見落としているような感覚が、首の後ろにわだかまっているように感じた。

(いや、考えすぎだな)

俺はすぐに首を振った。

せっかくここまでうまく行っているんだ。

根拠のない不安なんかで、作戦をふいにする訳には行かない。

「よし！　あと一分後に、魔王城に突入する！　陣形や配置は、作戦通りに！」

俺がそう叫ぶと、仲間たちから気合の入った返事が返ってくる。

リポップのことなどを考えると、水中ダメージでモンスターが瀕死になったタイミングを突入時期にするべきだろう。

もし作戦がうまく行っていれば、俺たちは労せず魔王の間まで辿り着けるかもしれない。

タイダルウェイブで魔王城を水に沈めている間に、ミツキにも魔王の間までの作戦を伝えた。

不安材料は何もない……はずだ。

「…ソーマ、じかん」

リンゴの言葉に、顔を上げる。

そして、気力を奮い起こし、みんなに突入の号令をかけようとした、その瞬間、

「――ッ、か、は…！」


突如、俺の身体を強烈な衝撃が貫いた。

それは全てを覆す、圧倒的なまでの悪寒。

踏み出そうとあげた足がふらつき、俺はその場にうずくまった。

「ソーマ!!」

「どうしました?!」

リンゴの、ミツキの叫びが耳を打つ。

だが、身体が動かせない。

「な、に？　なに、これ……」

かろうじて顔をあげると、仲間たちの中で、真希だけが俺と同じように顔を青くして、身体

を抱くようにして震えている。

（この悪寒は、一体、何だ？　どうして、俺と真希だけが……）

あの感覚を無理に言葉にするなら「嫌な予感」になるとは思うが、衝撃の強さがそんなレベルではなかった。

物理的な域にまで高められた、不吉の予兆。

（今、何かが、とんでもない何かが起こっている!!）

何も分からないままで、ただそれだけを確信する。

こんな予感を伴う「何か」が尋常なことで終わるはずがない。

（このままだと、取り返しのつかないことになる！）

湧き上がる、奇妙な確信。

焦燥感が胸を焼く。

俺がさっき感じた「不吉な予感」。

それに、ここまでずっと感じ続けている「何かを見落としている感覚」以外に、何も根拠はない。

こんなことで、大事な作戦を止めてしまっていいのか。

そう迷ったのは、ほんの一瞬だった。

「とにかく、治療を……」

「き、貴様、いきなりどうして……」

「──来るな！」

次々に駆け寄ってくる仲間たちに、俺は全力で叫ぶ。

いや、叫ぼうとした。


「みんな、今すぐ、今すぐここから──」


しかし、それは少し、遅すぎた。

背後から、膨れ上がる気配。

「なっ⁉」

振り向いた俺の目に飛び込んできたのは、光の柱。

見たこともないほどにまばゆい光の柱が、水の底、魔王城のある辺りから、空に向かって伸びていた。

「何だ？　何だよ、これ……」

その光の柱は、あっさりと空へ駆け昇り、真っ黒な雲に激突する。

だが、驚くのはそこから。

「そんなっ⁉」

光の柱はその暗雲を、唯一、魔王にしか動かせないはずのその雲を、一瞬にして吹き払った。

「ありえ、ない……」

そんな言葉が、俺の耳に届く。

俺が口に出したのかと思ったら、違った。

隣を見ると、光の柱を見たサザーンが、恐怖に慄くように、我が身を抱えて震えていた。

「サザーン!?」

あわてて助け起こそうとする。

だが、サザーンの目は、俺を見ていない。

ただ、天を衝く光の柱だけを見て、身体を小刻みに震えさせていた。

「あんな魔力、ありえない。これは、これじゃ、まるで……」

その先は、言葉にならない。

俺はサザーンの身体を支えながらも、もう一度光の柱をにらみつける。

その光は今やっと少しずつ収まって、長い時間をかけて薄れて消えていく。

「終わっ、たの……？」

小さな真希の声が、その現象の終了を告げた。

しかし、光が収まっても俺たちの動揺は収まらなかった。

俺も、いや、たぶん俺が一番、動揺していた。

何が起こったのか分からない。

なぜなら、

「――あんなの、あんなイベント、俺は、知らない……」

俺はあの光の柱を、ゲームで一度も見たことがない。

たぶん俺はこの世界に来て初めて、全くの未知の現象に遭遇しているのだ。

あんな印象的な光景なら、誰かが動画の一つも上げているはず。

いや、そこまで行かなくても、必ず目撃情報は出ているはず。

それを、俺が知らないということは……。

（これは本当に、ゲームでは起こらない現象だってことか？）

そして、ゲームでは起こらなかったことが起きたと言うのなら、その原因は限られてくる。

（まさか……）

ドク、ドク、と心臓が痛いほどに跳ねる。

落ち着け、と自分に言い聞かせる。

だが、どうやっても暴れる鼓動を抑えられない。

（まさか、まさか……）

そんなことはない、と信じたい。

だが、浮かんでしまった不吉な想像が、俺を捉えて離さない。

(嘘、だよな……)

それは、ゲームにはおらず、この世界にだけいる存在で……。

魔王にしか干渉出来ないはずの空の暗雲を、吹き払ってみせた力の持ち主。

そんな存在の心当たりは、どう考えても一つしかない。

(まさか、本当に……)

これは、今の光は、邪神の――


「あっ!!」


だがそこで、俺の思索を無理矢理に断ち切るように、真希が突然大きな声を出した。

一体何に気付いたのか。愕然とした表情の真希に、俺は噛みつくような勢いで尋ねた。

「真希、何か知ってるのか?!」

迫られた真希は、いかにもあわてた風に顔の前で両手を振って、

「え、や、そんな、知ってる、とかじゃない、よ。……ただ、そーまはこの前、『本気もーど』とか、『死亡えふぇくと』とかの話、してたよね。それで、なんかちょっと、思ったんだ

けど……」

まるで何か悪いことをしたみたいにオドオドと、赤い水の奥、今もぼんやりと見える魔王城を指さすと、こう指摘した。

「――もしかして魔王さん、さっき溺れて死んじゃったんじゃないかな？」

…………。

…………。

…………。

…………。

……………えっ？

――かくして魔王は倒され、世界は救われたのだった。

エピローグ

I am the only one who knows this world is a game .

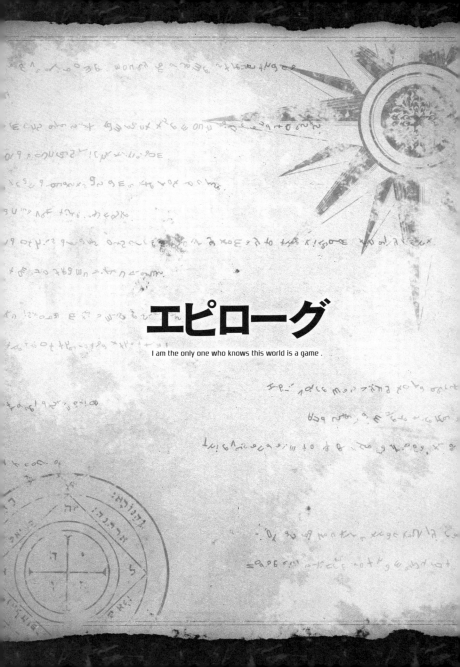

「――もしかして魔王さん、さっき溺れて死んじゃったんじゃないかな？」

あまりに突拍子もない真希の言葉に、束の間息が止まった。

一瞬脳裏に〈ポセイダルの悲劇〉という文字列が浮かび、だがすぐに俺は首を横に振った。

いや、いくら何でも魔王がそんなギャグ漫画みたいな死に方をするはずがない。

「まさか、流石にそんなことはないって。第一、もし魔王が死んじゃったなら今頃呪いだって解けて……」

そう、俺が言いかけた時だった。

突然耳の奥に直接響くように、聞き慣れた声が飛び込んでくる。

《最後にソーマさんと結婚できて、わたし――って、ど、どこですかここ!!》

「え?! トレインちゃん!?」

猫耳屋敷で固まっていたはずのトレインちゃんの声に、俺は思わず叫んでいた。

そんな俺に、トレインちゃんは切羽詰まった声で話し出して、

《そ、ソーマさんですか!? へ、変なんです!! わたし、さっきまで木の上にいたはずなのに、いきなりお屋敷みたいな部屋にいて……。それにこの、ジリリリって音……ひゃっ！ 壁！ 壁に赤い手形が！ どんどん、どんどん近付いて……。きゃ、きゃあああ!! 箱の中から女の人が!! あ、あぁぁ……。今度は外から、外からたくさんの、に、人形が!! な、何ですか!? 何なんですか、これ!! たす、助けて！ 助けてください、ソーマさ――》

そこで、トレインちゃんからの通信は途絶えた。

（……あ、しまった。屋敷の奴らにトレインちゃんをおどかさないように注意しておくの忘れてた）

どっと冷や汗が噴き出す。

今頃恐怖体験をしているトレインちゃんのこともそうだが、何より俺に向けられる仲間たちの視線が痛い。

「え、えっと……」

通信リングの声はほかの人には届かない。

トレインちゃんの声を聞いたのは俺だけのはずだが、途中で俺がトレインちゃんの名前を呼んだせいで、通信の相手が彼女だというのはもう仲間にはばれてしまっただろう。

全員が、説明を求めるように俺を見てくる。

その圧力に耐え切れず、俺は仕方なく拳を突き上げて、言った。

「……よし、作戦成功だ!!」

火山に、冷たい視線のブリザードが吹き荒れたという。

——ポセイダルの悲劇。

後になってそんな風に呼ばれることになった、事件とも言えない事件がかつて猫耳猫にはあった。

舞台は俺たちが水龍の指輪を取りに訪れた海底都市。

この海底都市について、「宝物庫を守るボスモンスターがいる」という情報が確かにあったのに、プレイヤーが実際に訪れてみると宝物庫の前は無人だったという報告が、猫耳猫関連のネット掲示板に何件も寄せられた。

それどころか、このボスについて情報を募ったところ、その時点で海底都市のボスに出会ったというプレイヤーは一人もいなかったのだ。

……明らかなバグ。

だがそれだけなら、ボスモンスターを設定し忘れた、あるいは海底都市に関する情報を間違って載せただけ、とも考えられる。

ただ、これが大きく話題になったのは、その宝物庫の前、ちょうどボス戦が行えそうな大きな広間には、初回に限り必ずマジックシードが落ちていることが原因だった。

一度しか出てこないユニークボスは、そのボスの種類に応じ、必ずアタック・マジック・ディフェンス・マインドシードのどれかを落とす。逆に言えば、これらのシード系アイテムがそれ以外の方法で手に入ることは滅多にない。

このことから、猫耳猫プレイヤーたちは海底都市にはボスモンスターがいるが、何らかの原因でプレイヤーが辿り着く前に死んでしまっている、と推論を立てた。

もちろん無駄に探究心旺盛な猫耳猫プレイヤーたちのことだ。

彼らは当然のようにこの謎に興味を示し、その理由を解明せんと動き出した。

ただ、どんなに早く海底都市を見つけ、どんなに早く宝物庫に向かっても、そこでボスモンスターに遭遇することは出来なかった。

確認出来ない以上、噂は噂でしかない。海底都市のボスモンスターの話は時と共に風化していったのだが、その後、新しいパッチが当てられたことによって真実は明らかになった。

ver1.03のパッチを当てて以降、海底都市にポセイダルというボスモンスターが出現するようになり、そのボスがマジックシードを落とすことが判明したのだ。

ある意味では猫耳猫スタッフより粘着質でしつこい猫耳猫プレイヤーたちはその原因の特定に動き、そしてパッチにあった更新情報からその一文を見つけた。

・一部のボスに水棲属性が正しく適用されていなかった不具合を修正

水棲属性とはつまり水中適性のことで、正しく適用されていなかったとか言っているが、要は「ボスに水中適性をつけるの忘れてた」という告白だと猫耳猫プレイヤーは判断した。

水中適性がないキャラクターやモンスターは水中で速度が低下し、一定時間ごとに最大ＨＰに比例した割合ダメージを受ける。

この「最大ＨＰに比例した割合ダメージ」というのがミソで、このペナルティの前には最大ＨＰが多かろうが少なかろうが関係ない。

膨大なＨＰを誇るはずのボスモンスター、ポセイダルも、水棲属性の設定忘れのためにこの継続ダメージで死んでしまっていたらしいということが判明したのだ。

そして、これが俺の違和感の原因。俺が作戦を立てる上で見逃してしまった要素であり、そして……今回の魔王の死因でもある。

魔王は完全耐性を持っているから、水に沈めてもダメージを受けるはずがない、と考えていたが、それは早合点だった。

よく誤解されるのだが、水棲属性という奴は各種の属性耐性、状態異常耐性とは全く別のものだ。

実際、水棲属性がなくて死んでしまったポセイダルは、水属性に対する耐性は完全だった。

俺もなんとなく、「完全耐性って言うくらいだから水棲属性くらい持ってるだろ」と思って思考停止してしまっていたが、全くそんなことはなかったようだ。

そもそも「魔王城を水に沈める」という戦法自体がこの世界が現実になったから出来たことで、当然ながらゲームの中では魔王が水の中に沈んでしまう事態などありえない。

普通に考えて、水中に行くはずもないモンスターに水中での適性をつけるというのもおかしな話だ。

これをバグと言って責めるのは、流石に酷というものだろう。

と、ここまで理屈をつけても魔王が溺死なんてやっぱり信じがたいのだが、残念ながらそう考えるとさっき起こった様々な異変に説明がつけられてしまう。

まず、俺が魔王城に乗り込もうとした時に感じた悪寒。あれは、魔王のＨＰが一割を切ったことによって発動した、魔王の〈本気モード〉のせいだったのではないかと想像出来る。

流石にあの大きな火山に水を溜めるには、随分な時間がかかった。

魔王城が完全に沈み込む前から魔王の間には水が入り込んでいたはずで、おそらく魔王城が沈んだ時点で、魔王のＨＰはかなり減っていたのだろう。

そして、魔王はＨＰが一割以下になると〈本気モード〉になって攻撃パターンが変わる。

ゲームでもその瞬間には強烈な嫌な予感を覚えたものだが、あれは俺の勘が何かを察知したとかではなく、ゲームシステム側によるイベント演出だったのだろう。

あの不吉な予感が魔王が〈本気モード〉になった証だとすると、その時点で既に魔王は虫の息。

いくら攻撃力や防御力が上がろうが水による割合ダメージには全く関係ないので、そのすぐ後に魔王は死んでしまったのだと想像出来る。

そうすると、悪寒からほんの少し時間を置いて光の柱が立ち上った理由も分かる。

ゲームで魔王が死んだ時、死亡エフェクトとして強烈な光を発していた。その時はあまりに近距離だったため、まぶしすぎて直視出来なかったが、たぶんあれが、俺たちが今日目撃した光の柱だ。

通常、魔王を倒した時は魔王城の中にいるから見えないが、魔王の死亡エフェクトの光は魔王城を突き抜けて天に昇り、魔王の力の象徴である雲を消し去ってしまう、という演出がされていたのだろう。

……見えないところにまでこだわっていると言えば聞こえはいいが、そういう無駄なところに凝る暇があったらバグを一個でもなくしてくれればいいのに、とも思う。

まあその辺りが猫耳猫クオリティなんて言われる所以なのだろう。

結局スタッフロールは流れなかったし、倒し方が倒し方だけになんとなく腑《ふ》に落ちない部分もあるが、なんにせよ俺たちの活躍で魔王を倒したことには間違いがない。

魔王や魔王城のアイテムの回収などやらなくてはいけないことはあったが、それは次の機会に回すことにして、俺たちは街に帰ることにした。

転移石を持ったミツキが王への報告のために一足先に戻り、俺は残りのメンバーと一緒にのんびりと来た道を戻っていく。

帰り道を辿る途中、何だか妙な感慨が込み上げてきて、

「終わってみると、何だかあっという間だったなぁ……」

誰に言うともなく、そうつぶやく。

「そうだね。魔王さんを倒すぞーって言って屋敷を出たのが、まるで昨日のことのように思えるよー」

しみじみと真希が答えると、

「……僕はツッコまないからな」

なぜか疲れた様子のサザーンがそう言って顔を背け、

「…あ、えだげ」

リンゴがくまの背中を見ながら全く関係ないことを言って、くまがあわててバタバタと逃げ出した。

さっきまで魔王と命懸けの戦いをすると息巻いていたとは思えない、いつも通りの俺たちのゆるいやり取り。

こんな風に過ごしていられることを、心の底から嬉しく思う。

(でも……)

もう少しだけ、欲を言うならば。

ここにミツキと、それからもう一人――

「…ソーマ」

物思いにふけりそうになった俺を、リンゴがそっと呼び起こした。

顔を上げると、もう視界の奥に王都の北門が見えている。

……いや、それだけじゃない。

その大きな門の前に二つ、人影がある。

一人は、俺のよく知っている、猫耳の少女。

そしてもう一人は……。

「……トレインちゃん」

ずっと、再会を待ち望んでいた相手がそこに立っていた。

しかし、それを見た途端、なぜだか俺の足は止まってしまう。

一番会いたかったはずの相手なのに、感情があふれ出しそうになって、どうすればいいか分からない。

だが、そんな俺の背中を押す者がいた。

「…いって、あげて」

リンゴの小さな手が、俺の背中を一生懸命に押していた。

振り向いても、うつむいたリンゴの表情は見えない。

「…はやく」

それでもその言葉に急かされるように、俺はふたたび足を踏み出す。

同時に視界の奥で、小柄な少女が猫耳の少女に背中を押され、おずおずとこちらに向かって歩き出すのが見えた。

だんだんと、トレインちゃんの姿が、その顔が、はっきりと見えてくる。

少しずつ、もどかしいくらいに少しずつ、二人の距離が縮まっていく。

その瞬間が待ちきれなくて、歩いていたはずの足はいつの間にか早足に、そしてすぐに駆け足へと変わっていた。

「ソーマさん！」

飛び込んでくるトレインちゃんの身体を受け止める。

胸の中で泣きじゃくるトレインちゃんを強く抱きしめて、俺はずっと言いたかった言葉を口にした。

「――おかえり、トレインちゃん」

こうして、俺と魔王の物語は幕を閉じた。

ただ一応、この話には少しだけ後日談があって……。

――魔王、溺死!!

この古今類を見ない衝撃的なニュースは、一晩にして街を、いや、世界を駆け抜けた。

次の日、王様に呼び出された俺たちを出迎えたのは、王都中の人々の割れんばかりの拍手と歓声、そしてひきつった半笑いだった。

救世主である俺たちを人々は讃え、特にかつて魔物の襲撃から街を救い、王家から勲章を授与され、王女と懇意であることでも有名な俺は、今回見事な水計で魔王を討ったとして本当の英雄となった。

そんな俺を、人々は深い感謝と畏敬を込めて、こう呼んだ。

——救国の英雄〈水没王子ソーマ〉と。


「この世界がゲームだと俺だけが知っている⑥」（了）

I am the only one who knows this world is a game .

〈外伝〉闇狩人《シュバルツイェーガー》たちの宴

CONTENTS

影渡り《シャドウストーカー》の輪舞曲《ロンド》

あまねく大地を照らすはずの陽光が、その裏側に暗い影を生み出すように。

光あるところに、必ず闇はある。それはどんな場所、どんな世界であっても例外はない。

戦場に潜む影、〈シャドウストーカー〉は、自分を、そして自分たちの組織のことを、そんな風に理解していた。

必要悪、などと都合のいい言葉に逃れるつもりはない。しかし、人が集まればこういった需要が高まることはもはや明白だ。だとすれば、それを一手に請け負うシャドウストーカーたちのような〈闇狩人《シュバルツイエーガー》〉が生まれることもまた、歴史の必然だったのだろう。

——地を這《は》い、影を渡り、生の輝きを切り取る忌まわしき狩人たち。

自分たち闇狩人が世間の人々からどのように呼ばれているか、シャドウストーカーも知らないわけではない。

だが、シャドウストーカーがそのような風評に心揺らされることはない。確かに、闇狩人たちの行いは悪かもしれない。確かに、その存在に眉をひそめる者はいるかもしれない。

それでも、彼ら、彼女らをやっかむ声にはその実、一抹の憧憬《しょうけい》が、拭い切れない羨望が混じっていることを、シャドウストーカーは本能的に悟っているのだ。

だから、シャドウストーカー、闇狩人〈影渡りの影〉は、今日も獲物を狙って影を走る。

混沌《こんとん》とした戦場の中で、影、シャドウストーカーは感情のない声で呟《つぶや》いた。

「……そろそろ、か」

影渡りの狩人が身にまとうのは、闇よりもなお昏《くら》い黒衣。顔には目元までも隠す黒い布を巻き、その姿からは徹底して生身の人間の気配が消されている。

とはいえ、魔物と騎士、そして冒険者たちが入り乱れるこの戦場にあって、シャドウストーカーの黒い服装は逆に目立っているのだが、この闇狩人がこのような格好をするのには理由がある。

シャドウストーカー自身がこの黒尽くめの服装を好んでいるというのもあるが、一番の理由は『仕事』の際に身元がバレるのを防ぐためだ。『仕事』に当たって自らの姿を余人《よじん》に見られるような失態を犯すつもりはないが、念には念を入れる必要がある。

「……ちっ。左翼が崩れるのが、想像以上に遅い」

戦闘の気配に、黒の影は舌打ちと同時に右手で錆《さ》びた長剣を抜く。迫りくるのは、魔物の軍勢。しかし影が持つ武器は、このボロボロに劣化した剣のみ。しかも、シャドウストーカーは左利き。利き手には何も武器を持っていないことになる。

これは、単純にシャドウストーカー自身の好みであり、こだわりだ。多くの仲間が『仕事』

に専用の道具を持っていくのに対して、この闇狩人は己が身一つで標的を捉える。それこそが、この影渡りの影の矜持《きょうじ》なのだ。

「うぉおおおお！　王女のためにぃいいい!!」

「王女のためにぃいいいい!!」

静かに佇《たたず》む影の周りで、荒くれ者たちの怒号が響く。

この平野は現在、魔物と人間の戦争の舞台となっている。勇者アレクスが作りし千年京、王都リヒテル。長い平和を謳歌《おうか》したこの場所にも、ついに魔物の軍勢が押し寄せてきたのだ。

王都を中心に活動するシャドウストーカーも、当然の義務としてこの防衛に参加、魔物の迎撃に向かった。……と、表向きはそんな風になっている。

しかし、事実はそうではない。黒衣の陰から覗《のぞ》くシャドウストーカーの目に、迫りくる魔物の軍勢は映っていない。闇狩人が見つめるのは、それとは全く逆の方向。

全てが混沌としたこの戦場において、それでもなお全ての者の目を引き、周りと一線を画する華を有する存在。今も騎士たちに守られ、ほかの誰もが手を出せない空の敵に対し、眩《まばゆ》い雷光を放ち続ける、〈雷撃の姫〉。

そして、まるで蜜に群がる虫のように、多くの闇狩人が挑み、敗れていった、〈鉄壁の王女〉。

「――シェルミア・エル・リヒトッ!!」

それが闇狩人、シャドウストーカーの真の目的。今回の狩りの獲物だった。

周りは魔物の叫びと人間の怒号が飛び交う戦場。誰もが目の前の敵に気を取られている。だが、そんな中だからこそ、『仕事』はやりやすい。

王都が襲撃を受けることはずっと前から分かっていた。だから、シャドウストーカーは魔物の進路を予測し、使い得る限りの伝手《つて》を使って戦力を調整し、今の状況を作り上げた。

今、王女にはファイアドレイクが、ノックバック効果のある火炎弾を吐き出す魔物の一団が群がっている。あとは左翼の軍勢が崩れ、押し寄せてきた魔物の集団に護衛の騎士が王女を守れなくなれば、シャドウストーカーの狩りに最適の状況が完成する。

……いや。本当に、狩りの成功だけを考えるのなら、こんな面倒なことをする必要はない。シャドウストーカーの戦闘力は、騎士のそれを凌駕《りょうが》する。護衛の騎士をおびき出し、一人二人と減らしていって、最後に無防備となった王女を組み伏せ、目的を遂げればいいだけだ。

しかし、それは出来ない。そんなものはもはや、狩りとは認められない。

世間からは無軌道で恥知らず、良識も自制心も持たない無法集団と思われている闇狩人たちだが、そこには外側からは決して窺《うかが》い知れない、鉄の掟《おきて》がある。そして、彼ら全員が本能的に共有する誇りと信念がある。

彼らは無法者である以前に、人の、いや、生命の神秘を追求する求道者たちだ。であればこそ、そこにはどうあっても避けて通れない、絶対的なルールが生まれるのだ。

「――いいか、シャドウストーカー。偶然にこそ、神は宿るのだ」

シャドウストーカーの敬愛する闇狩人たちの長は、こう語った。

「真に覇道を征《ゆ》く者は、その豪運で望む運命を引き寄せ、ただその場にいるだけで事を為す。これは我ら闇狩人の理想にして、一つの完成形だ。だが、それはいわば天の道。我ら凡人には到底手が届かない」

最も光り輝く、天上の道。その道を歩まんとする者を、シャドウストーカーはいまだ一人しか知らない。

「しかし、欲望に溺れるあまり狩人の矜持も忘れ、人としての理性を手放し、暴力で以て事を為さんとすれば、その者は外道に落ちる。彼らはもはや闇狩人とは呼べない。涎《よだれ》を垂らして獲物を襲う、魔物にも劣る畜生だ。だから我らは、その間を歩もう」

そして闇狩人の長は力強く、その言葉を、その心をシャドウストーカーに伝えたのだ。

「作為を以て、偶然を為す。矛盾しているが、そういうことだ。偶然を引き寄せるほどに特別ではなく、理性を手放せるほど無軌道にも成れない我らには、その中庸の道を歩むほか手段はない。たとえその道がどんなに険しく、厳しくとも。たとえその道の途上で、地を這い、影を舐《な》め、泥をすすることになったとしても。我らは決して、歩みを止めないだろう。誰のためでもない、ただ自分のために。いつの日にか出逢う、至高の一瞬のために！」

……いつの日にか出逢う、至高の一瞬のために。

口の中で小さく呟いたシャドウストーカーは、事態が動いたことに気付いた。

「……来た！」

シャドウストーカーの調整通り、戦力に劣る左翼の戦線が崩壊し、王女とシャドウストーカーの下に魔物の軍勢が押し寄せてきたのだ。結果、闇狩人の目論見通りに王女の護衛は地上の敵にかかりきりになり、王女はファイアドレイクたちと援護なしで戦うことになった。しかし、同時に闇狩人にとって、計算違いの出来事も起こっていた。

「敵の、数が……！」

想定よりも魔物の数が多い。左翼を破った魔物たちはすぐには進まず、近くの戦線を援護して仲間を増やし、十分な数を確保してから攻めてきたのだ。

「このまま、だと……」

騎士たちはうまく王女に向かおうとする敵を受け止めており、彼らと魔物が壁になって王女の姿が見えない。これではとても目的を果たすことなど出来ない。

そして、歯噛《が》みするシャドウストーカーの下にも魔物は容赦なく襲ってくる。反射的に武器を構えようとして、シャドウストーカーは舌打ちした。

「くっ！　武器が……」

突き出した左手には、何の武器も握られていない。右手にあるのも、殺傷能力などほとんどない、錆びた長剣だけ。

無関係の人間は傷つけないという、狩人の誓い。それを遵守しようとした結果がこれだった。

己の矜持を貫いたことを後悔するつもりは毛頭ない。しかしもはや、装備を切り替えているような暇はない。そして、右手に握ったボロボロの長剣だけでは、魔物たちを切り伏せて道を開くことなど到底出来はしない。

押し寄せるのは、絶望。シェルミア王女を前に無残に敗れ去った同胞たちの屍《しかばね》を幻視する。そして、その屍の山に新たに、自らの骸《むくろ》が重なる姿も。

(……ここまで、か)

観念したシャドウストーカーは、両手をだらんと下ろし、目を閉じる。

視界は、深い闇に覆われる。そこがお前の居場所だと、お前たち闇狩人には光差さぬ奈落こそがふさわしいのだと、そう言わんばかりに。

……しかし。

「——たとえその道がどんなに険しく、厳しくとも」

全てを諦め、全てを投げ出したシャドウストーカーの耳に、ある声がよみがえる。

「たとえその道の途上で、地を這い、影を舐め、泥をすすることになったとしても」

それは、全ての闇狩人が、そして、誰よりもシャドウストーカーが敬愛し、尊敬するあの厳しくも優しい声で。

「我らは決して、歩みを止めないだろう」

それは忘れてはいけないはずの言葉で。忘れてはいなかったはずの誓いで。

しかし本当は、その言葉の、誓いの意味を、自分は百分の一も理解していなかったと、気付いた。

「たい、ちょう……」

もし、この場にいるのが、あの隊長なら、ここで諦めただろうか。もしこの場に立っているのが、あいつなら、シャドウストーカーがライバルと認めた、あいつなら……。

「……まだ、だ」

そうだ。自分はまだ、何もしていない。

無様に地面を這いずって、泥にまみれて、影に口づけをして。諦めるのなんて、それからでいいはずだ。

迷いは、晴れた。シャドウストーカーは閉じていた目を見開き、俯《うつむ》かせていた顔を上げる。

視界に飛び込んでくるのは、二方向から同時に迫りくる、魔物たち。

「舐める、なぁぁ！」

先ほどまでの冷静な態度をかなぐり捨て、獣のように叫び、そして、右手の剣を構えると
……。

「——あぁあああああ！」

跳躍。迫る敵の懐まで、逆に一足跳びで近付く。我に返った魔物たちが武器を振る前に、右手の剣を一瞬だけ揺らめかせ、瞬時に別の方向へと跳躍する。

「まず、二四」

背後に置いてきた魔物たちを振り返ることもせず、静かに呟く。追撃なんて考えもしない。なぜなら、

「影さえ、踏ませない」

抜かれた魔物たちが振り返る時にはもう、シャドウストーカーの姿はそこにはない。新たな魔物の脇を抜け、さらに奥へと、戦場の混沌へと、足を踏み入れている。

驚異的な速度、驚異的な運動能力。だがそれでもなお、王女の影も見えない。いまだシャドウストーカーと王女の間には、優に五十を超える魔物が立ちふさがっている。絶望的な数字。

「たったの、五十四」

しかし、闇狩人は動じない。冷静に、冷徹に。魔物と騎士の間隙《かんげき》を縫うように、人としてありえない挙動で進んでいく。

これが、シャドウストーカーの名前の由来ともなった秘技。この熟練の闇狩人であっても不本意ながら認めざるを得ない、一人の天性の狩人。その動きを研究し、死にもの狂いで習得した、影渡りの歩法。

時に魔物の一撃を受け、時には騎士の剣をその身に受けながらも、シャドウストーカーは止

まらない。死角から死角へ。間隙から間隙へ。影から影へ。我が身を省みず、一瞬たりとも足を止めずに、前へ。ひたすら前へ進んでいく。

「——これでぇっ！」

そして、とうとう最後の壁を抜ける。あれほどの数の魔物も騎士も、闇狩人の速度が全て置き去りにした。シャドウストーカーと王女を遮るものは、もはや何もない。

だが、その代償もまた大きかった。闇狩人の吐き出す息は荒く、その姿はふらついている。影渡りの連続使用によるスタミナ切れだけではない。シャドウストーカーの黒衣は隠密性を追求した装備で、防御力は雀の涙程度しかない。ほんの短い間とはいえ、双方の攻撃が飛び交う戦場を無理矢理に駆け抜けたせいで、闇狩人は自身の体力のギリギリまでダメージを受けていた。

さしものシャドウストーカーの顔にも迷いが浮かんだ時、事態はさらなる展開を見せる。王女と相対していたファイアドレイクの一匹が、大きくのけぞったのが見えたのだ。それは、大きな威力とノックバックを伴う、大炎弾を撃つ前の動作。

一方の王女は、雷撃を撃った直後。迎撃も回避も間に合わない。

「——まだっ！」

その瞬間、誰よりも早く漆黒の影が動く。闇狩人の本能が、シャドウストーカーの強い想いが、その最後の跳躍を可能にしたのだ。

それはまるで、地を這い、影を渡るように。シャドウストーカーは王女に向かってヘッドスライディングを決める。

「っく!!」

直後、視界を埋め尽くす大炎弾。王女も闇狩人も区別なく襲うその一撃は、二人の身体を軽々と吹き飛ばす。

「……ぁ」

そうして、王女のドレスの裾が翻るのを目にした、次の瞬間……。

——シャドウストーカーは、死んだ。


「——ッ!!」

途端に視界を埋め尽くす、黒い画面とゲームオーバーの文字。すぐさまロードを行い、モノリスの近くに復活したシャドウストーカーは……。

「やたっ！　やっ、たぁ!!　最後見えた！　絶対見えたっ!!」

その場をゴロゴロと転げまわり、大声で快哉《かいさい》を上げた。

「あー、でも、すぐ死んじゃったし、角度的にもちょっと微妙だったしなぁ。やっぱり視覚データ検証しないと確証が……」

と、思えばすぐに頭を抱えてうんうんと唸《うな》り出し、だがそれすらも長くは続かない。

「まぁ、いいか。とりあえずメールメール！」

数秒で気を取り直してメニュー画面を呼び出すと、仲間たちにメッセージを送る。

けれど、それは当然のこと。

成功失敗にかかわらず、成果物はみんなで共有。出し惜しみはなし。

——それもまた、彼ら闇狩人こと、動画投稿集団〈スカート覗き隊〉の鉄の掟なのだから。

「うっへへへー。これで今月こそ、Most Valuable Pantira《MVP》取れるかなー」

今日もまた、かけがえない生の輝きを映像に切り取ったシャドウストーカー。その口元は、同じ輝きを求める同志との交流を思って緩んでいた。

こうして一つの狩りが終わり、その目一つで数々の獲物《パンチラ》を狙う闇狩人にも、束の間の休息の時が訪れる。しかし、シャドウストーカーの戦いは終わらない。

——この世に、神秘《スカート》がある限り!!

Moment：通じ合っているようで羨ましい限りだ

Rainbow：いやらしいですね

Autumn：そんなことより！

Autumn：SSは何か見せられるものないの？

SS：えっと

SS：ない訳じゃないかな

Moment：思わせぶりだな

Rainbow：さては相当なブツと見ました

SS：そういうつもりは

Autumn：MomentとRainbowには先に見せたけど

Autumn：私も今回はすごいネタあるから

Autumn：負けないわよ

Moment：対決だな

Rainbow：スーパースターのお手並み拝見ですね

チャット

Autumn：かなり際どいと思っていたけれど

<< SSが入室しました >>

Moment：やっとスーパースターも来たようだな

Autumn：来たわねスーパースター

Rainbow：遅れてやってくるなんてスーパースター気取りですか

SS：スーパースター言うな！

Rainbow：そんな名前つけておいてよく言います

Autumn：照れなくていいのに

Autumn：実際ＭＶＰ率ナンバーワンなんだし

SS：だから

SS：照れてるとかじゃなくて

Moment：弁解せずとも解っている

Moment：Super StarではなくShadow Stalkerだと言いたいのだろう？

Moment：最初SSなんて名前で来た時はどうしようと思ったが

Moment：先見の明があるというか相性ばっちりというか

Autumn：そんなこｔより！

通称「鉄のカーテン」とも呼ばれる、絶対的な防御力を誇るシェルミア王女のドレス。その奥の秘境を垣間見るという偉業を成し遂げたはずの〈影〉、闇狩人シャドウストーカーの表情にはしかし、喜びの色は見られなかった。

「絶対、Most《M》 Valuable《V》 Pantira《P》はもらったと思ったのに……!」

今朝の〈スカート覗き隊〉の定例チャット。そこでシャドウストーカーは撮ったばかりのシェルミア王女の映像を見せたのだ。

一瞬ではあるものの、「被写体」をきちんと捉えていることを仲間ときちんと確認して、絶対に行ける、と思っていた。だがそれでもなお、負けてしまった。

「しかも、よりによって、またあいつに……」

シャドウストーカーは、その時のことを思い出して、ギリッと唇を噛みしめる。いや、正確には闇狩人シャドウストーカーだったその〈影〉は、と言うべきだろうか。

なぜなら……。

「……っと、危ない」

つい先程まで秘奥を探る闇狩人として電子の海を駆けていた〈影〉ではあるが、〈影〉が闇狩人シャドウストーカーであるのは、ＶＲゲーム〈New Communicate Online〉の中だけのこと。

今の〈影〉は闇夜を生きる純白の求道者でも、影を渡る貪欲なるハンターでもない。

ごくありふれた、どこにでもいる存在、「ただの大学生」なのだ。

――もし今の独り言を、知り合いに聞かれていたりしたら……。

想像するだけで〈影〉の総身に震えが走る。

今でさえ暗黒の大学生活と言われそうな交友関係が、さらなる闇に呑《の》まれてしまう。人知れず影を渡るのは仮想現実だけで十分だ。

とはいえ、別に〈影〉は現実に対して悲観的な思いを抱いている訳ではない。独りでいるのもそんなに嫌いではないし、大学には〈影〉が敬愛する「部長」がいるし、今日の最初の授業には「あいつ」だって来ているはずだ。

――つまり、自分は決してぼっちなどではないのだ。

そんな強がりじみたことを心の中で唱えながら、〈影〉は大学の構内へと足を踏み入れていった。


「……よかった」

ふたたび〈影〉の口から声が漏れたのは、その教室のいつもの席が空いていたから。

教卓から数えて前から四列目の、一番右の席。そこがこの授業での〈影〉の定位置だ。大学生の常としてこんなに前の方に座る学生はほとんどおらず、その席に別の人間が座っていることの方が少ないのだが、この瞬間、〈影〉はいつも緊張してしまうのだ。

「…………」

誰にともなく目礼をしながら滑り込むように〈影〉の指定席にもぐりこみ、出席確認のカードを通すと、ホッと息をつく。

まだざわついた休み時間の空気が残る教室で、手早く授業の準備を済ませ、ぼんやりと前に座った男子学生の背中を眺める。

そうして、大きく静かに深呼吸。

よし、今日こそは、と〈影〉が拳を握りしめた、その瞬間、

「はよーっす！　元気してっかぁ？」


朝から調子の外れた騒がしい声に、〈影〉は眉をひそめた。

——やっぱり、今日も来たのか。

苦々しい思いと共に、視線をちらりと左前方へと滑らす。

そこには、「やっ」とばかりに手を開いて笑う、茶髪の男子学生の姿があった。

なぜか片耳だけのピアスをして、どこか着崩したようなファッションで人懐っこくしゃべりかけるこの男こそが、〈影〉の現実世界における天敵だ。

「……元気じゃない。今朝は六時まで徹夜でゲームしてた」

「や、それってぶっちゃけいつもじゃん」

不機嫌そうな声に怯《ひる》みもせず、むしろ笑って流す茶髪に、〈影〉は殺意すら覚えた。

——気安く話しかけるんじゃない。徹夜でゲームした時の虚脱感もうしろめたさも知らないくせに。

と、〈影〉は言ってやりたかったのだが、当然その言葉は腹の奥に押し込める。

「お前こそ、今日も元気そうだな」

「おっ、分かる？　やっぱ分かっちゃうかぁ？」

これみよがしに髪をかきあげる茶髪の男。

「うっざ……」

〈影〉の口から思わず本音がこぼれた。

「ん？　今もしかして『うざっ』て……」

「い、言ってないぞ！　う、後ろの方で誰かが言ったの勘違いしたんじゃないか？」

「そう？　……まっ、いいけどさ」

おとなしく引き下がった茶髪に、〈影〉はほっと息をついた。

——今のは危なかった。いくら鈍感な相手だからといって、下手な発言は慎むようにしないと。

この男はどうせそういう奴なのだ。まともにリアクションを取ってもこちらが疲れるだけだ。

「へっへっへぇ。実はちょーぉ、いいことがあってさぁ」

「へー」

茶髪が何を言っても、もう〈影〉は気にしない。

机にひじを突きながら、さりげなく左耳を手のひらで押さえて左前から聞こえる騒音をシャットアウトする。

「ほんとはオレの胸だけにしまっておきたいんだけど、どうしよっかなー、オマエにだけは話しちゃおっかなぁ」

「あーうん。はいはい。そりゃーおどろきだな」

それでも明瞭に聞こえる彼の声を聞きながら、〈影〉はふと数ヶ月前のことを思い出していた。

（そういえば、「あの時」もこんな感じだったっけ）

それは、完全にぼっちだった〈影〉に小さくて大きな変化が訪れた日のこと。

——のちに敬愛してやまない人生の先輩になる人と、どうしても気になってしまうライバルになる人、そんな正反対の二人と、初めて話をした日のことだ。

連鎖する記憶に、当時の自分が今の自分を見たらきっと驚くだろう、と想像してしまって、自然と笑みがこぼれた。

今と違い、あの時は闇狩人の仕事にも「彼女」にも強い反発心を持っていたし、自分が闇狩人になるなんて想像すらしていなかった。あまり変わりがないのは「あいつ」との関係くらいだろうか。

「へへっ、そりゃもうびっくりすること請け合いの……って、おい！　何で遠い目してんだよ！　オマエ絶対にオレの話聞いてないだろ！」

「んー。聞いてる聞いてる、聞いてるって」

適当な相槌に不審そうな表情を浮かべる茶髪の顔から、〈影〉は目を逸らす。

そして、閉じたはずの耳朶《じだ》を打つ耳障りな声から逃げ出すように〈影〉は目を閉じて、

「――なぁ、聞いてるのかよおい！　なぁ、操麻《そうま》！　操麻ってば!!」

思い出の世界、二人の出会いの記憶に、その意識を飛ばしたのだった。

邂逅《かいこう》する闇狩人たち

―1―

「うへへ、へへっ、へへ、へへへっ！」

俺はにやにや笑いを浮かべながら大学に向かっていた。

不気味な笑い声をもらしている俺に周りの人間は奇異の視線を向けてくるが、そんなことで俺の沸き立つ興奮は冷めやらない。

――運命的な出会いを果たした神動画で紹介されていた超絶テクニック〈神速キャンセル移動〉。

長い間練習していたその高速移動法を、遂に昨夜、数回ではあるが再現することが出来たのだった。

「くっそぉ！　これを最初から知ってたらなぁ！」

神速キャンセル移動は当初、猫耳猫のプレイヤーの間でもバグだと思われていた。有名〈猫耳猫〉動画投稿者が〈神速キャンセル移動〉という名前で再紹介するまでは「カクカクムーブ()」とか、「バグったマイ○ル」なんて呼ばれていたのがその証拠だろう。

理屈は言ってみれば単純。ステップとステップの間にスラッシュのショートキャンセルをはさみ込むことで疑似的な連続ステップを可能にする、というもの。

単純ではあるが、しかしその効果はすさまじい。神速キャンセル移動を使った時の移動速度は圧巻の一言。特にステップの方もショートキャンセルでつなげていくことによってさらに小刻みな移動が可能となり、ショートステップとショートスラッシュを組み合わせた時の敵の間を縫う動きはそう、さながら影から影へと渡る忍者のようだった。……まあ、忍者というには動きがちょっと変、いや、ほんの少しカクカクとしていたが、あれくらいは許容範囲内だろう、うん。

「あーあ。早く今日の授業終わらないかなぁ」

一つも授業を受けていないのに、思わずそうぼやいていた。

もちろん、練習でちょっと成功した程度で実用に耐えられるはずもない。成功率はもっとあげないといけないし、咄嗟《とっさ》の場面で使えるように、反射的に使えるほどに反復しておかなければならないだろう。

しかし、このまま練習して神速キャンセル移動を完全に使いこなせるようになれば、戦術にもイベント対応力にも幅が出る。王都に来てから急激に上がった敵の強さとイベントの性格の悪さにしばらく攻略は足踏みしていたが、神速キャンセル移動を戦術に組み込めば俺はもっともっと先に行けるだろう。

何より……。

「あのタイミングが身体に残ってるうちに、しっかりと定着させなきゃ……」

昨夜は完徹で神速キャンセル移動のタイミングを身体に覚えさせていたが、これくらいではまだ足りない。シビアなタイミングが要求されるからこそ、少しのズレ、ほんのちょっとのブランクが命取りになる。

徹夜明けのはずなのにギンギンに冴《さ》えわたった目で俺は小声で叫んだ。

「ああー！　猫耳猫がやりてぇー！」

俺の叫びに周りの人波が少し離れた気がするが、そんなことは無敵状態の俺には全く関係のないことだった。


「はぁ。つか、れた……」

朝は徹夜明け特有のハイテンションで何でも出来るような気分でいたが、当然そんな勢いが長続きするはずがない。

大学の最初の授業開始十分程度で電池が切れ、俺は今にも死にそうなほどのグロッキー状態になっていた。

なのに、たまに授業で会う茶髪の……ええっと、名前なんだっけ。とにかく同級生が授業中もやたらと話しかけてきて眠れなかったのだ。

「ほんと、飯の時間だけが癒やしだよ……」

それでも、何とか昼までは乗り切った。苦行の時間はひとまず終わり。俺はいつものように肉のほとんど入っていないカレーを受け取ると、学食の端、壁際に座る。

眠い目をこすりながらスプーンでカレーをすくった時だった。学食の喧騒《けんそう》に押されるように自然と壁の方を向いた俺の目に、見慣れないものが映った。

「ん？　あー、掲示板か」

そこにあったのは大学の掲示板。今どきめずらしい電子ではない昔ながらのレトロなもので、色鮮やかに印刷された、あるいは明らかに手書きにも見えるポスターが一面に貼られていた。

「へぇぇ。こんなもんあったんだな」

そこにはサークルの勧誘や、イベントの予告などのポスターが貼ってあったが、はっきり言ってその中身はしょぼかったりうさんくさかったりするものも多い。

本気で告知をするなら学内ネットにそれ専用の掲示板があるので、そこに掲載すればいいのだ。俺の大学にも電子化の波は確実に押し寄せてきていて、今では現実の掲示板よりもよっぽど利用率が高い。

そこをあえて非効率なこんな紙のポスターを使っているのは、おそらく学内ネットの掲示板を利用するには、大学側の審査を通す必要があるからだろう。審査をパス出来ないような後ろめたい何かがあるか、あるいは切羽詰まっているせいで審査の期間を待っていられないか。その辺りの事情がありそうだ。

「絶対もうかるネズミ講講座（同伴者を一名以上お連れ下さい。同伴者の数でセミナー料を割引致します）」だの「クリスマス中止活動参加の呼びかけ　今日から君もリア充絶対殺すマンだ！」だのといったうさんくさいポスターや、一ヶ月前のピアノコンサートの宣伝だのを見るとはなしに見ていた俺の目が、その横、そこそこ気合の入ったイラストの描かれたポスターで止まった。

「へぇ、これって炊き出しのボランティ……ぶっ！　ごっ！　げはっ！　げはっ！」

そこに書かれた文言を見た瞬間、俺は口に入れていたカレーと一緒にご飯をのどにつまらせて吐き出した。

俺の二つ隣、という生々しい距離を置いて席を陣取った女の人が「やーね、汚い」みたいな目で見てくるが、それどころではなかった。

「ごほっ！　ごほっ！　こ、これは……」

ボランティアの募集だと思って完全に油断していた。

俺は口元を拭うと、もう一度そのポスターに視線を戻す。

――飢えた子どもたちに豊かな食餌《しょくじ》を！

何かの見間違いか偶然似た言葉になっただけかと思ったが、よく見ると下の方に神父の絵が描かれていたり、最後の「しょくじ」の漢字が「食事」ではなく、「食餌」になっているところなどから考えても、間違いない。

「これ、やっぱり猫耳猫の〈善意の施し〉クエの台詞《せりふ》じゃないか！」

思わず、ギリッ、と歯を食いしばる。

――〈善意の施し〉クエスト。

それは猫耳猫に無数にあるいやらしいイベントの中でも上位に位置するトラウマイベントである。

猫耳猫は戦闘の難易度、報酬のしょぼさ、謎解きのひねくれ度合、ストーリーの後味の悪さ、など様々な方面からプレイヤーを苦しめようと色々な手段を使ってくるが、この〈善意の施し〉クエストはまた一味違った切り口からプレイヤーを苦しめてくる。

それは……「生理的嫌悪感」だ！

このクエストは、ほんの数日前にやったばかりだから克明に覚えている。このクエストはリヒテルの酒場にある掲示板で「飢えた子どもたちに豊かな食餌を！」と書かれた依頼を見つけるところから始まる。

そこでプレイヤーが依頼を受け、リヒテル郊外にある古びた教会に向かうと、そこから神父の格好をした優しそうな老人が出てきて、「では、すぐに子どもたちに会わせますので中へどうぞ」と言われ、教会で食事を振る舞われることになる。

ここで素直なプレイヤーなら「食事をあげに来たはずなのに逆に食べさせてもらっていいのか？」と思うだろう。そして、鋭いプレイヤーなら「さてはこれは毒で、あの有名童話みたいに訪問者を食事にするタイプの罠《わな》か！」と看破することも出来るだろう。

その読みはある程度までは当たりだ。ただ、それだけでは猫耳猫スタッフの悪意を読み切ったとは到底言えない。

食事に何かが仕掛けられている、というのは正しいんだけど、正確には「毒」ではない。うん、その……よく見ると神父が渡してきたご飯、もぞもぞと動いてるんだよね！

ついでに言うと神父は虫型の魔物が変身をした姿で、「飢えた子どもたち」っていうのが虫の魔物の幼虫だって言ったらもう答えは一つしかない訳で。

い、いや、もちろん猫耳猫、というか市販のＶＲマシンは味覚や食感についてはフォローしてないから、その、口の中で虫がうぞうぞ動く感触とかプチッと潰れる感触とか、そういう直接的な感覚がプレイヤーに伝わることはない。

ただ、所詮はゲームの世界とはいえ、自分の分身が虫の幼虫を食べて、その幼虫がお腹の中を動き回ってるなんて想像すると、やっぱり気分がいいものじゃない。

しかも、ニセ神父の思惑に気付かずその料理を食べてしまうと「自分のお腹から虫が飛び出してくる」というレートギリギリの素敵イベントも発生するオマケつきだ。レーティング的にお腹が破れる時の直接的な描写はないが、それでも急に自分の腹から虫が出てきたら精神的ダメージが半端ないし、ゲーム的ダメージも半端ない上にその虫はやたらと強いので実質のゲームオーバーイベントと言える。

解決策は当然ながらあるにはある。事前に教会の近くにいる別のイベントキャラに話を聞きに行くと、「毒消しみたいなもの」だと言って〈謎の薬〉というアイテムをもらえるのだ。それは薬のグラフィックとストーリーの流れからアイテムショップの掘り出し物に時々並ぶ〈虫下し〉という「体内の虫を退治するアイテム」だとのちに特定されたのだが、もちろんそんなことは掲示板などで情報を集めていないと分からない。

結果、ある程度猫耳猫に慣れたプレイヤーほど、「残念だったな猫耳猫スタッフ！　俺は先に情報収集して解毒剤を手に入れてきたんだよ！」と息巻いて虫ご飯を無警戒に食べてしまい、後でその正体を明かされて青ざめる、という悲劇が頻発した。特に、掲示板の攻略スレに書き込まれた「なぁ。さっきからなんか、お腹の中で何かが動いてる感じがするんだけど」という台詞はいまだに語り種になるほどだ。

ゲーム攻略の難しさやストーリーのえぐさとはまた違う猫耳猫スタッフからのいやらしい精神攻撃。その時のトラウマは俺にも例外なく根付いている。

もう一度口元をぬぐった俺は、自分の前に置かれた皿を、大盛りの「ご飯」がよそられたカレーライスを見下ろす。

次の瞬間、

「うぷっ！」

その真っ白いご飯と、うぞうぞと皿の中を這いまわるあの虫ご飯の映像がオーバーラップする。

……とてもじゃないが、食べられそうにない。

「こんな、最悪の悪戯《いたずら》を仕掛けるとは……！」

悪ふざけでボランティアの募集に猫耳猫の台詞を入れただけかとも思ったのだが、よく見るとこれ、一見炊き出し系のボランティアをやる、と見せかけて具体的な日時も場所も活動団体も何も書いていない。純度百パーセントのいやがらせだ。

「くっそ！　こんなもの……！」

マナー違反だとは分かっているが、良識ある猫耳猫プレイヤーとして、こんなものを残してはいけない。

俺はポスターを掲示板から引き剝がすと、素早く鞄《かばん》の中に突っ込んだのだった。


— 2 —

それから数日は何事もなく過ぎ、俺もポスターのことを忘れていた頃だった。

「うっひゃー！　助かったぜぇ操麻！　やっぱり持つべきものは心優し……」

「いいから、財布くらいちゃんと管理しろよ」

「おいー！　最後まで言わせろよー！」

たまに授業が同じになる茶髪の……ええと、とにかく同級生が席に置いていった財布を届けに、部室棟——大学内のサークルが活動場所にしている建物——までやってくる羽目になった。

携帯に連絡したら、「手が離せない」なんて言うから何があったのかと思ったら、「四人で麻雀を打っているから動けない」ということらしい。

まったく、ふざけた話である。

「悪いけど、俺は忙しいんだよ」

「またゲームかよぉ！　お前もいい加減健全な遊び覚えろって！　麻雀、楽しいぜ！」

「映像研究部の部室で卓囲むののどこが健全なんだよ。じゃあな！」

引き留める茶髪の言葉を振り切って、俺はその場を離れる。

茶髪が所属しているという映像研究部とは、強い志を持って映画研究会から分離、独立した夢に燃える映画馬鹿たち……が引退した後のこれっぽっちも映画に興味がない奴らが集まった言わば映像研究部の残骸。まあ要するに名前と部室だけもらって好き勝手やっている文科系お遊びサークルらしい。

主な活動は麻雀とたまにボードゲームにカードゲーム。前に「映像関係ないじゃないか」と言うと、「そんなことないぞ。たまにエロビデオの上映会もやるから」と満面の笑みで答えてくれた。

茶髪はそれ以外にもテニスサークルと旅行サークルも掛け持ちしているらしく、方向性はともかくよくやるなぁと感心しきりではあるが、俺にはそんなことに使っている時間は一秒たりともない。

昨日、というか今朝だが、今まで数日がかりで戦っていた〈ヤマネコ三姉妹〉というNPCとの対決に遂に勝利して、いよいよクエストのエンディング、というところで学校に行かなくてはいけない時間になったため、地面に倒れた三姉妹を放置してセーブポイントに引き返し、泣く泣く家を出てきたのだ。

ヤマネコ三姉妹は今までにない強敵だった。三桁以上の回数、戦闘を挑み、そして敗北した。滅多に使わない録画機能も使って、インしていない時は動画としてそれを見て、相手の隙を見出し、次のアタックではどうやって動くか頭の中でシミュレートした。

……まあ、その途中でネットの掲示板で、「三姉妹はイベントの最初に次女が『あ、アンタもこれ食べるニャ？』と言って差し出してくるマタタビジャーキーをその場で食べずにネコババし、三姉妹との戦闘で使うと相手の速度が十分の一になる」という衝撃情報を入手したが、それは別にいい。

ついでに言うとマタタビジャーキーの入手手段はイベント冒頭のみ。もしジャーキーを食べた後にセーブしちゃったらほぼ詰み、という行き届いた不親切仕様は流石《さすが》の猫耳猫クオリティだし、それを知った時は「俺も食べた後セーブしちゃったんだけどどおしよぉおお！」と叫んでしまったのだが、それもまあ別にいい。ものすごい時間をかけたとはいえ、自力クリア出来たのだから、別にいい。

ついでについでに、戦闘が終わった時、「くっ！　マタタビジャーキーを使うなんて卑怯《ひきょう》なのニャ！」とマタタビジャーキーを使ってないのに言われたということは、猫耳猫スタッフは絶対マタタビジャーキーを使わずにクリアすることを想定してなかったと思うが、それも別にいい。イラッとしたが、ホントもう俺は全然これっぽっちも気にしてないから別にいいのだ。

とにかくあれだけ苦労したのだから、一刻も早くクエストの続きが見たい。それに、連日の三姉妹への挑戦で先延ばしになっていたが、もうすぐティエルの友好度が最高まで上がりそうなのだ。こうしてはいられない。

俺が部室棟のうちっぱなしの汚い壁を見るともなしに眺めながら、家に帰った後のダンジョン攻略のことを考えていた時だった。

「――まさか、そちらから部室棟に飛び込んでくるとは。飛んで火に入る夏の虫、とはこのことだな！」

突然俺の行く手を遮るように、髪の長い女性が現れたのは。

背が高くほっそりとして、キリッとした顔立ちはなかなかの美人だと言えるだろう。

ただし、

「えーっと、人違いですよ？」

だとしたらなおのこと、ぼっちの俺と接点があるとは思えない。

俺はそう言って横を通り抜けようとしたが、

「いや、人違いではないぞ、相良操麻《さがらそうま》よ！」

仰々しい言葉遣いと共に、ガッシと腕をつかまれた。割と強い力で、振りほどけない。

「え、いや、だけど……」

彼女と俺は確実に初対面だ。

こんな目立つ容姿をしている人間と前に遭遇していたら、必ず覚えていたはずだ。

「七日と数時間ほど前、君は食堂でとあるポスターを剝がしたな」

「み、見てたのか!?」

突然の指摘に、俺は思わず口をすべらせた。

思い当たる節は一つしかない。

〈善意の施し〉クエストを模した悪戯ポスター。俺はあれを衝動的に剝がして闇に葬ってしまった。

その時のことを、目撃されていたとしたら……。

「もちろん、見ていたよ。というより、それからしばらく、君のことは見張らせてもらった」

「なっ⁉」

驚く俺に、彼女は自信満々に告げる。

「君がどの授業を受けているか、大学でどのように過ごしているか、どの駅や路線を利用しているかも、全て観察させてもらった」

……うん。いや、自慢げに言っているが、これって。

「あの、ストーカー趣味の方ですか？　とりあえず警察に相談させて頂いてもいいですか？」

「とっ、突然何を言うんだ君は！　私はストーカーじゃないぞ！　トイレまでは尾行してないからな！」

急に慌て始める女性。というかトイレまで来なくても十分ストーカーだと思うんだが。

「……そんな下手なことを言っていいのか？　私は君のことを監視していたと言った。君の知人や友人にあることないこと言いふらすことも出来るんだぞ」

低い声で言った彼女の脅しに、俺は嘲笑で答えた。

「何をアホなことを言ってるんだ？　本当に俺のことを見張ってたんなら、分かるはずだろ？……俺には悪評が広まるような友達がいない！」

「ははは！　奇遇だな！　私もそんな噂を流せるような人脈はない！」

お互いに相手を威嚇するように言葉を交わし合い、バチバチと視線をぶつけ合う。んでバチバチとやっておきながら言うのもアレだが、ぶっちゃけこの人、馬鹿なんじゃないだろうか。

「とにかく、通してくれるか？」

付き合ってられないとばかりの俺の態度に、向こうも少しだけ態度を軟化させた。

「まあ待て。心配しなくても、私はポスターの件を咎《とが》めようと言うんじゃない」

「じゃあ何の用だって言うんだ？」

警戒を強める俺に対して、目の前の女はにこりと笑ってみせた。

「勧誘だよ。そもそもあのポスターは、そのために私が作ったんだ」

「はぁ!?」

「あのポスターは、猫耳猫をやり込んでいる人間を判別するための仕掛けだ。食事時にアレを見て動揺しない猫耳猫プレイヤーはいないからな」

「計算づくかよ！　い、いやでも、反応があったかなんて、どうやって分かるんだ？」

俺の当然の疑問に、彼女は胸を張って答えた。

「もちろんずっと張り込んでいた！　休み時間の度に、毎回！」

「暇人かよっ！」

それじゃあ俺がポスターを剝がすのも見られていて当然、という訳だ。

「ただ、思ったよりもあのポスターに反応する者は少なくてな。というか、あのポスターを見てくれるのが一日に二人くらいしかいない」

「そりゃ、だってあんな場所に貼ってあってもなぁ。どうして素直に学内ネットとかで勧誘しなかったんだよ」

俺が疑問をぶつけると、彼女は「笑止！」とばかりに目をカッと開いて言った。

「私たちの活動はとても大っぴらに出来るものではない！　それに、活動内容からして、技術面、人格面においても相応の資質が求められる。正体を明かす前に、こちらが見極められる環境が必要なのだ！」

「何だよその秘密活動ごっこ」

俺が冷めた目で見ても怯む様子もなく、彼女はこちらをまっすぐに見つめてきた。

「本来であれば、君もその要件は果たしていないはずだった。ただ、あんまりにもポスターを見る人がいないから暇潰しに……いや、君のたたずまいとエロそうな目に何かを感じた私は君を観察して、確信したのだ。君こそが我が組織に必要な人間だと！」

「いや、遠慮したいんだけど」

さらっと失礼な言葉を混ぜ込んでるのはともかくとして、こうしている間にも刻一刻と時間は過ぎているのだ。俺がバグとダンスったりティエルと戯れたりする時間が、その分減ってしまっていると言い替えてもいい。

「心配するな！　もちろん最終確認のためにテストは必要だが、なに、どうせ君なら受かるし、なんだったら今この場でだって出来る簡単なものだ！　すぐに君も正規の……」

「だったら、今すぐテストしてもらっていいか？」

「な、なに？」

はっきり言って、この人の遅れてきた中二病に付き合っている暇はないのだ。

よく分からないが、そのテストとやらで俺がわざと失敗すれば話はそこで終わりだろう。

「この場ですぐに出来るんだよな？」

「そ、それは……。で、出来ると言えば、出来なくも、ないが……」

そう言って、ちらりちらりと周りをうかがう女性。

だが、俺の出した提案に、なぜか狼狽《ろうばい》しているようだった。今までの流れからすると、「機密が漏れる」なんてことを考えているのだろうか。

しかし幸いというかなんというか、映像研究部の部室はいかにもアングラなサークルの部室が並ぶ通路の奥まった場所にあり、人の気配など全くない。

「やる気がないっていうなら、帰らせてもらうけど」

ダメ押しの言葉を放つと、ついに女性も首を縦に振った。

「わ、分かった！　やる！　やってやるさ！」

俺を押し留めるように通路の奥に押し戻すと、今までつかんでいた腕をやっと離してくれた。

「一瞬だからな！　覚悟しておけ！」

「あ、ああ」

何だかやたらと据わった目をしてこっちを見てくるが、そこまで気合を入れなくても、と思う。

しばらくそのまま、にらみ合いのような状態が続いたが……。

「ま、待て！　やっぱり少しだけ、心の準備をさせてくれ！」

「え？　まあ、少しならいいけど」

その雰囲気に相手の方が参ったのか、小休止を申し出てきた。

いや、まだ何もしてないんだけど。

「な、何度もやってみたはずだ。今さら、この程度のことで……」

おとなしく待っていると、目の前の女性がぶつぶつと何かを言いながら手を上げたり下げたりと忙《せわ》しなく動かし始めた。

やっぱりちょっと、危ない人なんじゃないだろうか。

「あ……」

そんなことをやっているうちに、いまだブツブツと呟いている女性の肩越しに、こちらに近付いてくる女子学生の姿が見えた。

四角いフレームのシックなデザインの眼鏡をかけ、カーディガンに無地のワンピースという、いかにも頭いいです、といった風情の学生だ。もしや映像研究部に用事でもあるのか、こちらにまっすぐ歩いてきている。

「おい、ちょっと？　人が……」

気を遣う必要があるかは分からないが、どうやら秘密にしておきたそうだったので、一応目の前の不審女性にも声をかける。

しかし、

「かん、たん……。簡単なことなんだ。こうして、こう、一思いに……」

女性は完全に自分の世界に入り込んでいて、こちらの言葉が耳に入っている気配もない。

そうこうするうちに後ろの女子学生が近付いてきて、

「ね、ねえ……」

あいさつでもするように左手を持ち上げながら、ちょうど不審女性の隣に並んだ瞬間、

「ただこうやって、ペラッとやってしまえば……え？」

「は？」

「へっ？」

女性の手が素早く弧を描き、まるで奇跡のように隣に差し掛かった女子学生の身に付けた布

切れ、一般にスカートと呼ばれる衣服を盛大にめくり上げた。

「あ……」

「ぁ、わ……」

一枚の布が一瞬のうちにめくりあがって、ほんのわずかな制止ののち、自然の摂理、すなわち重力に従ってパサリと落ちる。

それでも二人とも、突然の事態に理解が追いつかないのか、固まったままだ。

「……く、ろ?」

そんな中、思わず漏れた俺の言葉が、静かな通路にいやによく響いた。

「や、やぁ！」

それが契機になって突然のスカートめくりをされた女子学生はその場に座り込み、そして元凶たる女性の方は、なぜか開き直ったように胸を張り、そして……。

「——み、見たか、相良操麻!!　これが私たちの活動の内容だっ!!」

完全にアウトな言葉を、声高に叫んだのだった。

—3—

突然の遭遇。

突然のスカートめくり。

突然のカミングアウト。

脳の許容量を超えてフリーズする俺をふたたび動かしたのは、座り込んだ女子学生（黒）の地の底から響くような恨みがましい声だった。

「……スカートめくりが活動内容って、犯罪集団じゃない。言いつけるから。学生課と、警察に」

その言葉にギョッとしたのは、俺ではなく、スカートめくり現行犯の女性だった。

「ま、待て！　それは誤解だ！　確かにスカートめくりは活動の一つだが、決してそれだけでは……」

「フォローになってないだろそれ。あと、俺は無関係だから」

こんなことに巻き込まれてはと、俺はそそくさとその場から離れようとしたが、

「相良操麻、だよね。名前、覚えてるから」

背中を追いかける女子学生の低い声に、足が凍りつく。

「だ、だから、俺はただ巻き込まれただけで……」

振り向いて慌てて弁明するが、

「……見た、くせに」

と言われれば反論の言葉もない。

どうにも八方塞《ふさ》がりな状況を覆したのは、全ての元凶の女性だった。

「順番が前後してしまったが仕方ない！　とにかく部室に行くぞ！　そこで全てを説明する！」

「え？　いやちょっと……」

「は、放してっ！　何で私まで……」

彼女は俺と座り込んだ黒の子の腕を無理矢理につかむと、姿に見合わない力で俺たちを引っ張っていく。

「どうせすぐ、ほら、ここだ！」

そう言ってやってきたのは、映像研究部よりさらに奥まった場所にある部室の一つ。

彼女は扉の横にある機械に目を寄せると、

「ここのキーは網膜認証方式に改造していてね」

などととんでもないことをさらっと言って、扉のロックを外す。

たかが大学の部室に網膜認証だなんて、どんだけ秘密を隠したいんだ。というかそういう改造はありなのか？

「感動するのもいいが、急いでくれ！　この場所を余人に見られる訳にはいかない」

尽きせぬ疑問につい足が止まるが、女性の手によって隣の女子学生と一緒に無理矢理部屋に押し込まれる。

そして、部屋に一歩足を踏み入れた瞬間、

「う、うあぁぁ……」

この部屋が、絶対他人に見られてはいけない理由を知った。

「どうだ？　すごいだろう？　これが我が団体の活動の成果、その一つだ」

自慢げな彼女の声に、しかし俺は驚きのあまり答えられなかった。

なぜなら部屋の中には、一面に……。

「お、おかしいんじゃないのっ！　な、何でこんな！　何で部室にこんなに、そ、その……女性用の下着が並べられてるのよっ！」

……パンツが並べられていたからだった。

壁に蝶の標本もかくやというように展示されたパンツ。壁と壁の間に吊《つ》られたヒモにかけられわずかな風になびいているパンツ。とにかく部屋にはパンツが乱舞していた。

俺と同じように何も知らなかったであろう女子学生が騒ぎ出すのも無理はない。

すると、その声に反応して、部屋の奥に動きがあった。

俺をここまで連れてきた女性でも、騒いでいる女子学生でもない、第三の人物。大学にいるのが不釣り合いなほどの小柄な女の子が、椅子をぐるりと回転させてこっちを見ると、叫んだ。

「た、隊長!? な、何でこの部屋に男が入ってるんですか！」

キンキンと尖《とが》った高い声に、耳が痛くなる。

それに、気になる言葉が。

「……た、隊長？」

俺が怪訝《けげん》そうな目で俺たちをここまで連れてきた女性を見ると、彼女ははっきりとうなずいた。

「ああ。私がこのサークルの代表であり、この団体の隊長でもある」

「や、それは分かるけど、何で隊長……？」

「それはもちろん、隊長はあたしたちの隊の創設者にしてリーダーだからです！」

噛みつかんばかりの剣幕で言い募る女の子の言葉に、隊長と呼ばれる女性も「まあ、今は彼女と二人きりの隊ではあるがね」と補足のような言葉を口にするのみで、隊長呼びを訂正しようとはしない。

「いやだから、隊長って。えっと、ここは、サークルの部室、なんだよな？」

「あたしたちの崇高な活動を、たかだか大学のサークル活動なんかと一緒にしないでください！　確かに３Ｄモデリング研究会として申請して部室は確保してますし、ダミーの活動報告も提出してますけど、あたしたちがやってるのは、そんな枠に囚われるものじゃないんですから！」

困惑した俺が隊長を見ると、彼女も肩をすくめたものの、肯定の返事をした。

「まあ私たちの活動も、広義に取るならサークルと言えるかもしれないがね。その本質は、やはり大学のサークルとは性質を異にする」

「お前たちは、一体何をやろうとしてるんだ？　お前たちの目的は、なんなんだ？」

「それは……」

言いかけた女の子の言葉を制すると、隊長は俺に向き直り、真剣そのものの顔でこう言い放ったのだ。

「――パンツの、解放だ！」

……うん？

今何か、とても変な単語を、聞いたような。

「聞き間違えたみたいだから、もう一度、言ってもらっていいか？」

俺がおずおずと申し出ると、代わりに答えたのは奥にいる女の子の方だった。

「だから、パ、パンツの解放だって言ってますよね！　そのでっかい耳にイエロースライムでも詰まってるんじゃないですか？」

あいかわらずトゲのある、というかトゲしかないような口調だが、「パンツ」のところで言いよどんだのはそれなりに照れがあるからか。でもイエロースライムを耳に詰めるのは勘弁してもらいたい。

ともあれ、どうやら先程の言葉は俺の勘違いではないとはっきりしてしまったようだった。

「ま、待ってくれ。パンツの解放って、いきなり言われても訳が分からないというか……」

俺が混乱していると、その場にあって一人冷静な隊長が、静かな口調で問いかけてきた。

「相良操麻。君になら分かるはずだ。と、言うより、君も薄々とは勘付いているのではないか？」

「俺、なら……？」

その、言葉に。

俺の凍りついていた脳の回路が働き出す。

……この隊長と名乗る女が、俺に期待していたもの。俺を見出したきっかけ。それは一体、何だったか。

考えるまでもない。〈善意の施し〉クエスト。つまり、猫耳猫だ。

そしてそれを踏まえた上で、「パンツの解放」という謎の大義を掲げた者たちがやることを想像すると……。

「まさか……」

信じられない、という思いはあった。

だが、思い至ったその可能性は、自然と口から漏れていた。

「――お前たちが、闇狩人《シユバルツイエーガー》、あの有名な動画投稿集団〈スカート覗き隊〉なのか？」

俺の言葉に、隊長は満足そうに、小柄な女の子の方は敵意も露わに、しかしはっきりとうなずいた。

そして、驚愕《きょうがく》の事実に立ちすくむ俺の後ろで、連れてこられた女子学生がぽつりと言ったのだ。

「……ねぇ。とりあえず私もう帰っていいわよね？」

―4―

――〈スカート覗き隊〉。

古くから猫耳猫で動画を投稿している集団であり、その動画の性質から一部の猫耳猫プレイヤーにカルト的な人気を誇っていて、その動画撮影時の姿から〈闇の狩人《シュバルツイエーガー》〉という名前を頂くネットの有名人だというのは知っている。

その特徴は、何と言っても投稿する動画の全てが「女性のパンツを見る」ことに特化しているということ。

猫耳猫はVRのゲームなので、女性キャラのパンツを見るのは比較的容易だ。とはいえ、今のAIはそこそこに高性能だ。地面に這いつくばっている人がいたらスカートを押さえるくらいの反応はするし、例えば長いスカートをはいているようなキャラや、普段はズボンをはいているキャラのパンツを見ようと思ったらなかなか大変ではある。

そのためには、高速で足元に移動して反応する前にパンツを見たり、デフォルトの反応を返さないように別のルーチンで動くイベント中を狙ったり、着替え中を狙ったり、とにかく一工夫が必要になることも多い。

そして、〈スカート覗き隊〉の動画はその「一工夫」が実に巧みなのだ。

身もふたもないことを言えば、いくらパンツを見るのが困難とは言っても、大抵のキャラであれば足を開いた時に麻痺《まひ》などの状態異常を打ち込んでその隙にスカートの中を覗けばいい。ただ、それでは目的は達成出来ても何の風情も面白みもない。その点、彼らは「標的に危害を加えない」ということを絶対条件に、ひたむきに、愚直に、被写体である女性キャラを最大限に輝かせることを至上の命題として動画撮影を行っているという印象がある。

だからこそ、彼らの動画は見ごたえがあるというか、単に「パンツを見る」というだけでなく、その過程も込みで楽しめる。つまり、「パンツを見る」という行為を一つのエンターテイメントにまで昇華している、と言うと流石に大げさかもしれないが、とにかく見ていて楽しい気分にさせられるのだ。

今までに何度か〈スカート覗き隊〉のコピー動画が出てきたが、それらはすぐに廃れてしまった。彼らが本家として絶対的な人気を保ち続けた理由は、おそらくその辺りのこだわりにあるのだろう。

しかしまさか、その動画を撮っていたのが、こんな女の人たちだったとは、そして彼女たちがこんなに身近にいたなんて、想像すらもしていなかった。

まさか、という思いとは別に、どうして、という疑問が胸の内にふくれあがってくる。

「あんたたちは……何でそんな活動を」

女なのに、という言葉はグッと呑み込んで、そう尋ねた。

「パンツが、解放されるべきものだと考えるからだ」

俺の問いに隊長は、何の気負いも、てらいもなく、そう言い切ってみせた。

いや、むしろちょっとはためらったりはじらったり疑問を持ったりしろよと言いたいが。

「その、パンツの解放っていうのは……」

「パンツは！　あんたたちみたいな汚らしい男がもてあそんでいいものじゃない、ということです！」

その問いに割り込む形で答えたのは、またしても奥の女の子だった。

険しい目つきで俺をねめつけると、やっぱりよく分からないことを言う。

「あー、それってどういう意味なんだ？　その君、ええと……」

「あたしは隊長の一番弟子、誇り高き闇狩人の一人、大葉菜々《おおばなな》です」

「ああ、俺は相良操……」

「い、言っておきますけど、『おおばなな』ですからね！『おお　ばなな』じゃないですからね！」

「んなこと誰も言ってないから……」

ここまで気にしているということは、昔そのネタでいじられたことがあったのだろうか。彼女の性格上、「ＯＨ！　ＢＡＮＡＮＡ！」とか同級生にからかわれたら真っ赤な顔して噛みついてきそうだ。

彼女の過去に思いをはせて少し黙っていると、とたんに吊り上がった目をさらに険しくして、彼女は俺をにらみつけた。

「い、今何か変な想像しましたね！　こ、これだから男の人は嫌なんです！　名前を言っただけですぐ卑猥《ひわい》な想像をして！」

「おい、どんだけ被害妄想過多なんだよ！　むしろどうやってそこから卑猥な想像に結び付けられるのか聞きたいくらいだよ！」

「そっ、想像するだけでは飽き足らず、それをあたしに言わせようだなんて……」

「だから、そういうことでもなくてな」

処置なしとはこのことだろう。俺が肩をすくめていると、隊長が「菜々」と名前を呼んで、彼女をたしなめた。

いまだに不機嫌そうな様子だったが、それでも説明をしないと話が進まないと気付いたのだろう。

こっちをにらみつける視線はそのままに、不承不承ながら解説を始めた。

「では尋ねますが、あなたは〈闇狩人〉はどんな人間がやっていると思いましたか？」

「え、ええっと、それは……ゲ、ゲーマーとか？」

俺が言い淀《よど》んだことから何かを察したのか、菜々は嘲笑するようにふっと笑った。

「五十近いハゲ散らかした無職のおっさんが、汗にまみれた身体で地面を這いずりながらハァハァ言って撮っている、そう、思いませんでしたか？」

「そこまでは思ってねえよ！　すごい偏見だなそれ！」

「ですが、少しだけ想像したことは否定出来ない。そうじゃないですか？」

「それは……」

確かに、あんな動画を撮るくらいだから、変態っぽいおっさんがやってるんだろうな、と思ってはいたけど。

「ですが、それは正解だと思います。そのように思うのが当然で、そしてそれこそが問題なんです！」

「問題って、何が？」

俺が素直に疑問を口にすると、菜々は「そんなことも分からないんですか？」と言いたげな軽蔑しきった目で俺を見た。

やれやれ、とばかりに肩をすくめ、もったいぶって解説を始める。

「言うまでもないことですけど。パ、パンツは、人類が生み出した英知の結晶、知恵と文明の象徴であり、至高の芸術品でもあります。いえ、もちろんパンツ単体だけを盲目的に賞賛する愚をあたしだって理解しています。スカートの中に秘され、恥じらった乙女の表情と共にちらりと顔を覗かせるパンツの神々しさ、美しさはこの世に並ぶもののない尊いものだと断言出来ます」

「お前、それ自分で言ってて恥ずかしくならない？」

「は、恥ずかしいですけど！　恥じることなど何もありません！」

やっぱり恥ずかしいんじゃないか、と思わなくもないが、これ以上何か言っても話が進まないので我慢した。

代わりに、素朴な疑問をぶつけてみる。

「お前が、その、パンツにこだわりを持ってるのは分かった。でもちょっと聞きたいんだが、そのパンツの中には男物、例えばトランクスとかブリ――」

「寝言は墓の中で言ってもらえますか？」

「死んでるじゃないかそれ！　せめて最後まで言わせろよ」

まあ、質問する前から答えは分かってた気はするが、ひどい扱いだ。

「くだらない質問で話の腰を折られてしまいましたが、話を戻します！　パンツのすばらしさについては先ほど語った通りですが、今の状況はどうですか？　何よりも神聖であるべきはずのパンツは男の人の劣情の視線に晒《さら》され、薄汚いハゲのおっさんが『ハァハァ！　○○タソのパンツかわいいよぉ！』と弄ぶための玩具と成り下がっています！　パンツが持つ輝きは穢《けが》され、その聖性は剝奪され、あまつさえ卑しい商業主義の走狗《そうく》によってその神秘性を資本へと変換されることすらある！　だからあたしたちは立ち上がったんです！　おぞましく、汚らしい男たちの欲望にまみれた手から、パンツを奪還、いえ、解放するために!!」

思わず「おおー」と声を上げたくなるような見事な演説だった。題材が題材でなければ、だが。

上気した顔をこちらに向け、心なしかドヤ顔で俺を見てくる菜々だったが、そこでふと気付いた。

「ん？　待てよ？　その理屈で行くと、〈スカート覗き隊〉の活動っておかしくないか？」

「……えっ？」

想定していなかった返しだったのか、驚いた顔をする菜々。

「いや、だって要するに男がパンツをエロい目で見るのが駄目なんだろ？　それなのに自分からエロい動画投稿するって矛盾してるじゃないか」

「そ、それは……。だ、だからですね！　良貨を以て逆に悪貨を駆逐するというか、あたしたちが積極的にパンチラ動画を流すことによって、世の中の行きすぎたパンチラ動画を統制するというか、そ、そうです！　つまりこれは男たちの度し難い欲望を管理するための逆転の発想的な……」

菜々が言い訳じみた理屈を口にしたところで、そこでしばらくの間沈黙を守っていた隊長が口を開いた。

「──いや、矛盾しているように感じるのは、菜々が『パンツの解放』の意味を取り違えているからだ」

その言葉には、俺のみならず、菜々まで目を丸くした。

ついでに後ろの女子学生は「もうおうちかえりたいよぉ」とこぼしていたが、誰も気にしていなかった。

「私はな、菜々。パンツとは、それほどに狭量な存在ではないと思っている。パンツは私たち人間の思惑の全てを受け止め、包み込んでくれる。そう、まるで私たちのお尻をそうしているようにな」

「誰がうまいこと言えって言ったよ……」

「菜々のそれと違って私の動機は、もっとシンプルだ。……菜々。私がこの隊を作る時に語った言葉を、覚えているか？」

「は、はいっ！　結隊宣言なら、あそこに！」

菜々の視線に釣られ、俺も彼女が示した壁、そこにかけられたボードの文字を見た。


仮想現実とは、言葉通り作り物、虚構であり、そんな物に入れ込むのは愚かしいと言う者もいるだろう！

作り物、虚構……確かにそうだ！　だが、あえて言わせてもらう！

それがどうした!!

キャンバスに描かれた作り物の風景に心震わせ、紙面に印字された虚構の物語に胸躍らせる！

それは、古来よりの人の性《さが》だ！

この世界が偽りだとしても、この世界の美しさは本物だ！

この世界が偽りだとしても、この世界に込められた想いは本物だ！

この世界が偽りだとしても、この世界への私の愛は本物だ！


私は賢《さか》しらな大人であるより、愚かでも自らを偽らない少年でありたい。

在りし日の刹那の輝きを永遠とするため、もがき続ける求道者でありたい。

だから私は、忘れない。

この世界を訪れたその日、始まりの町で出会った感動を、私は忘れない！

この素晴らしき世界が生み出した芸術と神秘を、あの純白の煌《きら》めきを、私は忘れない！


たとえ人が、我々を地を這う虫と蔑《さげす》み、無理解と偏見の雨がこの身に降り注いだとしても！

私は、この道を歩み続けることを誓う！

さぁ往こう、同志よ！

不名誉と困難の先にある、だからこそ価値のある、大いなる栄光に向かって！

この、純白の誓いと共に!!

——あ、頭沸いてやがる。

それが俺が最初に抱いた感想だった。

「分かっただろう？　私の目的、パンツの解放とは、決して小難しい理屈の先にあるものじゃない。私がこの隊を作った動機は、至ってシンプルに『感動の共有』をしたかったからなのだよ。あの日、猫耳猫の片隅で初めて純白の煌めきを目にした時の感動を、出来るだけ多くの人に伝えたい。電子の世界に秘された至宝を人々に解放し、あの、まるで路上でパンツを解放《フルオープン》したかのような素晴らしき感動を、可能な限り多くの人に味わってほしいという、実に普遍的かつ本能的で、プリミティブな衝動なんだ」

「いちいち例えが最悪なんだけど、そこは突っ込んでもいいんだよな？」

というかパンチラ見たい衝動が本能でたまるか。

「故に、私は私の目的を果たすために男女の別はつけるつもりはない。……とはいえ、我々の活動は内容が内容だ。本当はスカート覗き隊に男を入れるつもりはなかったのだが」

そこで一度言葉を切って俺を見つめる隊長。

「そ、そうです！　な、納得出来ません！　こんな、この部屋のパンツをエロい目でしか見れないような奴に、スカート覗き隊の適性があるなんて、とても思えないですっ！」

菜々はそんなことを言っているが、それには流石に抗議する。

「い、いや、だってな。こんなもん並べられて、エロい目以外のどんな目で見ればいいんだよ」

「……あの、私はエロいエロくないの前にドン引きなんだけれど」

背後でコロボックルか何かが、何かを言っているのを適当に聞き流しながら、もう一度パンツを見る。

「ま、待てよ？　このデザイン、どこかで……」

そこで、違和感を覚える。初めて見るもののはずなのに、なぜかそのデザインに見覚えがあるのだ。

どうして、と思ったが、そこでとんでもない可能性に思い至る。

「こ、これ！　まさか、猫耳猫のキャラのパンツを再現してるのか？」

驚きのあまりこぼれた声に、菜々が呆《あき》れたような、少し誇らしそうな口調で話し出す。

「ようやく気付いたんですか。ええ。これは猫耳猫のキャラのパンツをあたしが再現して作ったものです。凝ったデザインなので骨は折れましたが」

「菜々は手先が器用なんだ」

何でもないことのように隊長が菜々の頭を撫《な》でて言うが、これはとんでもないことだ。

「き、器用ってレベルじゃないぞ！　これはあの草の魔女ミーニャのだし、こっちはトレインちゃんの！　それにこれ、もしかしなくてもティエルのだよな!?　ああっ！　これもしかしてラムリックの薬屋のお姉さんのじゃないか？　す、すげえ！　すげえ完成度だ！」

興奮のあまり、ついつい声が大きくなるのが分かる。

「へえ、あの草で何でも脱ぎ捨てるミーニャやすぐにすっ転ぶトレインちゃんはともかく、あのティエルや薬屋の店員のものまで分かるとは。流石エロ男ですね」

パンツにかぶりつく俺に、菜々はあいかわらず容赦のない言葉を浴びせかけてくる。ただ、やはり自分の作品を認められて嬉しいのか、少しだけ鼻の辺りをぴくぴくさせていた。

「いや、ほんとものすごいスキルだな。もちろんＶＲと現実じゃ質感が違うから違和感がゼロとは言わないが、デザインについてはゲームと完全に同じに見える」

「当たり前です。あたしのパンツへの愛を甘く見ないでください」

「愛云々《うんぬん》はともかく、マジでゲームそのものだな。ここのヒラヒラとか、あ、これはラビ子のか？　これも質感といいデザインといい……ん？　これラビ子のパンツかと思ったけど、ちょっと模様が違うな。別のキャラの、か？」

「ど、どれですか!?」

俺が違和感に首を傾げると、泡を食った様子の菜々が俺の傍に駆けてきた。

「そ、それは確かにラビ子のものです！　ですけど、そこはゲームでははっきりと確認出来なかったので想像でデザインの補完を……」

「ああ。そういうことか。ほら、ここのデザイン。こっちではただの逆三角形になってるけど、ゲームではここにデフォルメしたウサギの顔がついてたんだよ。『そんなとこまでウサギなのかよ』ってツッコミ入れたからよく覚えてたんだよな」

俺がうんうん、と納得していると、

「見た、というのですか!?　ラビ子のパンツを？」

「……なんかその字面だと俺がやばいことしたみたいに聞こえるな」

「ごまかさないでください！　イベントで期間限定でしか仲間にならない上に、彼女は固定装備として体操服になりそうな短パンを着用してるじゃないですか！」

「あ、ああ。まあ、そうだけど。でもそっちだって見たからここに再現されてるんじゃないのか？」

「それは、『シューティングスター』を装備させて杖《つえ》スキルの『フライングスイング』を使えるようになるまで鍛えて、短パンの隙間から必死で観察したんです！　だから、中心部分だけは完全な模倣は無理だったんですよ!?」

俺が言うと、なぜかキレ気味に返された。

ちなみに「シューティングスター」というのはリヒテルの序盤ダンジョンで手に入る杖……のスキルが使える弓だ。

ラビ子は弓しか装備してくれないが、弓には短パンに隙間が出来るような激しい動きをするスキルはない。まさかパンツを見るためだけにそんな抜け道を使うなんて、流石の俺も想像もしていなかった。

「さぁ！　どうやってあなたは彼女のパンツを見たんですか？　まさか、無理矢理に……」

「違うって！　ほら、あの『嘆きのウサギ』のクエストって異空間からワープで脱出する時、少しずつ身体が消えてくだろ？　だから、角度によっては……」

「な、なるほど！　その時、短パンだけが消えてパンツが露出する瞬間があるということですか！　まさか、絶対不可能と思われた彼女にそんな解法があったとは！」

「いや、俺は狙った訳じゃなくて偶然見ただけだしな。そっちこそ、バグを利用して杖スキル使わせるっていうのはすごい発想力だと思うよ」

お互いの健闘を称え合うと、俺たちは自然と手を伸ばし、ガシッ、と互いの手を握り合う。

パンツを通して二人の猫耳猫プレイヤーが分かり合った瞬間だった。

「……隊長」

そして、菜々は俺の手を握ったまま身体だけ動かして隊長を振り向くと、満面の笑みで言ったのだ。

「――こいつ絶対ヘンタイです！　通報しましょう！」

―5―

「おい！　今なんか分かり合ったような流れだったろ！　何で通報なんだよ！」

「うるさいですね！　あたしとパンツトーク出来る時点で完全にアウトです！　と、というかいつまで手を握ってるんですか！　ヘンタイが移るからやめてください！」

「へ、変態に変態って言われる筋合いはない！」

俺と菜々がいがみ合っていると、隊長が間に入ってきた。

「まあ、落ち着け菜々。気持ちは分かるが、変態は犯罪じゃないんだ。警察もそれだけで逮捕は出来まい」

「おい、フォローしてるようで何一つ擁護してないだろそれ」

俺の抗議もどこ吹く風、あくまでマイペースに隊長は菜々を諭す。

「それに、彼は得難い資質を持っている。ここで警察に引き渡すのは惜しい」

「資質？　こんなヘンタイに？　たしかに猫耳猫はそれなりにやってるみたいでしたけど」

怪訝そうな声で俺を見る菜々。

「いや、お前ら。俺が変態って前提で話進めるのやめろよ」

俺はもう一度抗議するが、当然のように二人は無視。

「もちろんそれもある。が、それだけではない。前にお前にも説明しただろう？　私は彼の日常を観察していた。そこで彼の資質に気付いたのだよ」

「そういや最初にもそんなこと言ってたな。猫耳猫をやってるって以外に俺に何かあるのか？」

俺の疑問を受け、隊長はふっと笑みをもらすと、もったいぶった口調でこう言った。

「――それは、君が選ばれし者、『ラッキースケベ体質』だということだ」


「……はぁ？」

想像以上に馬鹿馬鹿しい台詞に、俺はおかしな声をあげてしまった。

「あるいは、『パンツ運命力を持ちし者』と言い換えてもいい」

「言い換えなくていいからな、それ！」

アホらしい、と思ったが、パンツ運命力を語る隊長にふざけている雰囲気はなかった。

「相良操麻。私が見守る数日の間、君は異様な確率でエロハプニングに遭遇していたな。それも、おそらくは無自覚でだ。君が中庭に出れば強い風が吹いてスカートが舞い上がり、階段に差し掛かればバランスを崩した女性のお尻が落ちてくる。これればかりは狙って出来るものではない。単なるめぐり合わせの妙。もはや『持っている』と言うほかない」

「そりゃ、生きてればスカートがめくれる瞬間を見ることだってあるだろ。このＶＲ全盛の時代にオカルトかよ」

呆れた声に、しかし彼女は真剣な表情で応じた。

「私も、信じてなどいなかったさ。実際に君に出会うまでは、な。……だが、いるのだ。この世には！　運命に愛されたとしか思えない、純白の加護を持ちし者が」

「無駄に中二っぽく言うのやめろ」

しかも純白の加護って全然かっこよくないから。

「実際に君は、私たちがどれだけ知恵と時間を費やしても見ることの叶《かな》わなかった、ラビ子のパンツを拝することに成功している。この一点を以ても君に『純白の加護』が宿っていることは明白ではないかね？」

「た、たしかに、ラビ子のパンツを狙わずに見るなんて普通では考えられません」

菜々が俺を見る目が畏怖と軽蔑が混じり合ったおかしな色を帯びる。

「君のパンツ運命力ならば、どんなキャラクターのパンツを見ることすら思いのまま。いや、順調にその力が伸びていけば将来的には、知り合いの女性から会う度にパンツを手渡されることすらありえるだろう」

「絶対ないよどんな痴女だよその女！」

この人やっぱりちょっとおかしい。いや、だいぶおかしい人だ。

「まあ、パンツ運命力の話はひとまず置いておこう。それを抜きにしても、君は闇の狩人、シュバルツイェーガーとしての素質があると私は考えている」

「隊長⁉」

非難するような菜々の声に、隊長は静かに言った。

「何も、これも無根拠で言っている訳ではない。入隊テスト、と言えば分かるだろう？」

そういえばそんな話もしていた。ただ、結局受けなかったはずだが、と思っていると、菜々は俺の想定以上の激しい反応をみせた。

「ま、まさかっ！　この男に見せたんですか⁈」

隊長はいきり立つ菜々から視線を逸らし、そこでなぜか俺の後ろにいた女子学生を一瞥《いちべつ》してから、静かに続けた。

「いや、ちょっとした事故があってな。正規の手段は取らなかった。しかし、結果は文句なしの合格だ。動体視力や反応速度、それから獲物を逃さない嗅覚については天性の素質がある」

これは一応、褒められた、ということでいいのだろうか。褒められた内容が内容だけにちょっと複雑だが、褒められたのであればよしとしようか。

そんな風に思っていると、なぜか菜々に、「このエロ魔人！」と罵倒された。理不尽極まりない。

「で、でも、そんなの、納得出来ません！　だってこいつ、例のポスターに引っかかったんですよね！　だったらあの虫ご飯を見抜けなかったってことじゃないですか！」

「ん？　う、うむ」

例のポスターというのは、〈善意の施し〉のアレのことだろう。

アレに反応しない猫耳猫プレイヤーはいない。が、見抜いて食べずに済ませたプレイヤーなら、そんなに強く反応することもないだろう。

菜々が言いたいことも、分からなくはない。

ただ……。

「あたしも隊長も、初見できちんと見破って先に神父を倒したじゃないですか！　あんなのを回避出来ないなんて、猫耳猫プレイヤーとしては三流……」


「――それは、聞き捨てならないな！」


続く言葉には、どうしても納得出来なかった。

そもそも猫耳猫は悪意ある罠に騙《だま》されたり、時に見破ったりの駆け引きが面白いのだ。……いや、たまに本気で殺意湧く時もあるけど。

なのに騙されたから駄目だとか、見破ったからいいなんて考えるのは違うだろう。

それに、今回に限って言えば……。

「俺は、確かにアレを食べたし、トラウマになってる。だけど、それは虫ご飯を見破れなかったからじゃない。むしろ見破れたからこそ、心に残っているんだ」

「ど、どういうことですか？」

動揺する菜々に、俺はとつとつと語る。

「確かに神父の正体を見破って攻撃すれば虫を食べずにクエストは解決出来る。だけど、それじゃあ完璧じゃない！」

神父は「虫ご飯を食べた後」に自分の正体を告白する。だから食事の前に先制攻撃を仕掛けて倒せば事件は解決するものの、神父の目的などは明らかにされないため、クエスト完了はするもののクリア扱いにはならない。

「ま、まさか……」

「ああ！　そうだ！　分かってて、俺は食べたんだよ！　なぁ、お前に分かるか?!　うぞうぞ、うにょうにょとうごめく虫ご飯を、そうと知りつつクエスト報酬のために口にする時の気持ちが！」

思いの丈をぶつけるように叫ぶ。

軽々しく口にされたその言葉が、いかに俺にとって重いものだったのか。

この思いが、つらさが、少しでも二人に伝わるように。

すると、

「すみません、ガチなヘンタイの気持ちはちょっと理解出来ないです。あ、それ以上近付かないでくれます？　あと息も止めてもらっていいですか？」

「うむ！　レアアイテムのためには手段を選ばない気概はよし！　流石私が見込んだだけのことはある！　……うん、誰が非難しようとも私は分かってる。分かってるからそれ以上近付かないでくれないか？　私も虫だけはちょっと駄目でね」

……あれぇ？

共感してもらうはずが、なぜか距離を取られた。

ええっ、と思って後ろを向くと、すすーっと俺から離れていく女子学生の姿が、って。

「いや待った！　何で猫耳猫知らないあんたまで逃げてるんだよ！」

「え？　わ、私、空気読める女だから！」

いや、空気読める奴は自分でそんなこと言わない。

などとやっている間に、さらにヒートアップした菜々が隊長に食ってかかる。

「と、とにかくこいつだけは反対です！　こんなヘンタイ性の塊と一緒にいるくらいなら、いっそノライムブスと同棲する方がマシです！」

「それは……確かにそうだが、しかし彼には得難い素質がある。ここは魔封船《まほうせん》から飛び降りる気持ちで我慢して……」

「お前らちょっと好き勝手言いすぎだろ！」

何が悲しくてノライムブスと比べられなきゃいけないのか。

ただ、俺の抗議は当然のようにスルーされ、菜々の言葉にもさらに熱が入る。

「大体素質があるって言いますけど、猫耳猫での様子を見てみないと実際にはどうだか……」

「……あ」

菜々がそこまで言ったところで、俺はちょっとしたことを思い出して声を漏らした。

「ふむ？　どうかしたか？」

それを耳ざとく聞きつけ、隊長が俺を鋭い目で見やる。

「その……。昨日のリプレイだったら、ちょうど研究のために録画してたから見れるかな、って思って」

今朝、日が昇るまで行われたヤマネコ三姉妹との激戦。クリア出来るとは思わなかったので、成功した時のも含め、そのまま録画してネットのストレージに上げていたのを思い出したのだ。

ＶＲマシンのデフォルト機能であくまでプレイヤーが見た映像をそのまま記録しただけなので見やすいとは言えないが、どんなプレイをしたのか理解するだけなら十分だろう。それに、動画として音と映像を再生するだけならＶＲマシンではないただのＰＣからでも出来る。

「ほう。それは、ぜひ見てみたいな」

「あー。いや、でも、別にただ戦ってるだけでパンツとは何の関係も……」

煮え切らない俺の言葉に、真っ先にキレたのは菜々だった。

「いいから、見せればいいじゃないですか。パンツが映ってなくても実力のほどは測れますし、別にスカート覗き隊に入りたい訳じゃないんですよね」

「そうだな。じっくり鑑賞してみたいから、もしリプレイを供出してくれるというなら今日はもう帰ってくれて構わないぞ」

畳みかけるように口にされた隊長の言葉に、ぐらりと心が揺れた。

そうだ。俺には俺の帰りを待っているティエルがいる。リプレイを差し出すだけで帰れるのなら……。

「ちょっとそのパソコン、貸してください」

俺は菜々に声をかけると、昨日のリプレイ映像を呼び出すためにパソコンの前に座ったのだった。


―6―


「スカート覗き隊、かぁ……」

帰り道、ぼんやりと思うのは、突然遭遇することになった〈闇狩人〉を名乗る強烈な連中のことだった。

ヤマネコ三姉妹と戦っているリプレイ動画を提供すると、彼女たちは「ほう」「これは……」

などと言いながらすぐに画面に群がり、俺のことは案外素直に解放してくれた。

本当にめちゃくちゃな奴らで、彼女たちのパンツへの思い入れはちょっと理解出来ないところではあったが……。

「猫耳猫にこだわってるところは、嫌いじゃない、かな？」

俺としては、ここで逃げ出した後はもう二度と部室にも彼女たちにも近付くつもりはなかったのだが、別れ際、隊長が二つ折りにされた紙を俺に投げ渡してきた。

そして、突然のことに戸惑う俺に、隊長は言ったのだ。

《それは、いわば私たち、ゲームサークル〈スカート覗き隊〉の本当の活動場所の鍵だ》

《鍵、って。でもこれただの……》

《ああ。ただの紙だよ。ＶＲマシンの文字チャットルームの番号が書いてある、な。午後の八時からの一時間、それから月曜の午前六時からの三十分はそこでスカート覗き隊の定例会を行っている。入室用のコードは部屋番号と同じだ。……別に、無理にパンツ狩《ハント》りに参加しろとは言わない。ただまあ、気が向いたら覗いてみてくれ》

その言葉を別れの台詞として、俺は本当に彼女たちと別れた。

部屋を出た後、手渡された紙を開いて見ると、「０８２（おパンツ）」とだけ書かれていた。

……無性に何かを殴りたくなった。

「……でも、まあ、ゲームの合間にたまにチャットするくらいなら、別にいいか」

猫耳猫には、というかVRマシンを使ったゲームには全て、ゲームをしながらチャットが出来る機能が実装されている。もちろんネット環境は必須なものの、VRマシンを持っていればチャット用の名前を設定するだけで、誰でも無料でチャットを楽しむことが出来るのだ。

俺もVRマシンを買った直後はチャットしながらゲームするのも悪くないかな、なんて思っていたものだ。実際には話し相手がいなかったので結局チャット機能を使ったことは今まで一度もなかったのだが。

「確か、登録名は『SS』にしたっけ？　イニシャルで俺だって分かる、よな？」

文字チャットはチャットウインドウが開いている間、オーダーで入力した文字がチャットルームに表示されるという仕組みだ。もちろんその間はオーダーによるスキル発動などが出来なくなるのが難点だが、移動中や非戦闘系のイベント中の暇つぶしにはもってこいだろう。

ちなみにVRマシン以外でも自分のアカウントにアクセスすれば参加は可能なので、例えばVRでのチャットが苦手な人はゲームをやめた後、PCとキーボードを使ってチャットに参加する、などということも出来なくはない。ただ、どうせ猫耳猫のプレイ中にしかやらないだろうし、頭の中で文字を思い描くオーダーと違って、キーボード入力だとミスタイプが頻繁に起こる。わざわざそんなことをする必要性は感じられなかった。

「菜々とか、ミスタイプしたら絶対馬鹿にしてきそうだし」

来るかもしれない未来に少しだけほおを緩ませながら、俺は家路を急ぎ、そこでふと、気付いた。

「……あ。そういや部室に一緒に来た子、結局名前も訊《き》かなかったな」

影の胎動

操麻がいなくなり、ただPCの中のヤマネコ三姉妹が叫ぶ声と、剣撃の音が響く部室の中で。

「そういえば、君の名前をまだ訊いていなかったな」

不意に隊長が振り返り、ぽつんと部屋に残された女子学生に声をかけた。

「いえ、私は成り行きでここに来ただけなので」

硬い声で答える女子学生。内心は操麻がいなくなった時に一緒に出ていくと言い出せず、逃げ遅れてしまったことを深く悔いていた。

「はは。そう構えるな。別に取って食いはしないよ」

「……どうだか。他人のスカートをめくった人に信用があるとでも？」

警戒を強める彼女に、隊長は苦笑を浮かべた。

「あれは事故だったと言っただろう？　心配しなくても、私はパンツは二次元専門だ。リアルのパンツは、ちょっと生々しすぎ……うっ！」

顔を青くして、口元を押さえる隊長。単なる一般人の彼女にはうかがい知れないことだし知りたくもないが、何やらトラウマがあるらしい。

「あたしは三次元も結構いけますけど。でも、あんまりじっくり見てると向こうがその気になっちゃったりするので、面倒なんですよね。別に、恋愛対象じゃないって言ってるのに」

画面を見たまま、今度は菜々がぽつりとこぼす。やはり、こちらも色々あるようだ。

二人の業の深さに警戒を忘れて呆れかえっていると、気を取り直したように隊長が再度問いかけてくる。

「とにかく、名前くらいはいいだろう？」

「……秋月《あきづき》、影美《えいみ》」

やはり緊張を含んだ声で答える彼女に、隊長はふむ、とうなずいた。

「君は、猫耳猫、いや、正式名称は〈New Communicate Online〉と言うのだが、このゲームをやったことはないのかな」

「ゲームは、あまりしないので。前にプログラムをかじった時に、ゲームにも対応してるＶＲマシンは買ったけど」

ＰＣの文字入力にいまだにキーボードを使うなど、どちらかというとレトロ趣味の秋月だったが、多少なりとも本格的にプログラミングをするならＶＲ環境の方が圧倒的に便利なのは否定出来ない。使える空間が段違いなので、複数の画面を同時に、より分かりやすく操作出来るし、オーダーとフォーカスのレスポンスは速く、その気になれば実機と違わぬ仮想キーボードをＶＲ空間に設置することも出来る。

ただ、その返しは隊長にとっては残念な答えだったらしい。

「そうか……。よいゲーム、なのだがな」

いつもの押しつけがましい言葉とは違う、素直な気持ちがそのまま言葉に乗ったような、いやに実感のこもった声だった。

だから、だろうか。秋月が思わず、口にしなくてもいい質問をしてしまったのは。

「……このゲーム。そんなに、面白いの？」

こぼれ落ちたその言葉に、隊長は真剣な表情で返した。

「いや、凄《すご》くつまらないが、パンツのデザインに力が入ってるからな」

「……そう」

やっぱり聞かなきゃよかった、と秋月は後悔した。

秋月と会話しながらも、隊長の視線はＰＣの画面、操麻のリプレイに戻っていた。

彼女に心酔していると思しき女の子、菜々も今ばかりは隊長の様子よりもリプレイの方が気になるようで、ＰＣの画面から片時も目を離そうとはしない。

それを見て、彼女たちがリプレイ映像に夢中な今ならこの場から逃げ出せる、と秋月は直感した。

しかし、なぜだろうか。秋月の足もまた、動かなかった。

なぜならその視線もまた、ほかの二人と同じようにＰＣ画面の映像に釘付けになっていたからだった。

（ゲームなんて、全然分からないのに……。どうして、かな）

その画面から感じる迫力、動かす人間の息遣いすら感じるようなその臨場感に、秋月もまた、画面から目を離せなくなっていた。

それから、時折聞こえる電子化された操麻の声。

「くそっ！」だの、「やった！」だのといった、自然に漏れたと思しき悪態や快哉は、プレイヤーの、操麻の生の感情をダイレクトに伝えてきた。

目まぐるしく変わる映像を見ながら、秋月は思う。

（私は、こんなに何かに本気になったこと、あったかな？）

他人に見せるための加工も何もされていない映像なのに、いや、だからこそ、そこには本気の感情が、感情が生む熱が存在しているように思えた。

たかがゲーム、と秋月の理性は言っているのに、引き込まれてしまう。

「凄まじい、な……」

やがて、ぽつり、と隊長が口を開いた。

「このヤマネコ三姉妹との対決は、能力値のあまり関係しない、攻撃を当てるだけの試合だ」

「攻撃を当てるだけ？」

「剣道やフェンシングの試合と少し似ているかもしれないな。この三姉妹と殺傷能力のない剣で三対一で戦って、先に相手の身体に十回攻撃を当てた方が勝ち、というルールだ」

「それって、こっちが不利なんじゃ……」

何しろ三対一だ。三人の攻撃を全て避けるのは難しいし、武器に殺傷能力がないのならどんなにＨＰや攻撃力が高くても意味はない。本当にプレイヤーの操作の腕が勝負の結果に反映されるはずだ。

「そうだな。実際、これは特定のアイテムを使って相手を弱らせて勝つべき試合で、まともにやって勝てるはずがない」

「そんな……」

しかし、秋月の悲嘆の声とは裏腹に、画面の中のプレイヤーは善戦しているようにも見える。

「うまい、ですね。三人の攻撃を一度に受けないように、常に誰かの背後に移動して隙をうかがっています。ただ、スラッシュの硬直のせいで攻撃に転じるとそれ以上の反撃を受けているようですが」

「まさか、本調子の三姉妹とこれだけの高速戦闘をこなせるプレイヤーがいるとはな。この動き……確か〈神速キャンセル移動〉と言ったか？　普通ではありえない速度と動きを見事に使いこなしている」

ゲームについては一般的なレベルの知識しか持たない秋月には、彼女たちの話していることの半分も理解出来なかった。

ただ、自分が戦っている訳でもないのに、モニターを見つめる秋月の手にはいつの間にか汗がにじんでいた。

「前回より粘っていますね。やっぱり回数を重ねるごとに動きがよくなっています。ただ……」

「ああ。これはこの場以外での練習もしているだろうし、相手の動きを相当研究しているな。だが……」

好き勝手な二人の論評が一時的に途切れ、次の瞬間、

「――あいつが本当にすごいのは、そこじゃないです」

「――彼の真価は、そんなところにはない」

二人の言葉が、重なった。

こんなにとんでもない高速戦闘をしているというのに、もっとすごい何かがあるというのか。

「どういう、こと？」

我知らず口にした秋月の質問に、隊長と菜々は顔を見合わせ、菜々が小さく首を振ったこと

から、代表して隊長が話し始めた。

「見ていて、分からないか？　ヤマネコ三姉妹は全員それなりに長いスカートをはいている。だが、これだけの高速戦闘、しかも、彼の戦闘スタイルの関係上、敵の死角、すなわち背後に回ることが多い。となれば……」

「まさ、か……」

ある可能性に思い至った秋月を肯定するように、隊長は力強く言った。

「――ああ！　彼は、パンチラのチャンスを、一つも逃していないんだ!!」

衝撃な言葉が部室を揺らし、一瞬だけ部屋の空気が固まった。

「これだけの高速戦闘、これだけの視点変更の中で、パンツが翻る瞬間を全て視界に収めているんだぞ！　これはもう、天性の嗅覚としか言いようがない」

「おそろしいです。意識せずにこれだけの所業を行っているとは。もしこの才能が開花してしまったら、どんなハンターが生まれてしまうのか。あたしは初めて人の才能というものに恐怖しています」

真面目な顔でアホなことを言い合う二人。

そんな彼女たちに、ムキになった秋月は反駁《はんばく》する。

「で、でも、相手の動きを確認するためってことも……」

「いや、それはない。例えばさっきの場面、三女が突進攻撃で視界左に見切れたのをあえて首を傾けて追っている。三女の突進には硬直があり危険度は低く、一方、いつ攻撃に移るかもしれない右の長女がいたのに、彼女から視界を外してまで、だ。これはパンチラ目的以外にはありえない」

「あれがなければもう少しいい勝負になってましたね」

その言葉には何も言い返せず、秋月は黙り込んだ。

「粗削りながら恐ろしい可能性を感じさせる原石。この才能が開花した暁には、彼はパンチラ界の超新星、いや、スーパースターになるぞ！」

「あの男を、完全に認める訳ではありませんが、一人の闇狩人として、彼の死してなおパンツを求める姿勢とヘンタイ性には敬意を払いましょう」

あいかわらず好き勝手なことを言う二人を秋月は唇を噛みながら見守って、やがて……。

「……勝っ、た？」

ＰＣの画面には遂に、地面に膝を突き、「くっ！　マタタビジャーキーを使うなんて卑怯なのニャ！」と悔しそうに叫ぶヤマネコ三姉妹の姿が映されていた。

「凄い！　勝った！　ほんとに勝った！」

ついつい我を忘れ、はしゃいでしまう秋月に対して、

「ふむ。当然だがマタタビを使わなくてもパンツは同じか」

「スピードが速い分、やっぱり映像の質としては落ちますね」

闇狩人の二人は、勝利自体に対してはドライとも言える態度をとっていた。

（やっぱり、この人たちは駄目だ）

こんなに凄いのに、こんなに熱いのに、彼女たちは物事をパンツか非パンツかでしか測ろうとしない。

秋月にはなぜか、それがもどかしく感じられて仕方がない。

「あんなに、凄かったのに……」

思わず口から言葉が漏れた。

その彼女の性格からは想像出来ないつぶやきに、隊長と菜々が驚いたように振り返ったのだが、それは目を閉じた秋月の視界には映らない。

——閉じられた彼女の目に映っているのは、縦横無尽に飛び跳ねる操麻の姿。

相手の影から影へ。死角から死角へ。

一瞬の停滞すらなく滑らかに移動するその姿は、まるで……。


「——影を渡る影」

秋月が何の気なしに漏らした言葉を聞きつけ、隊長が感心したような息を漏らした。

「ほぅ。闇狩人〈影渡りの影〉、すなわちシャドウストーカーか。いいな。秋月はなかなかセンスがある」

「え？　な、何の話？」

驚いて目を開いた秋月が問い返すと、隊長は少しだけ考える素振りをしてから答えた。

「なに、単純な話だ。流石に本名で活動する訳にもいかないのでな。闇狩人たちはそれぞれ特性にあったハンドルネーム、二つ名のようなものを持っている。例えば私は〈刹那を刈り取る者《ハンターオブモーメント》〉、という具合にな」

「は、はぁ……」

秋月の何言ってんだコイツ、みたいな視線にも動じず、隊長はにやりと口元を緩ませる。

「その〈影渡りの影〉というチョイスは非常に上手い。闇狩人のイメージを強く印象づけながら、オリジナリティをも残している。狩人デビュー後のハントスタイル次第ではあるが、これは二つ名候補として申し分はないな」

将来を思ってか、にまにまと人の悪い笑みを浮かべる隊長を見て、秋月は心の中でつぶやいた。

（……相良君、ごめん）

もしかすると、自分が余計なことを言ったせいで、彼にとんでもない二つ名がつくかもしれない。

心の中で謝罪を繰り返す秋月に、「おっと、少し気が早かったな。その前に」という言葉と共に、大きな箱が差し出された。

「……これは？」

半ば反射的に問いかけてみたが、箱に描かれているイラスト。それから箱に大きく書かれた〈New Communicate Online〉の文字が、その箱の正体を如実に語っていた。

「このゲーム、猫耳猫のソフトだよ。君に貸そう」

「こ、こんなもの……」

固辞しようとする秋月の手に、隊長は無理矢理に箱を押しつける。

「心配するな。これは布教用だ。それに……これをやれば、彼と話すきっかけが出来るかもしれないぞ」

「なっ！　ど、どうして……」

目を大きく見開いた秋月に、隊長は人の悪い笑みを浮かべる。

「君のスカートをめくった時、どうして君があんな場所にいたのか考えてみたのだ。君の雰囲気からして、あんな部室棟の外れに早々用事があるとも思えない。もしかして用事があったのはあの場所にではなく、彼の方にだったのではないかと思ったのだが、当たりだったようだな」

「わ、私は……」

咄嗟に弁解の言葉も思いつかず、秋月はただ口をパクパクさせるしかない。

それを見て、隊長はさらに笑みを深くする。

「それから、な。実は〈スカート覗き隊〉の活動はチャットがメインなんだが……」

隊長の声をどこか遠くに聞きながら、秋月は自分が大きな蜘蛛《くも》の巣に絡め取られたような錯覚に陥ったのだった。

エピローグ

「——おーい操麻、そろそろ行こうぜ」

授業終わりの喧騒と、左耳に飛び込んだ軽薄な声に、

(あ、れ……？　ねて、た？)

長い長い出会いの回想と、夢の世界のまどろみの中から、〈影〉は目を覚ました。

どうやら昔のことを思い出しているうちに、すっかり眠りに落ちてしまっていたようだ。

(失敗した。昨夜、徹夜したから、か)

反省をしながらも、隊長たちとのあの運命の出会いから、今に至るまでの記憶を、〈影〉は

もう一度思い起こす。

最初は乗り気ではなかった、単なるゲスト扱いで入ったはずの〈スカート覗き隊〉の活動だが、目標を定め、そのための計画を立てて実行する、そんなプロセスが性に合っていたらしく、〈影〉はすぐに頭角を現した。

それなりに長い時間を共に過ごすうち、パンツ、という方向性はともかく、誰よりも熱く、高邁《こうまい》な理想を持ち、真摯に物事にぶつかろうとする隊長にいつしか敬愛の念を抱くようになり、それから〈影〉がハンティングに喜びを見出すまで、そう時間はかからなかった。そんな経緯を経て、今では〈影〉、シャドウストーカーは、〈スカート覗き隊〉で一番熱心なハンターとなっていた。

それにつれて、最初はギクシャクとしていたほかのメンバーとも仲良くなり、菜々が実は他大学の学生であること（今はやりのインカレってやつです、と自慢げに語っていた）、隊長が実は可愛いものが好きで、部屋にたくさんのぬいぐるみが飾ってあること、（意外か、私にこんな趣味があるのは、とはにかんだ笑顔を浮かべる隊長の腕にはパンツをかぶった可愛いウサギのぬいぐるみがいて、〈影〉はそんなことないです、と返すのがやっとだった）を知り、それから、いまだに非正規のメンバーとして活動している「あいつ」……とはあまり仲良くはなってないが、一応チャットだけでならそれなりに和気藹々《わきあいあい》と会話が出来るようにもなった。

「ほら、ほら！　はやく、はやく！　一緒に次の授業行こうぜ！」

そんな〈影〉の思索を断ち切ったのは、またしても左前方から飛び込んだ軽い声だった。

思わず元凶の茶髪をにらみつけるが、鈍感なその男が〈影〉の視線に気付くはずもなく。

〈影〉はあきらめてため息をついた。

「分かった分かった。じゃあ……って、別に次は同じ授業じゃないから一緒には行かないけどな」

「つれないこと言うなよぉ。ほら、西センの講義なんてサボってオレと水谷のゼミ行こうぜ！」

「いや、行かないから」

「何で?!　水谷巨乳だぜ！」

「お前は毎日楽しそうだよなぁ……」

ぶつくさと言いながらも、操麻は茶髪に引っ張られるように立ち上がった。

「まあ、途中まで一緒に行こうか。俺は二階だからそこの階段までな」

「十メートルもないじゃん！　やっぱ水谷の……」

「絶対行かないからな」

なんだかんだで楽しそうにしながら、操麻は眠い目をこすりながら茶髪と教室の外に消えていったのだった。

……そして。

茶髪の男子学生と、相良操麻こと、闇狩人〈ＳＳ《スーパースター》〉が座っていた、その後ろの席で。

「くっ。また、『あいつ』に——相良君に声かけられなかった……！」

〈影〉、いや、闇狩人〈影渡りの影《シャドウストーカー》〉こと、秋月影美はがっくりとうなだれた。

「一年生の頃から一緒の授業取ってるのに……」

操麻と秋月が初めて会話をしたのは〈スカート覗き隊〉の一件の時だが、それ以前から度々講義で見かけてはいたのだ。

同じぼっち気質の人間として、操麻のことが気になっていた秋月は実は何度か彼に話しかけようとしたことがあったのだが、押しが強そうな外見に、普段の虚勢を張った態度とは裏腹に、小心者な面のある秋月は自分から他人に声をかけることがどうしても出来なかった。それは闇狩人になって数ヶ月が経った今でも変わらない。

闇狩人〈影渡りの影〉、もしくはチャットでの「Autumn」としては会話は出来ているのだが、それ以外で接点を作らなかったため、秋月が〈影渡りの影〉だと気付かれていないのだ。

「あの茶髪さえいなければ、絶対声かけてるのに！」

秋月は自分の天敵に対して、恒例の悪態をつく。

思えば最初の時からそうだった。隊長と出会った日も操麻はあの茶髪と同じ講義を受けていて、秋月のすぐ前の席で楽しげに会話をしていたのだ。まあそのおかげで茶髪の財布を届けるという電話をしているのを聞けたため、うまくいけば偶然を装って会話出来るかも、と思って部室棟まで行ったのだけれども。

というかそれ以前に、単に茶髪と一緒にいない時間に声をかければいいだけなのだが、それを棚にあげて秋月は猛る。

「で、でも大丈夫！　あの茶髪と話してるのを聞いて、家の住所はメモしたし、鍵の隠し場所だって分かった。な、何か理由をつけて、会いにいけば、きっと！」

若干ストーカー気味な思考で拳を握りしめる秋月。

のちに一念発起した彼女は操麻の家を訪ね、そこで彼の従妹の少女、真希《まき》と数奇な出会いを果たすことになるのだが……。
――それはまた、別の話である。

［外伝］「闇狩人たちの宴」（了）

あとがき

高校時代の目標は「叙述トリックを用いて探偵役が犯人の小説を書く」ことと「周回要素をストーリーの基盤に据えたゲームを作る」ことでした、ウスバーです。

まあ当時の自分にとってはすっごいアイデアに思えたんですが、前者はすでに無数に世に出てましたし、後者もドンドン増えていったので、残念ながら夢破れたりって感じになってしまいました。

ただそれでも、昔からループもの、周回ものって大好物なんですよね！　二周目に入ってクッソ強い装備を使って雑魚をばったばったと薙ぎ倒し、一周目では歯が立たなかった敵を倒して「ま、まさか！　俺が駆け出しなんかに負けるなんて……」とか言わせたり、バトルでは勝ったのにイベントでは「なかなかやるな！　だがっ！」とか言われて本気出した相手に負けたことにされたり、ドーピング種を集めて少しずつ上がっていく基礎能力を眺めてにやにやするのは無上の喜びです！　まあ実際は種ドーピングがゲームバランスに影響するようなゲームなんてほとんどないんですが。

そんな中でも一番初めに記憶に残った周回要素のあるゲームというと、ＰＳ１の『ドラゴンナイツグ○リアス』です！　まあ色々と言いたいこともあるゲームではありましたが、あれの周回バランスはなかなか秀逸だったと思います。

そして、周回ゲーと来たらやはり外せないのが『ラン○リッサー4&5』です。いえ、このゲーム、強くてニューゲーム的要素は一切ないんですが、コマンドによる面セレクトを駆使すると急に周回無双ゲーに早変わりする素敵ゲーです。もう何度ギザ○フにズルすんじゃねーよテメエって怒られたか分かりません。

しかし、周回ゲーとして一番やり込んだなと思うのはなんといってもこれ、『新紀幻想スペクトラルソ○ルズ2』です！

これは『スペクト○ルタワー』シリーズや、『厄・友情○疑』に『グ○ーバルフォークテイル』など、ほんとアイデアだけはめっちゃくちゃツボにはまるゲームを作る、まさにアイデア工場といったようなゲーム会社が作ったもので、同社の作った『スペクト○ルフォース』や『ジェネレーションオブカ○ス』、『学園都市ヴァラノ○ール』と地続きの世界を描いた作品である『スペクトラルソ○ルズ』の続編……な訳ですが、驚くべきことに、その辺の関連作品全然やってなかったんですよね！

というかまず1やってないのにどうして2を買ってきたのか、その時点で自分でも不思議でなりませんが、とにかく過去作品から引っ張ってきたキャラがたくさん（というかそれがほとんど）なので、最初はストーリーが全く意味分かりませんでした。

ただ、こう、非常に魅力のあるゲームで、ストーリー的には前作の主人公が名前を変えて出てきてまた2でも操作出来る三勢力のうちの一つの主人公になるのですが、こいつは召喚された日本人で、そのおかげで「異界の魂」とか呼ばれるチートパワーを持ってるんですよ！　ええ、完全になろうです！

しかも前作ではアキ○という極めてふつーの名前だったはずの彼が、なぜかナ○ヅと名前を変えて出てきます！　何で○キラから○イヅなんだよ、と。百歩譲ってナイツかナイズなら分かるけど何でツに濁点つけたよ、とか色々言いたくなるんですが、キャラ自体はめっちゃくちゃ強いです。固有特性が反撃封じの「見切り」と前衛職必須の「受け流し」で、やはり前衛職でこれ持ってないと雑魚扱いされる「底力」の上位互換である「異界の魂」まで備え、さらには有用な「覚醒」というオリジナルスキルを持っている上に大剣装備可能なんてほんともうぶっ壊れです。なろう主人公は伊達じゃねえ！

とまあ、そんなナ○ヅさんが活躍するこのゲームですが、『タクティクスオ○ガ』や『サモンナ○ト』系統のＳＲＰＧなんですが、とにかく速度ゲーです。まあその辺りは同系統ゲームでもよくあるんですが、なまじポイントを自由に振って育成出来るだけに序盤にＡＧＩ全振りすれば敵が一回動く間にこっちが三回動くなんてことも簡単に出来てしまいます。攻略本（すごく便利だけどところどころデータが間違ってるので注意。攻略本に書き込み入れまくったのはこの本が最初で最後。あ、ファミ通ではないです）なんかを読むと、全ての能力値をバランスよく上げよう、とか、パーティのバランスを考えよう、とか書いてありますが、ぶっちゃけ嘘っぱちです。とりあえず強いキャラのＳＴＲとＡＧＩを上げまくって勢力ごとに一人、ないしは二人で戦っていくのが正解です。

あ、いえ、そういう話がしたい訳ではなくて、なぜ、ロードがめっちゃ長くて操作性が悪い上にストーリースキップ機能なんかもなくてエフェクトスキップは出来るけど数字が舞うだけで意味が分からなくなるようなこのゲームで周回プレイをしまくったかというと、周回ボーナスの設定がドストライクだったからです。

このゲームの周回引き継ぎは大まかにアイテムとスキルとお金、それから能力振り分けに使うパーティポイント＝ＰＰです。装備も重要なのですが、特に重要なのはＰＰ。これが潤沢にあれば、レベルが1なのに終盤レベルの強さを誇るとんでもないキャラを作ることも可能になります。ただ、そうすると周回クリアしても必ずＰＰが赤字になってしまうので、どの程度のＰＰを使って周回時間を短縮し、さらなるＰＰを貯めるか。それがこのゲームの一番の肝なのです！　基本的にあまりＳＲＰＧは得意じゃないので一周十時間は余裕でかかっていたのですが、もう何周したか分かりません。

そして、特に夢があるのがステータスの限界突破。通常の振り分けでは能力値は１００までしかアップしないのですが、５レベルごとのステータスボーナスやドーピングアイテムによってそれ以上に上げることも可能です。例えば、レベル１の段階でステを１００まで上げておけば、レベル１００の時点で１１０になっていたりするんです！

……えっと、分かりますか、この不毛さが。キャラのステをいきなり１００にするためには、当然ながら膨大なＰＰが必要になります。つまり、最終的なキャラの能力を１００から１１０にするために、十数時間の周回プレイで貯めたポイントを棒に振るんですよ。

当時のことはよく覚えてないんですが、最終的にナ○ヅのステを１５０くらいまでは上げたはずです。いえ、まあぶっちゃけそこまで高い数値じゃないですし、周回するよりクリア後でドーピングアイテム漁った方がいいとかって情報もあったりするんですが、クリア後に入っちゃうともう周回出来ませんし、こう、回を重ねるごとに少しずつ貯金が増えていく感じが好きなんですよね。

ちなみにＰＳＰでさらなる強敵が出現する上に、普通のポイント割り振りでステ９９９まで上げられる完全版的な奴が出たらしいんですが、それは買ってません。だってね、違うんですよ！　そうじゃないんです！

基本的に１００までしかいかないシステムでアホみたいな周回をして無理矢理に１００以上に上げるのが楽しいのであって、普通に１００以上に上げられるようじゃ何も面白くないと思いませんか⁉　それに、ステの上限まで簡単に行けるようになったせいでナ○ヅさんの「異界の魂」がゴミスキルになって俺ＴＵＥＥＥ！出来なくなるそうなので、そんなのはノーサンキューです。

それに比べると猫耳猫のなんと素晴らしいことか！　周回要素はないですが、種によるドーピングで際限なくパワーアップ出来るし、主人公俺TUEEE！も容易です！　むしろ主人公がTUEEE！しないとクエクリア出来ない素敵なバランスです！

まあ実際、「致死ダメージを与えた敵がカウンター攻撃を仕掛けてくる」「同じマップに時間をかけていると強敵モンスターが出てくる」という『スペクト○ルソウルズ２』の仕様は猫耳猫にもそこはかとなく反映されています。

そういう意味では『スペクト○ルソウルズ２』がなければ猫耳猫は生まれなかった、と言っても過言ではないでしょう。


さて、そんな個人的な嗜好を極限まで盛り込んだこの作品ですが、一人の力で作り上げられた訳ではありません。ということで、非常にナチュラルな流れで謝辞に！

まず、イラストのイチゼンさん。猫耳猫の漫画やらで忙しいはずなのにますます気合の入ったイラストを頂きありがとうございます。特にささやきミツキさんがすげえクオリティだと思います！　いやぁ、もうイチゼンさんには足を向けて寝られませんね！　ただイチゼンさんがどちらの方角にいらっしゃるのか分からないので、今度立ったままか逆立ちしながら寝る方法を模索しようと思います！　あっ、もし地底か天上在住の方だったらごめんなさい！

デザイナーのKOMEWORKSさんにもいつもお世話になってます。ぼんやりとしたお願いでも「ああそう、これこれ！　うまく言えなかったけどこういう感じが欲しかったんだよ！」といつもぴったりなものを頂けるので助かってます。帯文のキラキラお気に入りです！
そして校正さん。今回もザルッザルなチェックから漏れたミスをたくさん見つけて頂いてありがとうございます。特に外伝で三人称視点を後から一人称視点に変えたためにかなり変な部分が出てきていたので助かりました！　いえ、本当はそのくらいは自分（と編集さん）で気付かなきゃいけないんですけどね！
編集のF田さん。今回は体調不良などもあってご迷惑をおかけしました。あと、漫画版のあとがきの分量とかも……。でもまさか六百字指定のところに二千字超えで出したのがそのまま載せられるとは思いませんでした！　書く方も書く方ですが載せる方も載せる方……いえ、これからもどうかよろしくお願い致します！

そのほか、この本の制作にかかわってくれた全ての人と、そしてもちろん、こんなバカ話に付き合ってくれた読者の皆様に最大の感謝を！

これで、本作もなんと六巻目。遂に魔王との決戦を終えましたが、まだまだ猫耳猫世界には明かされていないキャラクターやダンジョン、それにバグがたくさん残っています。今回の話で物語の大きな区切りを迎えることになりましたが、これからもソーマたちの冒険はずっと、ずっとずっと続いていきます。

ソーマはようやくのぼりはじめたばかりだからな。このはてしなく遠い猫耳猫坂をよ……

あ、いえ、ほんとに続きはあるというか、ちょうどここで折り返しくらいなので、また次巻でお会い出来たらと思います。では！

二〇一五年七月　ウスバー

祝
6カ月
リンゴ~
イチゼンキ

この世界がゲームだと俺だけが知っている

I am the only one who knows this world is a game .
Presented by Usber Illustrated by Ichizen
Published by KADOKAWA CORPORATION

6

2015年8月12日　初版発行

著者 ◆ ウスバー
イラスト ◆ イチゼン

発行人 ◆ 青柳昌行
編集 ◆ ホビー書籍編集部
〒104-8441 東京都中央区築地1-13-1 銀座松竹スクエア
編集長 ◆ 久保雄一郎
担当 ◆ 藤田明子
装丁 ◆ 木緒なち/加賀谷遥(KOMEWORKS)

協力 ◆ エンターブレイン事業局
発行 ◆ 株式会社KADOKAWA
〒102-8177 東京都千代田区富士見2-13-3
電話 0570-060-555(ナビダイヤル)
http://www.kadokawa.co.jp/

印刷 ◆ 図書印刷株式会社

【本書の内容・不良交換についてのお問い合わせ先】
エンターブレイン カスタマーサポート
電話　0570-060-555
(受付時間土日祝祭日を除く　12:00 ～ 17:00)
メールアドレス:support@ml.enterbrain.co.jp
※メールの場合は商品名をご明記ください。

定価はカバーに表示してあります。

ISBN:978-4-04-730476-5 C0093

次巻予告

ソーマも過去に殺《ほれ》られた経験あり！

最凶のヤンデレがソーマに襲いかかる!!!!

著●ウスバー イラスト●イチゼン
この世界がゲームだと俺だけが知っている
I am the only one who knows this world is a game .
Presented by Usber Illustrated by Ichizen
Published by KADOKAWA CORPORATION
7
2015年冬発売予定
1,000円＋税（予価）

そーま!!
ビクッ
うぇっ!
そーま!聞こえる!?
あ…ああ…真希《まき》か…聞こえてるよ
“聞こえてる”じゃないでしょ!何時だと思ってんの?
中断中
MAKI
何時って…なんの話…
……あ…
ああー!!!
やだ!今思い出したの!?
お昼に2人で倉庫の“ごっとーひん”の整理するって約束したのに
わ…わりぃ…忘れてた…
どーせまたゲームやってて忘れたんでしょ!
うっ…
ま…まぁ
その通りなんだが――
俺が今いるのは「New《ニュー》 Communicate《コミュニケート》 Online《オンライン》」…
ザザッ
ザザッ
通称『猫耳猫《ねこみみねこ》』と呼ばれるゲームの世界だ
“いる”っつってももちろんリアルじゃない
わ…悪かったよ…ゴメン…
中断中
実際に体を動かして遊べるゲームとはいえゲームはゲーム
現実《リアル》の俺は…
1
原作イラストレーター
イチゼンによる
コミカライズ
好評発売中!!

こういう…
カタ
カタ
カタカタ
配線まみれのVRマシンに自らつながって
ちょっと待ってて…
カタカタ
ブーン
ウィーン
“猫耳猫の世界”バーチャル空間を疑似体験している
ちなみにこいつは従兄弟の
真希
待ってらんないよもう片付け始めちゃってるんだから
口達者で一見しっかり者のように思えるが…
ほんとウチの蔵ってワケのわかんないガラクタばっかり
実はけっこうザンネン…なのか
トラブルメーカーなところがあり…
あれ?なんだろコレ?
球《たま》!
タマ…?
うん!ガラスぽくてね
オレンジ色の…
中断
MAKI
2…3…4…全部で7つあるよ
おいおい
オレンジ色の7つの球って…
まさかそれ中に星が入ってないか?
星?
うん!入ってるよ1つずつ星の数が違うの
よくわかったね知ってたの?
画像送ったげる!
え!?
ま待て!!!
そ…それは……
MAKI
2

やめろぉぉ!!!
ヴゥ――――ン
画像着信
自主規制
チャ
チャ
見せなくていい―――!!!
えーなんでー？
なんでって大人の事情だ！問題になるだろう～～～が！
なにそれ意味わかんない
ゴッパリーン
あ割れた
割るなよ！割れるのかよ！
もういいや全部割って捨てちゃえー
パリーンパリーンパリーン
……
ん…？
あれは…
あぁ…これ…なんだっけ…？
ど、どうした？
見たことあるんだけど思い出せなくて…
…あっ！
わかったぁ!!
カレーポットだ!!
カレー？
んーーでもウチはカレーはおたまでかける派だからぁ
いらない…ね…
どうしよう
こすったらキレイになるかな？
キュ
もももももも
!
やだ!!変な色の煙出てきた!!やっぱ捨てちゃえー!!!
ガシャ
……
これは…？
3

ペロン
細長い紙があるよ
細長い紙…？
画像着信
あぁそりゃ
短冊だな
短冊？七夕の？
そういえば今日から7月だよね…
そっか…
来週…
七夕かぁ…
んふふ
カリ
願いごと書いちゃった
え？短冊にか小学生かよ！
いいじゃん叶うかもしれないし
お前の願いごと当ててやろうか
でもなんにも起きないねまだ七夕本番じゃないからかなー
どーせパンケーキ死ぬほど食いたいとかイクラ軍艦死ぬほど食い
そんなんじゃないよ―――！
じゃなんて書いたんだよ？
え…
そ…それは…
4

「お姫様に
なれますように」…
…
へ？
あーはっ
はっはっはっ
はっはっはっ
お前はいつまでも夢がいっぱいでいいな——
マジで小学生レベルじゃねえか
わ…笑わないでよ
そんなことより
ソーマもさ…
たまには
うちに遊びに来なよ
え
もう今日は無理にしても…
来週の…七夕にでも
来週!?
うん
それこそ今日すっぽかした埋め合わせで
ムリムリ
来週は大学忙しいし！
授業終わっても帰ったらすぐゲームやんなきゃいけないし
そっちに行くヒマなんてとても…
ハッ
そう…だよね
そーまはいつも…
いつも…いつも…

5

ゲーム
ゲーム
ゲーム
ゲーム
って…
や…やば…
ゲームのことばっかり！
今回だってやっと約束とりつけたと思ったら
やっぱりゲームのせいでサボるし…
ま…真希…
！
ちょうどいいもの見つけちゃった…！
木製ピコピコハンマー!!
ハンマー!?
思いっきりぶっ叩きたい気分だったのよね！
そーまってばにぶくって
無神経で
デリカシーなくて
きっとゲームなんかの作り物の世界に入りびたってるから
他人《ひと》の気持ちがわからなくなってんでしょ！
グサグサ
うっ
うっ
真希の
精神攻撃
そんなになるまで…
ゲームが好きなら
いっそ…
ブワ

6

ほんとにゲームの世界に…
行っちゃえばいいんだー！
バカァ!!!
パァァァン
“そーま”
“相良《さがら》操麻《そうま》”
——“ゾウマ”
7

ゲームの世界にのめるこむあまり
“相良操麻”であることより
“ゾウマ”でいる時間が長くなってその結果
他人の気持ちがわからなくなってるんでしょ！
たしかに…
そうかも…
…しれない
…な…
はっ
う…
カサ
い…今何が起きたんだ…？
……
ん？
8

天啓的異世界転生譚
TENKEITEKI ISEKAI TENSEITAN
イラスト nyanya
ウスバーの
もうひとつの代表作、
ファミ通文庫化！
最強のチート転生で、
最弱ヒーロー爆誕！？
好評発売中！
【1巻】580円＋税
【2巻】620円＋税